Beim ersten Sonnenstrahl

Gay Romance
von
Inka Loreen Minden

Edition Sinneslust

Bibliografische Information der Deutschen Nationalbibliothek
Die Deutsche Nationalbibliothek verzeichnet diese Publikation in der Deutschen Nationalbibliografie; detaillierte bibliografische Daten sind im Internet über http://dnb.d-nb.de abrufbar.

Beim ersten Sonnenstrahl

- Gay Romance -

Die Originalausgabe erschien 2012 beim Dead Soft Verlag
2. Ausgabe Oktober 2014
Herstellung und Verlag:
BoD – Books on Demand, Norderstedt

©opyright Inka Loreen Minden
E-Mail: lucy-palmer@inka-loreen-minden.de
www.inka-loreen-minden.de

ISBN-13: 978-3-735778-37-6

© Cover Art by Andrea Gunschera
Autorenfoto: © Guido Karp 2011 – p41d.com

Dieser Roman hätte im normalen Taschenbuchformat 260 Seiten.

Alle Rechte vorbehalten. Ein Nachdruck oder eine andere Verwertung ist nur mit schriftlicher Genehmigung der Autorin gestattet.

Die verstorbenen Schriftsteller handeln fiktiv. Ihre Erlebnisse sind nicht als Tatsache aufzufassen.
Erfundene Personen können darauf verzichten, aber im realen Leben gilt: Safer Sex!

Staunend schlenderte David durch die Menschenmassen. Die zweite Weltausstellung in London – und er war mit seinen Eltern mittendrin! Die Exposition war brechend voll. Leute rempelten sich an, das Geschrei der Aussteller übertönte das allgemeine Stimmengewirr, und die stickige Luft lag wie Blei in den Hallen. All das störte David nicht. Ehrfürchtig sah er hoch zum Glasdach des Ausstellungspalastes, der die zwei größten Kuppeln der Welt besaß. Das gigantische Gebäude aus Ziegel, Eisen, Glas, Holz und Stein war ebenso faszinierend wie die Innovationen, die auf über zwölf Hektar Fläche vorgestellt wurden: Babbages Rechenmaschine, die Kautschukverwendung für die Gummiherstellung, das Bessemer-Stahlproduktionsverfahren.

1862 würde Vaters Jahr werden. Er hatte eine grandiose Erfindung gemacht: einen Kühlschrank, der ohne ätzendes Ammoniak betrieben wurde. Vater hatte sein Patent einigen Unternehmen vorgestellt, die sich brennend dafür interessierten. David war stolz auf ihn. Wenn er mit dem College fertig war, würde er in seine Fußstapfen treten. Mit seinen fünfzehn Jahren konnte er ihm bereits bei vielen Dingen helfen.

Erschöpft, aber glücklich, verließen sie spät am Abend die Halle, nachdem sich sein Vater noch lange mit einem Unternehmer unterhalten hatte. Von Kensington hatten sie es nicht weit zu Fuß bis zum Stadthaus, in dem Granny mit dem Abendessen auf sie wartete.

Ein kühler Wind wehte ihnen an diesem Oktoberabend entgegen. Die Sonne war bereits untergegangen und Regenwolken verfinsterten die Straßen zusätzlich. Nicht überall standen Gaslaternen, nur überwiegend auf den Hauptrouten. Da sie Granny nicht länger warten lassen wollten, nahmen sie eine Abkürzung zwischen den Häusern hindurch.

»Ich freue mich so für dich, Thomas«, sagte seine Mutter lächelnd. Sie trug ein teures dunkelblaues Kostüm mit einem ausladenden Reifrock, das Vater ihr für den Besuch der Ausstellung gekauft hatte. Es passte wunderbar zu ihrem aufgesteckten blonden Haar, in das sie blaue Perlen eingearbeitet hatte. David hatte den gleichen Anzug wie sein Vater an: beige Hosen, ein dunkelgrünes Jacket und weiße Handschuhe. Seine Mutter betonte ständig, wie ähnlich sie sich sahen.

Vater hakte sich bei ihnen beiden unter. »Ich freue mich für uns. Bald können wir das Haus modernisieren. Du, Charlotte, bekommst ein eigenes Badezimmer mit fließendem Warmwasser und David ein Teleskop.«

David sprang in die Luft und seine Mutter gab seinem Vater einen Kuss auf die Wange. »Das klingt wunderbar, Thomas.«

Bis zu dieser Stelle liebte David seinen Traum. Bis hier erlebte er jene letzten, glücklichen Augenblicke vor fünf Jahren, die ihm mit seinen Eltern geblieben waren. Einerseits wollte er jetzt aufwachen, andererseits sehnte er sich danach, dem Wesen zu begegnen, dem er sein Leben verdankte.

Alles lief nun in abgehackten Bildern ab. Die zwei vermummten Gestalten, die plötzlich in die Gasse getreten waren und ihre Pistolen auf sie gerichtet hatten …

»Geben Sie mir die Pläne«, sagte der Mann, der vor ihnen stand. Er war groß, trug Mantel und Hut. Sein Gesicht lag hinter einem vorgebundenen Krawattentuch verborgen. Nur die dunklen Augen waren zu erkennen. Der Lauf seiner Waffe befand sich wenige Zentimeter vor Vaters Brust.

Vater drückte Mutter und ihn hinter sich, aber dort stand der andere Mann. David war zwischen seinen Eltern eingeklemmt und hatte schreckliche Angst. Zitternd hielt er sich an Mutters Hand fest. Ihre Augen waren aufgerissen, ihr Kinn zitterte.

»Thomas …«, flüsterte sie.

Vater gab seine Aufzeichnungen – es war ein in rotes Leder gebundenes Buch – ohne zu zögern heraus, trotzdem schoss der Mann. Der Knall hallte von den Hauswänden, Davids Ohren klingelten. Die Zeit schien stillzustehen.

Er hörte Mutter einen Schrei ausstoßen, Vater krümmte sich, stöhnte und murmelte: »Ignis per aera«. Ein blaues Licht, das von seiner Hand ausging, ließ gespenstische Schatten auf den Hauswänden tanzen. Trotz aller Warnungen der Magiergilde hatte er in der Öffentlichkeit gezaubert – um seine Familie zu beschützen. David erkannte seine Silhouette von hinten, bevor er die Lichtkugel auf den Mann warf. Sie setzte den Mantel des Angreifers in Brand. Schreiend verschwand er in der Nacht und mit ihm das Buch.

Vater drehte sich um, einen neuen Energieball in der Hand, und bedrohte damit den anderen Mann.

»Lassen Sie meine Familie in Frieden. Sie haben doch, was Sie wollten!« Er riss Mutter und ihn zur Seite; ein rotes Rinnsal lief aus seinem Mund. Röchelnd schnappte er nach Luft. »Lauft!« Er konnte sich kaum auf den Beinen halten. Blut tropfte auf den Boden. Vater war am Bauch getroffen!

Davids Beine waren schwer wie Blei und Mutter wimmerte. Sie stand mit dem Rücken zu Vater und hielt David im Arm. Dabei wisperte sie einen lateinischen Spruch, einen Schutzzauber, der allerdings nicht zu wirken schien. David spürte nichts. Mit bebender Stimme fiel er in den leisen Singsang ein.

Der Vermummte schien zu überlegen, ob er rennen oder schießen sollte. Seine riesengroßen Augen waren abwechselnd auf Vater oder Mutter und ihn gerichtet, die Hand mit der Waffe zitterte.

Schließlich hatte er geschossen. Erst auf Vater, dessen halbes Gesicht weggerissen wurde, danach auf Mutter. In den Rücken. Als sie stürzte, begrub sie David mitsamt den Stoffmassen ihres Kleides unter sich, und sämtliche Luft wurde aus seinen Lungen gepresst.

»Mutter«, flüsterte er, doch sie bewegte sich nicht. Er konnte kaum Atem holen, schwarze Flecken tanzten vor seinen Augen. Und er hatte Angst. Große Angst.

Seine Eltern – sie waren tot. Tot! Die Erkenntnis sickerte langsam in sein gelähmtes Gehirn.

Sein Herz hämmerte, er japste nach Luft, roch Mutters dezentes Parfüm, spürte ihre Körperwärme. Sie rührte sich nicht, ihr Atem schlug nicht gegen seine Wange. Ihre halb geöffneten Augen starrten ihn an, als hätte sie ihn vor ihrem Tod noch ein letztes Mal sehen wollen.

Ein Paar schwarzer Schuhe tauchte neben seinem Kopf auf und David spürte den Lauf der Waffe an seiner Stirn. Die Hand des Mörders zitterte stark. Sein Gesicht konnte er nicht erblicken.

»Was seid ihr für Freaks?« Die Stimme klang schrill. »Steht ihr mit dem Teufel im Bunde?«

Für einige Menschen waren sie gewiss Freaks, wie sie auf Jahrmärkten vorgeführt wurden. Bald aber nicht mehr. David hatte Angst vor einem qualvollen Tod, trotzdem fürchtete er ihn als solches nicht. Lediglich die Schmerzen. Er war schon immer neugierig gewesen, ob es danach irgendwie weiterging. Außerdem wollte er seinen Eltern nachfolgen, da er nicht wusste, wie er ohne sie weiterleben sollte.

Er machte sich bereit, kniff die Lider zusammen, weinte und hoffte, dass Granny lebte. Was, wenn diese Kerle bereits bei ihnen im Haus gewesen waren?

David verfluchte sein geringes Zaubertalent. Da er kein reinrassiger Magier war, besaß er keine ausgeprägten Fähigkeiten. Er hatte es immer wieder versucht, um ein so großartiger Mann wie sein Vater zu werden, es jedoch irgendwann nicht mehr so verbissen gesehen und sich auf die Naturwissenschaften gestürzt – ein weiteres Thema, bei dem er Vater tatsächlich nacheifern und stolz machen konnte. Er besuchte ein gewöhnliches College, aber alles, was er über Wissenschaft und die magische Welt wissen musste, lehrte ihn Vater.

Plötzlich hörte David ein Fauchen. Er schlug die Augen auf; der vermummte Mann neben ihm wurde weggerissen. Einem Schrei folgte ein knackendes Geräusch, als würde Holz brechen. Mutters schwerer Körper wurde von ihm heruntergerollt, er selbst war starr vor Schreck. Eine Gestalt in einem Mantel beugte sich über ihn. David erkannte wegen der Dunkelheit zuerst nur deren Silhouette.

»Hab keine Angst«, sagte der Mann mit tiefer Stimme, die einem Knurren glich. Sein Gesicht kam näher, und David atmete auf. Es war kein Mann, sondern ein Junge, etwa in seinem Alter. Nur mit seinem Aussehen stimmte etwas nicht. Oder spielte ihm seine Panik einen Streich? David glaubte, geschlitzte Pupillen zu erkennen und eine Hand mit Krallen. Der Junge hielt sie ihm hin. Als er erneut sprach und David das Raubtiergebiss sah, schrie er.

Die Bilder flackerten, der Traum neigte sich dem Ende zu. Zum Glück.

David hasste diesen Albtraum, der ihn auch nach all den Jahren regelmäßig heimsuchte. Er schrie immer noch und war froh über Grannys schlechtes Gehör. Sie wachte nicht mehr davon auf. Aber jemand war bei ihm und streichelte seinen Kopf. David hörte ein Wispern: »Hab keine Angst. Niemand wird dir je wieder etwas antun. Ich werde dich auf Ewig beschützen.«

Die leise Stimme lullte ihn ein; er sank tiefer in den Dämmerzustand und erinnerte sich:

Vor Angst war er fast ohnmächtig geworden. Das Wesen, das wie ein junger Mann ausgesehen hatte, mit verstrubbeltem Haar, kaum älter als er, packte ihn unter Knien und Armen. Es hob ihn hoch und drückte ihn gegen seine nackte Brust. War das vielleicht der Tod, der ihn holen kam? Lebte David womöglich nicht mehr?

Er schaute hinunter zu seiner toten Mutter. Daneben lag der Vermummte, den Kopf seltsam verrenkt, und starrte ihn an. Es lag derselbe leere Ausdruck in seinen Augen wie bei Mutter. Das Tuch vor seinem Gesicht war nach unten gerutscht, aber David kannte den Mann nicht.

Auch zu seinem Vater blickte er ein letztes Mal.

Tot. Aus. Vorbei.

Schreie waren zu hören, Pfiffe gellten durch die Nacht. Jemand hatte die Peelers alarmiert.

»Halte dich fest«, sagte das Wesen, woraufhin David automatisch die Arme um seinen Nacken legte. Er war warm und David spürte das Spiel der Muskeln unter der Haut.

Mit einer Hand hielt die Kreatur ihn an ihren Leib gedrückt, die Krallen der anderen Hand schlug sie in die Hausmauer.

David presste die Lider aufeinander. Das Ungeheuer kletterte mit ihm die Wand hoch! In Windeseile erreichten sie das Dach. Die Kreatur breitete den Mantel aus und setzte mit ihm über zahlreiche Hausdächer. Schließlich sprang sie auf der anderen Seite eines Gebäudes in die Tiefe.

Davids Schrei erstickte in seiner Kehle. Niemand konnte so einen Absturz überleben! Doch sie fielen nicht – sie schwebten zu Boden, in einen dunklen Park, der voller Bäume war. Das war kein Mantel, das waren Schwingen! Ein geflügeltes Wesen mit Klauen und Reißzähnen ... Ein Dämon hatte ihn geholt. Er würde in der Hölle landen!

David hatte das Bewusstsein verloren.

Als er wieder zu sich gekommen war, hatte er im Krankenhaus gelegen, und Großmutter saß weinend neben seinem Bett. Eine Schwester hatte ihn vor dem Eingang entdeckt ...

David wollte nicht mehr richtig in den Schlaf finden. Immer noch fühlte er die Hand auf seinem Haar und blinzelte. Es brannte kein Licht. Granny würde nie im Dunkeln zu ihm kommen. Ihre Augen waren bereits genauso schlecht wie ihr Gehör. Doch jemand war hier, bei ihm. David spürte die Anwesenheit körperlich, und damit meinte er nicht nur die zarten Berührungen.

Es war hier! Das Ungeheuer!

David schreckte hoch. Schwer atmend saß er im Bett und starrte ins Schwarz, wobei er nach dem Glücksbringer griff, den er um den Hals trug. Es war eine Silberkette mit einem lilafarbenen Kristall.

Granny hatte schon wieder die Vorhänge zugezogen, obwohl sie wusste, dass er das nicht mochte. David hasste die Finsternis. Sie umgab sein Herz, seine Seele, sein ganzes Leben.

Granny schob es auf den Mord an seinen Eltern, dass er ein seltsamer und stiller junger Mann geworden war. Ebenso, warum er Horrorgeschichten schrieb. Seine Großmutter glaubte, er würde damit seine Vergangenheit verarbeiten. Vielleicht hatte sie recht, aber David war Schriftsteller aus Leidenschaft. Schreiben bedeutete ihm alles. Es war seine Nahrung, seine Luft, sein Lebenselixier.

Nach dem Tod seiner Eltern hatte es ihn zu sehr geschmerzt, Vaters Arbeiten weiterzuführen, und David hatte sich von den Naturwissenschaften weitgehend abgewandt. Zudem war niemand mehr bei ihm, mit dem er seine Ideen teilen konnte. Andere Gedanken hatten sich seiner bemächtigt – düstere, blutige – und seinen Kopf gefüllt, waren gewaltsam nach draußen gedrängt.

Mittlerweile war er ein viel gelesener Londoner Autor, der mit seiner Passion den Lebensunterhalt bestreiten konnte. Allerdings zog er es vor, anonym zu bleiben, um dem Rummel um seine Person zu entgehen, und schrieb unter einem Pseudonym: David Blackwood.

Davids Vater hatte dank seiner Erfindungen ein kleines Stadthaus und wenige Ersparnisse gehabt, doch die waren bald aufgebraucht gewesen und David hatte begonnen, seine Geschichten für ein paar Pennys an die Zeitung zu verkaufen. Ein Verleger hatte ihn dadurch entdeckt und seitdem verfasste er richtige Bücher.

Viele Nächte verbrachte er damit, sich Gruselgeschichten oder Kriminalromane auszudenken, und schlief lieber tagsüber. Wenn er sich sicher fühlte. Außerdem hatte er oft die Vermutung, beobachtet zu werden. Wie gerade. Er bildete sich manchmal ein, ein Atmen zu hören und das Knarzen des Holzbodens, als ob jemand in seinem Schlafzimmer umherging.

»Ich weiß, dass du hier bist«, flüsterte er und seine Stimme klang erschreckend laut in der Dunkelheit.

Natürlich bekam er keine Antwort. Wie immer.

Langsam beruhigte er sich. Oder er versuchte es zumindest. Unaufhörlich klopfte der Puls in seinen Ohren.

David fuhr hastig mit dem Laken über seine nackte Brust, um den Schweiß abzuwischen. Der Sommer war ungewöhnlich heiß, in seinem Zimmer kühlte es kaum ab. Vielleicht sollte er ein Bad nehmen und danach an seinem Buch weiterschreiben. Schlaf würde er keinen mehr finden.

Zitternd tastete er nach der Kerze auf dem Nachttisch und fluchte leise, weil er die Zündhölzer nicht fand. Wann wurde endlich eine brauchbare Glühlampe erfunden, die eine längere Brenndauer besaß? David würde sofort im ganzen Haus elektrisches Licht anschaffen – die Vorrichtungen dazu hatte er bereits angebracht –, um die Geister der Vergangenheit auf Knopfdruck verscheuchen zu können.

»Luceo«, wisperte er und schnippte mit den Fingern.

Nichts geschah. Er war zu nervös zum Zaubern. Außerdem wandte er zu selten Magie an und war deshalb nicht in Übung. Seine Mutter war keine reinrassige Hexe. Sie kam aus einer Familie, in der ihr Zaubern strengstens untersagt worden war, obwohl ihre Fähigkeiten kaum vorhanden waren. Daher war auch Davids Begabung nicht stark ausgeprägt. Es war ohnehin besser, er hielt sich bedeckt.

Ganz anders Granny. Sie hatte bis vorletztes Jahr regelmäßig Magie angewandt. Als vor zwei Jahren ihre Hexenküche – wie David ihren persönlichen Bereich liebevoll nannte – beinahe in Flammen aufgegangen wäre, hatte sie große Zauber weitgehend bleiben lassen.

»Luceo«, flüsterte er erneut und schnippte. Ein winziger Funke blitzte auf – sonst geschah nichts.

Keine Panik, sagte er sich und schwang die Füße über die Matratze. Er kannte den Weg zum Fenster, er brauchte nur drei Schritte. Doch er bildete sich ein, er könne jeden Moment gegen einen Dämon stoßen. *Seinen* Dämon.

Angestrengt lauschte er in die Dunkelheit. Atmete außer ihm selbst nicht noch jemand?

Du hast eine blühende Fantasie, Junge, vernahm er Grannys Stimme in seinem Kopf, fasste all seinen Mut zusammen und eilte zum hohen

Fenster, um die schweren Vorhänge aufzuziehen. Sofort drang das matte Licht der Gaslaternen in sein Schlafzimmer. Auf der Straße, zwei Stockwerke tiefer, war es still, keine Kutsche, kein Automobil waren zu sehen. Es musste nach Mitternacht sein. Erst dann kam London langsam zur Ruhe. Bereits morgens um vier erwachte es wieder zum Leben. Je mehr die Industrialisierung und der Fortschritt vorankamen, desto mehr wurde die Nacht zum Tag. Wenn sich endlich Glühlampen durchsetzten, würde London überhaupt nicht mehr schlafen. Was David nur recht war. Schlaf bedeutete für ihn Albträume, Kummer, böse Erinnerungen.

Als er ein Knarzen aus dem Flur vernahm, wirbelte er herum. Sein Herz schlug ihm bis zum Hals.

»Granny?«, wollte er rufen, doch lediglich ein Krächzen verließ seinen Mund.

Rasch zog er seine Hose vom Stuhl, der vor seinem Sekretär stand, und stieg hinein. Großmutter schimpfte ihn für seine Unordnung, weil er von seinem Schreibtisch lediglich in sein Bett fiel und sich vom Bett meist direkt zurück zum Tisch begab. Würde Granny ihm nicht Essen ins Zimmer bringen, wäre er wohl dünn wie eine Bohnenstange.

Fahrig schlüpfte er in sein Hemd, ohne es zuzuknöpfen. Falls sich ein Einbrecher in ihrem Haus herumtrieb, wollte er ihm nicht nackt begegnen. Dann suchte er nach einer Waffe und entschied sich für einen der zahlreichen Kerzenhalter aus Bronze, die auf seinem Sekretär verteilt waren. David zog die abgebrannte Kerze heraus, bevor sich seine Finger um das kühle Metall schlossen.

Wahrscheinlich war der nächtliche Besucher längst über alle Berge. *Hoffentlich …*

Mit angehaltenem Atem schlich er zur Tür. Sie stand einen Spaltbreit offen. David hatte sie geschlossen, bevor er zu Bett gegangen war. Ob Granny doch bei ihm gewesen war?

Bereits als Junge hatte er sich eingebildet, ein Ungeheuer würde durchs Haus schleichen. Er hatte ihm eine Falle stellen wollen, allerdings hatte Großmutter den Eimer Wasser, den er auf Tür und Rahmen positionierte, abbekommen, als sie nach ihm gesehen hatte. Sie hatte ihm gedroht, ihn in einen Gnom zu verwandeln, wenn er nicht sofort aufhörte, über »sein Ungeheuer« zu reden. Heute wusste David, dass sie mit der Situation überfordert gewesen war. Granny hatte den Tod ihres Sohnes nie verkraftet, zumal bis heute unklar war, wer die Mörder seiner Eltern waren. Die Polizei hatte die Leichen nie gefunden. Lange Zeit hatte David Angst gehabt, dass der Mann, der brennend davongelaufen war, noch lebte und zu ihnen zurückkehrte, um sie zu töten.

Sein furchteinflößender Retter – war er wirklich ein geflügeltes Wesen oder hatte David sich die Gestalt eingebildet? Er wusste, dass es neben der Menschenwelt andere Welten gab. Fabelwesen, Mythen … all das existierte. Zumindest hatten Vater und Granny das erzählt. Gesehen hatte David lediglich einen Kobold, der bei Vater im Keller gehaust und ihn manchmal geärgert hatte, bis es Vater zu bunt wurde und er ihn mittels Magie austrieb.

Ich muss endlich wissen, ob es mein unbekannter Retter ist, der mich nachts besucht … Entschlossen trat David auf den Flur. Er wollte keine Angst mehr haben. Er war alt genug, sich den Dämonen der Vergangenheit zu stellen.

Erneut lauschte er und hörte ein Quietschen. Es kam von unten! Dort gab es ein Fenster in der Nähe der Haustür – es war das Fenster vor dem Apfelbaum –, das genau dieses Geräusch verursachte, wenn man es aufschob.

David rannte so leise er konnte die Holzwendeltreppe ins Erdgeschoss. Seine nackten Füße hinterließen kaum ein Geräusch; die letzte Stufe übersprang er, da sie knarzte. Als er unten ankam, sah er, wie das Fenster von außen geschlossen wurde. Von einer großen Gestalt, die durch den Baum im Schatten verborgen blieb.

Beim nächsten Wimpernschlag war sie verschwunden.

Ich bilde mir das nicht ein! Hastig verriegelte David das Fenster, schlüpfte in seine Schuhe, riss den Mantel von der Garderobe und öffnete die Haustür. Zuerst steckte er nur den Kopf hinaus und erkannte eine Gestalt, die in einer Nebenstraße verschwand. Sie trug ebenfalls einen Mantel. Das musste der Einbrecher sein!

Davids Griff um den Kerzenständer zog sich zu. Hastig sperrte er die Tür ab und folgte dem Unbekannten in die Dunkelheit.

Eine halbe Stunde lang hatte er die Gestalt durch London verfolgt. Sie drehte sich ständig um und David hielt genug Abstand, um nicht entdeckt zu werden. Hier gab es keine Laternen, aber der herannahende Morgen sorgte für unheimliches Zwielicht. Es war also weit nach Mitternacht, kurz vor vier Uhr morgens. David hatte sich ordentlich in der Zeit geirrt. Bald würde die Sonne aufgehen, doch dieser Stadtteil schlief noch. Er war wie tot. Ausgestorben.

Aus dieser Entfernung erkannte er das Gesicht des Fremden nicht und konnte nicht sehen, ob er Reißzähne oder Klauen hatte. Nur verstrubbeltes braunes Haar.

Wie damals ...

Wild klopfte der Puls in seinen Schläfen. Vielleicht war heute der Tag, an dem sich endlich all seine Fragen klärten. Wer war der Unbekannte? Woher war er am Tag des Überfalls gekommen? Warum hatte er ihn gerettet? Und was hatte er in seinem Haus verloren gehabt?

Längst wusste David nicht mehr, wo er sich genau befand. Zumindest war er hier noch nie gewesen. Schäbig sah es überall aus. Müll verdreckte die Straßen, streunende Katzen wühlten im Abfall und fauchten die Gestalt vor ihm an. Diese ließ sich davon nicht beeindrucken, sondern ging schnellen Schrittes weiter, Kopf und Schultern gesenkt.

Was, wenn das eine Falle war und der Kerl verfolgt werden wollte?

Nein, ich ziehe das jetzt durch! Diesmal würde ihn seine Angst nicht von seinem Vorhaben abbringen, und irgendwie machte dieser Mann, oder was auch immer er war, keinen bedrohlichen Eindruck auf ihn.

Mittlerweile schmerzte seine Hand, die den Kerzenständer hielt. Welch lächerliche Waffe. Falls es sich bei dem Unbekannten um einen Dämon handelte, konnte David gegen ihn schwer etwas ausrichten. Hätte er doch seine wenigen magischen Fähigkeiten besser im Griff! Aber was konnte er schon Großartiges, außer ein wenig Licht hexen oder einen einfachen Suchzauber anwenden – nützlich, wenn er seinen Lieblingsstift verlegte. Das war nichts, womit er sich verteidigen konnte.

Abrupt hielt er an, als die Gestalt vor den Toren einer Kirche stehen blieb. Das Gotteshaus sah nicht besser aus als die anderen Gebäude dieses Viertels: verlassen und heruntergekommen. Ein Flügel der Doppeltür hing halb aus den Angeln, Putz war abgebröckelt, zwei Fenster zerbrochen.

Der Fremde schlüpfte hinein und war aus Davids Sichtfeld verschwunden. Er kannte die Kirche nicht. Seine Familie war nie in die Kirche gegangen, nur mit Mutter hatte er einmal einen Gottesdienst besucht. Vater und Granny glaubten nicht an Gott. Die Kirche vertrat andere Ansichten. Ihrer Meinung nach war Magie das Werk des Teufels, weshalb sich alle innerhalb der Magiergilde in der Öffentlichkeit zurückhielten und ein normales Leben führten. Immerhin lagen die Hexenverbrennungen noch nicht ewig zurück.

Vater hatte jedoch geglaubt, Magie wäre Wissenschaft, Wissenschaft war Fortschritt, und Fortschritt konnte nichts Schlimmes sein.

David war nie auf die geheimen Treffen gegangen. Er war ohnehin nicht wirklich einer von ihnen. Granny hingegen schon. Sie hatte ihn auf dem Laufenden gehalten. Aber seit ein paar Monaten besuchte sie die Versammlungen nicht mehr. David befürchtete, sie würde nicht mehr lange leben.

Und was war dann? Er wäre allein.

Er wartet dort drin auf dich, um dich zu töten, spukte es durch sein Gehirn. David sah die aufgerissenen, toten Augen seiner Eltern. Er erblickte sie oft, wenn er die Lider schloss. Wie damals fürchtete er auch jetzt nicht den Tod als solches, sondern einen schmerzhaften Tod. Hoffentlich ging es schnell.

Er war ein Jammerlappen ... Es wäre nichts verloren, wenn sein Leben heute ein Ende nahm. Außer Granny würde ihn niemand vermissen.

David gab sich einen Ruck und folgte dem Wesen in das düstere Gebäude. Innen war es dunkel und totenstill. Seine Augen brauchten eine Weile, um sich an die Finsternis zu gewöhnen. Die Morgendämmerung drang durch die kaputten Scheiben und offenbarte umgekippte Holzbänke und Unmengen an Staub. Hier gab es nichts, wo sich jemand verstecken konnte. Offensichtlich war alles von Wert entwendet worden.

Deutlich erkannte er eine Spur im Staub. Sie führte zwischen den umgestürzten Bänken hindurch zu einer abgenutzten Holztreppe.

Er ist dort oben. Im Glockenturm ...

David biss die Zähne zusammen. Das Klappern machte ihn noch nervöser, als er ohnehin war. Ein Schweißtropfen lief ihm ins Auge, die Kleidung klebte ihm am Körper. Noch konnte er fliehen.

Nein, verdammt, er würde das durchziehen! Nur stellte er sich dämlicher an als die Figuren in seinen Büchern. Die liefen nicht geradewegs in einen Hinterhalt. Nicht absichtlich zumindest. Er schon.

Welcher normale Mensch schlich sich nachts durch das Haus eines ehrbaren Bürgers, verschwand durchs Fenster und irrte dann durch halb London, um in eine halb verfallene Kirche zu gehen? Zum Beten war der Kerl sicher nicht hier.

Ob David warten sollte, bis es heller wurde? Seine Beine waren ohnehin festgewurzelt. Draußen begann ein neuer Tag, immer mehr Licht fiel durch die Fenster. Von oben drang weiterhin kein Laut zu ihm herunter.

Worauf wartete er?

Diese Stille zerrte an seinen Nerven. Mühsam setzte er sich in Bewegung und steuerte auf den baufällig wirkenden Treppenaufgang zu. Es kostete ihn große Anstrengung, nach oben zu gehen. Seine Knie waren so weich wie Mus und drohten einzuknicken. Der Aufstieg kam ihm ewig vor. Wie hoch war der Turm? Die Kirche hatte keinen so großen Eindruck gemacht.

Nach endlosen Minuten erreichte er eine hölzerne Plattform mit einem Loch in der Mitte. Darüber erstreckte sich ein marodes Dach. Zu drei Seiten war der Turm von Mauern umgeben, nach vorne hin jedoch offen und mit wenigen Brettern verschlagen. Der Morgenhimmel strahlte in blauen und orangen Streifen durch die großen Öffnungen zwischen den Balken. Welch schöner Anblick von hier oben. David konnte über die Dächer Londons sehen.

Die Glocke fehlte. Wahrscheinlich von jemandem gestohlen, um sie zu Geld zu machen. David schaute durch die Mitte der Plattform hinunter in die Kirche. Ein Schubser würde genügen und er würde in die Tiefe stürzen. Hier gab es kein Geländer.

Langsam sah er sich um, wobei ihm sein Herz aus der Brust zu springen drohte. In den düsteren Ecken hingen Spinnweben, und er machte Umrisse von Gegenständen aus, die er nicht definieren konnte. Noch drang zu wenig Licht durch die Balken.

Er spürte, dass etwas in der dunklen Ecke lauerte. »Ich weiß, dass hier jemand ist! Zeigen Sie sich!« Seine Stimme, die in seinen Ohren schrill und fremd klang, scheuchte eine Fledermaus auf, die wild um seinen Kopf flatterte. Panisch warf er den Kerzenständer nach ihr, traf allerdings nicht. Die Fledermaus flog durch ein Loch im Dach in den Himmel, und seine einzige Waffe fiel durch die Öffnung der Plattform nah unten. Beim klirrenden Aufprall auf den Kirchenboden zuckte er zusammen, obwohl der Schall gedämpft an seine Ohren traf. Er spürte eine fremde Macht in seinem Rücken. Der Unbekannte hätte jetzt die beste Chance ihn anzugreifen, aber nichts geschah.

Weil er sich nicht zeigen wird ...

Als die ersten Lichtstrahlen durch die Bretter fielen, drehte sich David langsam um. Die Sonne durchdrang den Raum und brachte die Staubpartikel zum Glitzern. Sein Blick fiel auf einen Mann, der in der Ecke kauerte, den Mantel um sich gelegt, die Augen aufgerissen und die Arme um die nackten Beine geschlungen. Er sah etwas älter aus als David, besaß allerdings viel mehr Muskeln, verstrubbeltes braunes Haar und ein kantiges Kinn. Unter seinem Mantel trug er einen Lendenschurz.

Überrascht wandte David sich ab, um sich zu sammeln. Das war er, sein Retter! Nur älter als damals, kein Junge mehr.

Das musste ein Trugbild sein! Der Mann hatte im Licht geglitzert, als wäre sein Körper mit Diamanten überzogen. Seine Augen hatten normal ausgesehen, sein Gesicht menschlich.

David atmete tief durch und riskierte einen weiteren Blick. Der Mann war verschwunden, stattdessen starrte ihm eine hässliche Fratze entgegen.

Vor Schreck wich David zurück und stieß einen Schrei aus. Ein Dämon!

Er wollte gerade die Flucht ergreifen, als ihm bewusst wurde, dass er eine Steinfigur vor sich hatte. Die graphitartige Oberfläche funkelte im Sonnenlicht. David hatte sich geirrt. Hier gab es keinen Retter, kein mystisches Geschöpf, sondern nur eine Figur, die wohl niemand gestohlen hatte, weil sie zu gruselig, groß und schwer war.

Zögerlich ging David auf die Statue zu. Nein, das war keine Statue. Es war ... »Ein Gargoyle!«

Er hockte wie ein Wachhund in der Ecke, die mächtigen Schwingen, die David für einen Mantel gehalten hatte, bedrohlich ausgebreitet. Die Fänge gefletscht, die Lider zusammengekniffen und die Krallen in den Holzboden gerammt, bot der Gargoyle einen erschreckenden Anblick. Was genau so gedacht war, um mögliche Feinde fernzuhalten, denn während diese Geschöpfe in den Steinschlaf fielen, waren sie leicht zu töten. Wenn man ihnen den Kopf abschlug, wachten sie nie mehr auf.

Plötzlich erinnerte sich David an so mancherlei Dinge, die ihm Vater einst über diese Kreaturen beigebracht hatte. Er hatte es verdrängt, wie so vieles. Beim ersten Sonnenstrahl versteinerten diese Wesen, aber sie wurden nicht wirklich zu Stein, sondern bestanden aus einer Substanz, die Stein ähnelte. In dieser Phase regenerierten sich die Gargoyles oder heilten ihre Wunden.

Ehrfürchtig berührte David die Figur. Sie fühlte sich noch warm an, so kurz nach der Verwandlung. Er ließ die Finger über die raue Schulter gleiten. Wenn er nicht wüsste, was für ein Wesen er betastete, würde er es wirklich für eine Steinfigur halten.

Ob es stimmte und man ihren Herzschlag hören konnte?

David beugte sich zu der hockenden Gestalt hinunter und drückte sein Ohr auf die harte Brust. Tatsächlich, wenn er den Atem anhielt und konzentriert lauschte, hörte er den monotonen Schlag des Herzens. Sein Blick fiel tiefer. Sogar der Lendenschurz war versteinert. Wie war das möglich, wo der Stoff kein Teil des Körpers war? Kein Wunder, dass Vater diese Wesen studiert hatte. Sie waren faszinierend und rätselhaft. Sobald David zuhause war, musste er die alten Unterlagen seines Vaters heraussuchen, um mehr über Gargoyles zu erfahren.

David wäre am liebsten den ganzen Tag bei diesem Geschöpf geblieben, doch sein Zustand würde sich nicht ändern, bevor die Sonne untergegangen war. Dann würde David wiederkommen, um zu sehen, wie sein Retter erwachte, und um ihm all die Fragen zu stellen, die ihm seit Jahren auf der Seele brannten.

∽∾

Es hatte eine Weile gedauert, bis David eine Straße erreicht hatte, an der er sich orientieren konnte und zurück nach Hause fand. Er war beinahe im Stadtteil East End gelandet, wo die Armut größer war und viele Arbeiter lebten. Da war er froh, in einer viel nobleren Gegend in der Nähe des Hyde Parks zu wohnen. David liebte diese Grünanlage, in der er gern spazieren ging, um seinen Kopf freizubekommen, wenn er bei einem seiner Romane nicht weiter wusste.

Im Stadthaus angekommen, rannte er beinahe in Granny, nachdem er seinen Mantel an der Garderobe abgelegt hatte und die Wendeltreppe nach oben laufen wollte. Seine Großmutter hatte ihr graues Haar hochgesteckt und trug eine dicke Brille auf der Nase. In der Hand hielt sie ein Tablett mit einer Kanne duftenden Tee und belegten Brötchen. Offensichtlich hatte sie ihm eben das Frühstück bringen wollen. Dankend nahm er ihr die Last ab und gab ihr einen Kuss auf die runzlige Backe, die nach frischem Puder roch. Granny wurde immer dünner, ihr Rücken krummer. Eigentlich sollte er ihr Essen machen, aber sie fühlte sich gebraucht und aufgehoben in ihrer Hexenküche.

»Guten Morgen, Granny.«

»Junge …«, wisperte sie und schüttelte den Kopf. Der Blick ihrer trüben Augen glitt tadelnd über seinen Körper. Er musste schrecklich unordentlich aussehen; sogar sein Hemd stand noch offen.

»Wo kommst du her?« Sie strich eine Falte an ihrer Schürze glatt, die sie über ihrem einfachen Kleid trug, und hob die Brauen.

»Ich musste für mein Buch recherchieren«, sagte er, ohne rot zu werden. Bei Granny bediente er sich des Öfteren einer Notlüge, um sie nicht aufzuregen.

»Hm …« Sie deutete auf seine nackte Brust. »Bist du bei einer Frau gewesen?«

»Was?« Jetzt wurde ihm doch heiß, von der Kopfhaut bis zu den Zehenspitzen.

Granny lächelte, wobei sie eine Zahnlücke offenbarte, und schlurfte zurück in die Küche.

David wusste, wie sehr sie sich wünschte, er möge eine Frau finden und heiraten. Daran hatte er bisher nie einen Gedanken verschwendet. Er wollte nicht allein sein, aber was sollte er mit einer Ehefrau? Um die musste er sich kümmern. Mit ihr müsste er Liebe machen, was zur Folge hatte, dass es mit der Ruhe aus und vorbei war, sobald Kinder kamen.

Für solche Dinge hatte er keine Zeit, wenn er an seinen Büchern schrieb. So wie jetzt sollte es seiner Meinung nach immer sein: Granny versorgte ihn und störte ihn nicht weiter. Im Gegenzug verdiente er gut und konnte ihr kaufen, was ihr Herz begehrte. Sogar ihr eigenes Badezimmer unter dem Dach hatte sie bekommen und einen Aufzug hatte er vor zwei Jahren einbauen lassen, damit sie nicht die Treppen bis nach oben laufen musste. Dazu hatte er sich Pläne von den Gebrüdern Otis – deren Vater der berühmte Erfinder des absturzsicheren Personenaufzugs war – aus Amerika schicken lassen.

David war zufrieden und glücklich, wie alles war. Und jetzt hatte er noch seinen Retter gefunden.

～

Das Wetter und das Warten machten ihn müde. Die Aufregung fraß ihn innerlich auf. Der Tag hatte mit einem herrlichen Sonnenaufgang begonnen, doch jetzt schoben sich dicke graue Wolken über den Himmel und es sah nach Regen aus. David hatte in den Hyde Park gehen wollen, um sich abzulenken und die Menschen zu studieren. Das machte er oft und gerne. Sie lieferten ihm neue Ideen für seine Geschichten. Aber er verspürte nicht den Wunsch, durchnässt zu werden. Die schwüle Luft machte ihm zusätzlich zu schaffen. Daher saß er auf der breiten Fensterbank seines Zimmers und starrte nach unten auf die Straße. In der Hand hielt er ein in rotes Leder gebundenes Buch. Vaters Notizen über die Gargoyles. David hatte sich gut an das Notizbuch erinnern können, denn es sah genauso aus wie das, in dem die Pläne über den Kühlschrank gestanden hatten.

Am Vormittag war er in den Keller gegangen, in Vaters ehemaliges Labor. Dort befand sich noch alles an seinem alten Platz. Er und Granny hatten es seit dem Tod seiner Eltern selten betreten. Dicke Spinnweben und Staub lagen über Notizen, Reagenzgläsern und seltsamen Apparaturen, die Vater gebaut hatte. Das Buch hatte auf seinem Schreibtisch gelegen. Als David den Staub vom Umschlag gepustet und es aufgeschlagen hatte, war seine Euphorie verflogen. Er konnte kein Wort von dem verstehen, was in dem Buch geschrieben stand. Vater hatte die Aufzeichnungen verschlüsselt und David kannte den Code nicht. Vater hatte auch Skizzen hinzugefügt, von Drachen und hübschen Frauen, und detaillierte Zeichnungen von der Anatomie der Gargoyles.

David starrte auf das Bild einer ausgefahrenen Kralle. Vielleicht halfen die Skizzen ihm, sich zu erinnern. Wobei Vater ihm sicher nicht alle Geheimnisse über die Gargoyles anvertraut hatte. Was hatte er herausgefunden, dass er seine Notizen verschlüsselte? Es musste von enormer Bedeutung sein.

Seufzend legte er das Buch zur Seite. Er sollte ein paar Stunden schlafen, um die Zeit zu überbrücken. Schlafen war, als würde man eine Zeitreise machen. Abends würde er zurück zur Kirche gehen, um den Gargoyle zu begrüßen. Jetzt war es Nachmittag, er hatte eben mit Granny Tee getrunken und fühlte sich ohnehin müde.

Nein, er sollte lieber nicht einschlafen, er könnte den Sonnenuntergang verpassen. Spätestens um acht Uhr musste er aufbrechen, wenn er pünktlich bei der Kirche sein wollte.

Daher zog sich David nicht aus, sondern legte sich auf die Bettdecke. Er wollte nur ein wenig dösen und seinen Gedanken nachhängen. Vielleicht fiel ihm das eine oder andere über die Gargoyles wieder ein.

߷

»Wie spät ist es, Granny?« David richtete sich so abrupt auf, dass ihm kurz schwindlig wurde. Es war fast dunkel! Großmutter trug ihr Nachthemd und hielt eine Lampe in der Hand, in der eine Kerze flackerte. Wie jeden Abend war sie vor dem Zubettgehen gekommen, um seine Vorhänge zuzuziehen.

»Es ist fast zehn Uhr, David.«

Verdammt, fluchte er innerlich. Er hatte verschlafen! Sofort sprang er auf. Er hatte den Sonnenuntergang verpasst.

Granny stand vor seinem Bett und lächelte ihn an. »Wirst du deine Lady besuchen?«

»Ich habe keine ... vielleicht«, sagte er und erneut schoss Hitze in sein Gesicht. Sollte Granny glauben, er treffe sich mit einer Frau. Dann würde sie ihn nicht wieder für besessen halten. Seit der Sache mit dem Wassereimer hatte er seinen heimlichen Retter nicht mehr angesprochen. Warum war Granny damals nur so böse auf ihn gewesen?

»Wer ist sie?«, fragte seine Großmutter.

David ging zum Fenster und nahm das Buch seines Vaters an sich, das er in einer Schublade des Sekretärs verschwinden ließ. Granny brauchte es nicht zu sehen. Das würde nur Fragen aufwerfen. »Was?«

»Deine Lady. Kenne ich sie?«

Er schüttelte den Kopf. Woher sollte seine Großmutter eine Frau kennen, die er kannte. David hatte keine Frauenbekanntschaften, obwohl er bei seinen Spaziergängen durch den Park schon oft bemerkt hatte, wie junge Damen ihn anlächelten. Er hatte stets höflich zurückgenickt; zu mehr war es nie gekommen. Noch nie hatte er eine Frau berührt, geschweige denn geküsst! Sah Granny ihm nicht an, wie grün er hinter den Ohren war?

»Es würde mich sehr glücklich machen, zu wissen, dass du versorgt bist, bevor ich sterbe.«

David wirbelte herum. »Sag so was nicht!«

Lächelnd zuckte sie mit den schmalen Schultern. »Meine Zeit ist bald gekommen, da kann kein Zauber etwas gegen ausrichten.« Sie drehte sich um und verließ sein Zimmer.

David eilte ihr hinterher. »Warte, ich bringe dich nach oben!« Bestimmt war sie wieder zu stur, den Aufzug zu nehmen.

Sie hakte sich bei ihm unter und gemeinsam stiegen sie die platzsparende Holzwendeltreppe ins oberste Stockwerk, wo Granny ihr eigenes Reich hatte. Normalerweise schliefen die Bediensteten unter dem Dach, aber David wollte niemand anderen im Haus haben. Ein Mädchen holte jeden Morgen ihre Schmutzwäsche ab und Tante Abigail, die in der Nähe wohnte und ebenfalls Witwe war, besuchte Großmutter täglich, um ihr unter die Arme zu greifen. Tante Abigail war zehn Jahre jünger und sehr rüstig. Sie ging immer noch auf die Magierversammlungen und hielt David und Granny auf dem Laufenden.

Einmal in der Woche kamen zwei andere Frauen, die das Haus saubermachten. Es war ein winziges, aber feines Stadthaus, das Vater damals gekauft hatte, als David geboren wurde. Im untersten Stockwerk gab es eine große Küche, ein Ess- und ein Musikzimmer, in der Mutters altes Pianoforte stand. In der ersten Etage befanden sich der Salon, der überwiegend von Granny und Tante Abigail benutzt wurde, sowie zwei weitere Aufenthaltsräume.

Im zweiten Stock hatte David sein Reich. Er bewohnte das ehemalige Schlafzimmer seiner Eltern, dem sich ein Ankleideraum und ein

Badezimmer anschloss. Alles war renoviert und modernisiert und sobald es die Technik zuließ, würde es elektrisches Licht in jedem Raum geben. Die Leitungen dazu hatte er bereits verlegen lassen. Im früheren Zimmer seiner Mutter hatte David eine Bibliothek eingerichtet. Bücher waren seine Welt. Dort verbrachte er seine Zeit, falls er nicht schrieb oder im Park spazieren ging. Eigentlich war sein Leben einsam, aber er fühlte sich nicht einsam.

Oder doch?

Seine Protagonisten begleiteten ihn fast ständig, sprachen mit ihm und erzählten ihm ihre Geschichten. Falls sie schwiegen, dachte David an den Überfall, als er die Arme um den Gargoyle geschlungen hatte und der ihn an seine nackte Brust gedrückt hatte. Diese warme, glatte Brust war ihm nicht mehr aus dem Kopf gegangen.

Sie betraten Grannys Flur, der mit rosa Tapeten verkleidet war. Ein dicker Teppichboden dämpfte ihre Schritte. Antike Vasen standen in jeder Ecke. Großmutter hatte eine Vorliebe für die griechische Kultur.

Vor ihrer Tür gab er ihr einen Kuss auf die Wange. »Gute Nacht, Granny.«

»Gute Nacht, mein Junge.« Sie zwinkerte ihm zu und verschwand in ihrem Zimmer.

Vater hatte ihm erzählt, dass Großmutter früher eine begehrte Partie gewesen war, der viele Männer den Hof gemacht hatten. Aber sie hatte nur Gregor geliebt, der viel zu bald an einer Lungenkrankheit gestorben war. David hatte seinen Großvater nie kennengelernt.

Das Leben war nicht nett zu Granny gewesen. Erst wurde ihr der Mann genommen, dann der Sohn und die Schwiegertochter. Und David würde ihren letzten Wunsch auch nicht erfüllen können.

Weil er ein Egoist war.

Seufzend lief er nach unten und wollte sich eben seinen Mantel anziehen, als er zögerte. Ob das Wesen überhaupt noch dort sein würde? Was, wenn David zur Kirche ging und der Gargoyle wieder in sein Haus kam – dann würden sie sich verpassen!

David überlegte. Er würde zuhause bleiben und auf den Gargoyle warten. Schließlich hatte der ihn fast jede Nacht besucht, falls David sich auf sein Gespür verlassen konnte. Vielleicht würde er auch heute kommen.

Die Stunden wollten nicht vergehen. David saß auf der dunklen Treppe und starrte von dort auf das Fenster neben der Haustür, durch das der Gargoyle beim letzten Mal verschwunden war. David hatte es nicht verriegelt. Das Licht der Gaslaterne warf gespenstische Schatten auf das Glas, wenn sich die Äste des Apfelbaumes im sanften Wind bewegten.

Warum kam der Gargoyle nicht? Und was würde David tun, wenn er plötzlich vor ihm stand? Irgendwie freute und fürchtete er sich gleichermaßen. Soweit er wusste, hegten diese Wesen keine bösen Absichten – im Gegenteil. Sie waren Beschützer. Wächter der Menschen.

Er wird warten, bis die Straßen leer sind ... Noch war zu viel Betrieb. Ab und zu ratterten eine Kutsche oder ein Automobil vorbei. Passanten waren unterwegs, überwiegend Männer, die ihre Clubs aufsuchten.

David war einmal in so einem Herrenclub gewesen, hatte ihn jedoch fünf Minuten später wieder verlassen. Das war nicht seine Welt. Mit Menschen konnte er nichts anfangen und bei den Magiern war er auch nicht erwünscht.

Nein, das stimmte nicht. Granny hatte ihn mehrmals überreden wollen, die Versammlungen zu besuchen, damit er unter Leute kam, nur er hatte nicht mitgehen wollen.

Er war abnorm. Ein Einzelgänger. Menschenscheu. Eigenbrötlerisch.

Als er über sich ein Knacken hörte, hob er den Kopf. Ob Granny wach war oder ... Der Gargoyle lief über das Dach!

Sein Herzschlag geriet ins Stolpern. *Bitte, lass es ihn sein!*

Starr blieb er sitzen und wagte kaum zu atmen, als er das leise Knarzen der Stufen vernahm. Jemand kam die Wendeltreppe herunter!

Mit zitternden Knien stand er auf und drückte sich gegen das Geländer, bis das Geräusch verstummt war. Derjenige war nicht ganz nach unten gegangen. Er musste sich im zweiten Stock befinden, wo seine Räume lagen.

David schlich hinauf, blieb an der obersten Stufe stehen und streckte den Kopf in den Flur. Alles war dunkel. Aber stand da nicht ein Schatten vor seiner Tür? Ein mächtig großer Schatten?

David wusste, dass Gargoyles gute Sinne besaßen. Würde Davids heftig schlagendes Herz zu hören sein? Konnte das Wesen ihn sehen oder sogar riechen?

Es verharrte eine Ewigkeit, wie es David schien, vor seiner Tür. Er zwinkerte und zweifelte bereits an seiner Wahrnehmung, als sich der Schatten bewegte. Seine Tür ging auf und wieder zu. Der Gargoyle befand sich in seinem Zimmer!

David musste handeln. Schnell! Was sollte er tun? Und was würde das Wesen machen, weil es den Raum leer vorfand?

Er zögerte nicht länger, stürzte zur Tür, riss sie auf und sperrte sie hinter sich ab. Dann presste er den Rücken gegen das Holz. Sein Puls hämmerte in den Schläfen, er atmete hektisch. Im Zimmer war es stockdunkel, da Granny die Vorhänge zugezogen hatte.

»Ich weiß, dass du hier bist«, sagte er bebend. »Bitte zeige dich mir endlich.« *Oder ich werde noch verrückt.*

Nichts geschah. Alles war still.

David erwartete, jeden Moment eine Berührung zu fühlen, zumindest einen Lufthauch, wenn das Wesen an ihm vorbeistrich.

Nichts.

Tränen füllten seine Augen. Spielte ihm seine blühende Fantasie einen Streich?

Da hörte er das leise Knacken, das die Verbindungstür verursachte, wenn sie geöffnet wurde. Verdammt, David hatte nicht bedacht, dass der Gargoyle durch den angrenzenden Ankleideraum und das Badezimmer fliehen konnte!

Er sah nur einen Ausweg, eine letzte Chance, das Wesen zu sehen.

Es hat mich schon einmal beschützt, dachte er. *Gargoyles sind Wächter …*

So schnell er konnte, eilte er auf sein Fenster zu. Dabei stieß er gegen den Stuhl, der scheppernd zu Boden fiel.

Verflucht, das hatte wehgetan. Immerhin wusste er jetzt, dass er nicht träumte.

»Wenn es dich nicht gibt«, krächzte er, »wenn ich mir deine Anwesenheit nur einbilde, dann bin ich verrückt. Man wird mich in eine Anstalt sperren. Dann möchte ich nicht mehr leben.«

Er riss die Vorhänge zur Seite und mattes Licht drang in sein Zimmer. David wagte nicht, sich umzublicken. Was, wenn dort tatsächlich niemand war und er wirklich wahnsinnig wurde?

Seine Knie schlackerten so stark, dass er es fast nicht schaffte, auf das Fensterbrett zu steigen. Mit zitternden Händen öffnete er die großen Scheiben und starrte zwei Stockwerke hinunter auf den schmalen Vorgarten. David war nicht schwindelfrei, aber im Halbdunkel wirkte die Höhe geringer.

Seine Finger krallten sich in den Rahmen. Wo zur Hölle blieb dieser Gargoyle? War er vielleicht längst weg?

Ein Passant eilte vorbei, bemerkte ihn dort oben jedoch nicht. Hinter einigen Fenstern brannte Licht, allerdings waren sie wegen der staubigen Sommerhitze, die in den Straßen hing, geschlossen. Die Anwohner öffneten über Nacht lediglich die Fenster, die nach hinten zeigten, in die Höfe und großen Gärten.

»Wenn ich springe«, sagte er mit zitternder Stimme, »lande ich auf dem spitzen Metallzaun, dessen Streben meinen Körper durchbohren würden. Ein sicherer Tod.«

David schaute nach oben, auf die Dächer der gegenüberliegenden Häuser. Für ein Wesen mit Schwingen und Krallen wäre es ein Leichtes, über die Dächer zu entschwinden. Gemeinsam mit David hatte das der Gargoyle bereits gemacht. Das hatte er sich gewiss nicht eingebildet!

Er trat noch einen Schritt vor. Warmer Sommerwind strich um seine Beine und zerrte an den Hosen. David fühlte, dass er nicht allein war. Dieses Wesen war hier, beobachtete ihn. Dessen Blicke brannten in seinem Nacken.

David rutschte weiter an die Kante, bis seine Schuhspitzen darüber ragten. Ihm wurde schwindlig, als er erneut nach unten sah. Die scharfkantigen Streben des Zauns schienen nach ihm zu greifen, ihn zu locken. Er brauchte sich nur fallen lassen und alles hätte ein Ende. Seine Finger krallten sich fester in den Rahmen, doch dann ließ er ihn los.

Hier ist jemand. Ich bin nicht verrückt, bin nicht verrückt, bin nicht verrückt! Leicht geriet er ins Wanken. Hilfe, was machte er nur? Er würde tatsächlich fallen!

Der Abgrund drehte sich, ihm wurde schwindliger. Hektisch versuchte er nach dem Fensterrahmen zu fassen – sein Griff ging ins Leere.

Plötzlich riss ihn jemand zurück ins Zimmer. Er fiel nach hinten, landete aber nicht hart, sondern lag auf jemandem! Davids Herz raste, als er auf die Hand starrte, die sich gegen seine Brust presste. Die Finger waren lang und schlank, bloß anstatt Fingernägeln besaßen sie kurze Klauen. Der Arm war nackt und nur spärlich behaart.

David lag da wie erstarrt. Er fühlte die Hitze der anderen Gestalt an seinem Rücken, vernahm die keuchenden Atemzüge der Kreatur in seinem Haar. Das Wesen musste seinen Herzschlag spüren, ebenso wie sich David einbildete, dass dessen Herz gegen seinen Nacken ratterte.

Er war nicht verrückt!

»Bitte hab keine Angst«, flüsterte die Gestalt.

»Ich habe keine Angst«, erwiderte David erleichtert, obwohl seine Stimme zitterte. Er konnte es kaum glauben. Endlich, nach so vielen Jahren, würde er seinen Schutzengel sehen.

Zögerlich berührte er die Hand, die sich an seine Brust drückte. Die Haut war warm und fühlte sich nicht anders an als bei ihm. Der Unterarm war fest, schlank und sehnig. Eine beinahe gewöhnliche Männerhand, wären die Krallen nicht gewesen, die allerdings keinen bedrohlichen Eindruck auf ihn machten. Der Gargoyle hatte sie eingezogen, um ihn nicht zu verletzen. Wie dicke, verhornte Fingernägel sahen sie aus.

David drehte den Kopf zur Seite. Er war zu gespannt, wer ihn hielt. Er fürchtete sich, doch die Neugier überwog.

»Nein!« Die Stimme klang panisch und ein leichtes Grollen schwang darin mit. »Dreh dich nicht um!«

»Warum?« Hastig ergriff er das Handgelenk des Wesens, weil er spürte, dass es sich von ihm lösen wollte. Aber solange David auf ihm lag, würde ihm das nicht gelingen, oder? Wie stark war ein Gargoyle?

»Ich will dich nicht erschrecken«, wisperte das Wesen.

»Das werde ich nicht.« David hatte in seiner Fantasie die hässlichsten und bösartigsten Figuren erschaffen. Konnte die Realität da mithalten? Außerdem hatte er den Gargoyle bereits zwei Mal gesehen. An dem Tag, als seine Eltern starben, und in der Kirche. Er wirkte keineswegs furchteinflößend – im Gegenteil. Bei der Erinnerung an sein erschrockenes Gesicht spürte David eine seltsame Wärme in sich aufsteigen.

»Du darfst mich nicht sehen. Wir dürfen uns den Menschen nicht zeigen.«

»Wieso kommst du dann seit Jahren zu mir?«

Die Kreatur entzog ihm die Hand, aber David drehte sich schnell auf dem warmen Körper herum und starrte in ein Paar aufgerissener Augen, die ihn an eine Katze erinnerten.

Der Gargoyle schlug sich die Hände vors Gesicht. »Sieh mich nicht an!«

»Wieso denn nicht?« David fühlte seine Verzweiflung, spürte das Beben seines Körpers.

»Ich bin hässlich.«

Diesmal ergriff David beide Handgelenke und drückte die Arme des Geschöpfes neben dessen Kopf. Er schaffte es ohne Gegenwehr. Kurze dunkle Haare kamen zum Vorschein, spitz zulaufende Ohren und … ein sehr menschliches, ebenmäßiges Gesicht, das beinahe schön zu nennen war, bis auf das raubtierhafte Gebiss. Die Kreatur glich nicht im Entferntesten dem Gargoyle mit der grausigen Fratze.

Der Mann drehte den Kopf zur Seite, die Lider zusammengekniffen. Er atmete schwer. David spürte seinen harten Bauch durch sein Hemd und die Hitze, die er verströmte. Wie wunderschön er war. Und so lebendig.

Für David war das keine Bestie. Fasziniert schaute er auf die Oberarmmuskeln dieses Geschöpfes. Deren Kraft war nicht zu übersehen. Für den Gargoyle wäre es leicht, David von sich zu schubsen. Dennoch tat er es nicht, sondern blieb weiterhin liegen.

Langsam löste David seinen Griff und bemerkte jetzt die mächtigen, ledernen Schwingen, auf denen der Gargoyle lag. David hatte sie auf dem dunklen Boden erst nicht erkannt. Behutsam ließ er die Fingerspitzen darüber gleiten. Sie fühlten sich glatt und warm an. Wie die Haut einer Schlange.

Keuchend stieß der Gargoyle die Luft aus, hielt aber die Augen weiterhin geschlossen. Sein Kinn zitterte.

David streichelte ihm über die Wange. Er spürte keine Bartstoppeln. Auch auf der Brust wuchs kein Haar.

Plötzlich fletschte der Gargoyle die Zähne und warf David von sich. Mit dem Rücken wurde er in die Matratze seines Bettes gepresst. Wie unglaublich stark er war!

Was passierte jetzt? Würde er ihn angreifen?

Der Gargoyle sprang auf und drückte den Rücken gegen die Zimmertür, das Gesicht wie vor Schmerz verzerrt, wobei die Eckzähne im schwachen Licht aufblitzten. »Hast du genug von dem Monster begafft?«, knurrte er.

»Du bist doch kein Monster«, erwiderte David und setzte sich auf, obwohl er all die Jahre selbst von ihm als Ungeheuer gesprochen hatte. Sein Puls klopfte hart in den Schläfen. Träumte er das alles wirklich nicht? »Du bist ... ein Wunder.«

Die spitzen Ohren der Gestalt zuckten. Der schmerzhafte Ausdruck verschwand und wich einer ungläubigen Miene. Seine Stimme wurde sanfter. »Verspotte mich nicht.«

»Keineswegs.« Langsam rutschte er vom Bett und ging auf das Wesen zu, das sich gegen seine Tür presste.

Es war einen Kopf größer als David und trug nur einen zerschlissenen Lendenschurz, der knapp die Hälfte der muskulösen Oberschenkel bedeckte. Statt Zehennägel besaß die Gestalt auch Klauen. Das Erstaunlichste waren die großen, lederartigen Schwingen, die das Geschöpf zitternd um sich schlang. Diese Schwingen hatte er für einen Mantel gehalten. Wieso fürchtete sich solch ein starkes Wesen vor ihm? Oder war es ebenso aufgeregt wie er?

»Ich habe gesehen, wie du mich gestern angestarrt hast, bevor ich ...« Der Gargoyle biss sich auf die Unterlippe. »Ich dachte, du fürchtest dich vor mir.«

David blieb knapp vor ihm stehen. »Da wusste ich noch nicht, dass du ein Gargoyle bist und keine bösen Absichten hegst.«

Die katzenhaften Augen wurden groß. »Ich würde dir nie schaden!«

Magisch wurde David von ihm angezogen. Er musste näher, wollte wieder diese glatte Haut spüren. »Warum hast du mich gerettet, warum besuchst du mich? Ich habe so viele Fragen an dich.«

Der Gargoyle ließ den Kopf sinken und erwiderte leise: »Gestern habe ich gewusst, dass du mir folgst. Ich wollte dich sehen, dich nah bei mir haben, mich dir offenbaren – aber dann verließ mich der Mut. Wie so viele Male zuvor. Ich hatte Angst, du würdest dich zu Tode fürchten. Nie werde ich den Ausdruck in deinen Augen vergessen, als du mich zum ersten Mal sahst.«

Vorsichtig machte David einen weiteren Schritt auf ihn zu. Beinahe berührten sie sich. »Warst du deswegen so oft in meinem Haus? Um dich zu zeigen?«

»Um dich zu sehen«, flüsterte er.

»Warum hast du so viele Jahre gewartet, mit mir zu sprechen? Wenn ich nicht ...« David holte tief Luft und lächelte. »Lass dir doch nicht alles aus der Nase ziehen.«

»Uns Gargoyles ist es verboten, sich euch Menschen zu zeigen.«

Das hatte Vater auch gesagt, daher hatte er sich bei seinen Nachforschungen schwer getan. Gargoyles lebten im Verborgenen, beschützten die Menschen, weil es ihnen ein dringendes Bedürfnis war und nicht, weil sie dafür bezahlt wurden.

Obwohl David so viele Fragen hatte, verblassten diese im Angesicht des interessanten Geschöpfes. Kein Wunder, dass Vater von diesen Wesen fasziniert war. Er musste jedoch einen Gargoyle gekannt haben, ansonsten hätte er niemals so viel herausfinden können. Wenn David damals besser zugehört hätte! Und wenn er den Code wüsste, um die Aufzeichnungen zu entschlüsseln ... Vielleicht könnte er Vaters Forschungen weiterführen?

Plötzlich brannte David darauf, alles über dieses Wesen zu erfahren. »Verrätst du mir deinen Namen?«

Nach kurzem Zögern sagte es: »Zahar«, wobei es das R rollen ließ. Seine Stimme klang dunkel und brachte wohlige Schauer über Davids Körper. Er war jetzt schon gefangen von diesem Geschöpf. Er wollte es zeichnen, es ausfragen, seine Geschichte aufschreiben. Und es besser kennenlernen.

»Zahar«, wiederholte David. »Den Namen habe ich noch nie gehört.«

»Er bedeutet Morgendämmerung.«

»Ein schöner Name.« David stand nun so dicht vor ihm, dass er nicht weiter zurückweichen konnte.

»Bitte komm mir nicht zu nah«, wisperte der Gargoyle, ohne ihn anzusehen. »Ich stinke.«

Respektvoll trat David einen Schritt zurück. Zahar fühlte sich unwohl.

»Du kannst ein Bad nehmen.« David wollte nicht, dass der Gargoyle ihn verließ. Außerdem stank er nicht. Zahar roch nach Staub und Erde sowie einem animalischen Duft, der David schwindlig machte und ihn verrückte Dinge sagen und tun ließ. Immerhin hatte er zuvor einen fast nackten Mann berührt, als wären sie ein Liebespaar.

Bei dem Gedanken zuckte es in seiner Hose. Liebe Güte, was waren das für Gefühle? Er sollte so etwas nicht für einen Mann, für einen Gargoyle, empfinden, das war falsch. Verboten!

»Also stinke ich«, sagte Zahar niedergeschlagen.

»Nein! Du … riechst natürlich. Ich mag den Geruch«, antwortete er hastig. »Aber du darfst dich gerne hier waschen, wenn du dich dann wohler fühlst.« Falls Zahar in dieser Kirche lebte, hatte er dort keine Möglichkeit, sich zu reinigen. Wovon lebte er überhaupt? Was aß er?

»Hast du Hunger?«, fragte David frei heraus.

Zahar nickte zögerlich, schaute ihm tief in die Augen und sagte mit dunkler Stimme: »Ich habe immer Hunger, David.«

Als er zum ersten Mal seinen Namen aus dem Mund des wundervollen Geschöpfes hörte, lief ihm ein wohliges Kribbeln über die Wirbelsäule, das sich in seinen Lenden sammelte und dort ein angenehmes Pochen hervorrief. Was passierte mit ihm? Worauf ließ er sich ein?

David wollte es herausfinden.

Endlos lange Diskussionen später hatte er Zahar ins Badezimmer verfrachtet. Auf hüfthohen weißen Säulen brannten Kerzen und verbreiteten warmes Licht. Wasser sprudelte aus goldenen Hähnen in eine große Metallwanne, die mitten im Raum auf reich verzierten Füßen stand. Dampf stieg auf und mit ihm der Duft von Sandelholz.

David liebte sein neu gestaltetes Bad mit dem hellen Marmorboden, den riesigen Spiegeln, Muschel verzierten Wänden und hellblauen Vorhängen. Er hatte den Raum selbst entworfen. Daher entsprach er nicht dem, was man in anderen Häusern vorfand, aber das war ihm egal. Schließlich musste er sich wohlfühlen. Außerdem wusste er von Granny, dass die Häuser der Hexen und Zauberer meist nicht dem Standard entsprachen. Vielleicht floss in ihm doch genug verrücktes Blut.

Zahar ging um die Wanne und schaute ehrfürchtig auf den Schaum.

Seine Schwingen zitterten. Langsam tauchte er eine Hand ins Wasser.

»Hast du schon mal in einer Wanne gesessen?«, fragte David. Zum Glück war sie riesig. Er konnte sich darin gemütlich ausstrecken und es war immer noch genug Platz. Zahar war viel größer als er, mit seinem breiten Rücken und den Schwingen, die ebenfalls Raum brauchten. Die Wanne war ideal für ihn.

»Ich habe mich bisher meistens an der Themse, Seen oder Brunnen gewaschen«, erwiderte er. »Niemals in solch warmem Wasser.«

»Es wird dir gefallen.« David konnte den Blick nicht abwenden, als Zahar mit dem Rücken zu ihm stand, den Lendenschurz öffnete und das marode Stück Leder zwischen seine Beine fiel. Ein muskulöses Gesäß lugte zwischen den Schwingen hervor.

David schluckte. »Ähm, ich gehe kurz in die Küche, um Essen zu holen, und du machst es dir in der Wanne gemütlich«, sagte er hastig, schnappte sich eine Kerze und ließ ihn allein.

In Grannys Hexenküche angekommen, schaute er sich um und atmete tief den vertrauten Duft nach kalter Asche, Essen und Kräutern ein. Was sollte er Zahar mitnehmen?

Lächelnd schüttelte er den Kopf. Hatte er da oben wirklich einen Gargoyle in seiner Wanne? Das war verrückt!

Vielleicht war etwas vom Abendessen übrig? Zahlreiche Töpfe und Kellen hingen über einem großen, gusseisernen Ofen. Ein Topf stand darauf. Granny ließ ihm meistens etwas dort, damit David sich, wenn er nachts an seinen Büchern schrieb, bedienen konnte. Tatsächlich fand er Gemüsesuppe darin, die noch warm war. Ob Zahar das mochte?

Sein Magen knurrte. Er hatte seit dem Nachmittag nichts mehr gegessen.

David stellte seine Kerze auf den großen Holztisch mitten im Raum. Dort bereitete Granny das Essen zu. Obst lag in einer Schale. Äpfel und Orangen, die Tante Abigail in ihrem eigenen Gewächshaus anbaute.

Er holte ein Tablett, das er zwischen zwei Schränken fand, und legte einen Apfel darauf. Dann nahm er eine Schüssel aus der Anrichte, schnappte sich eine Kelle und löffelte Suppe hinein. Selbst schlürfte er die leckere Gemüsesuppe direkt aus dem Schöpflöffel, bis sein gröbster Hunger gestillt war.

Er stellte einen Krug mit kaltem Tee dazu, den Granny ihm ebenfalls für die Nacht bereitet hatte, und zwei Becher. Ein Löffel durfte auch nicht fehlen.

Was brauchte er noch? Wenn doch Granny hier wäre … David kam sich unbeholfen vor, weil er seinen Gast nicht richtig zu bewirten wusste.

Der Kühlschrank … Er war ein Prototyp von Vater, ohne Ammoniak, und tat gewissenhaft seine Dienste. David holte die Kerze und öffnete die massive Holztür. Kälte schlug ihm entgegen. Zwischen allerlei Tiegeln und Phiolen fand er ein gerupftes Huhn, das Granny bestimmt für Morgen vorbereitet hatte. Sollte er das nehmen? Mochten Gargoyles rohes Fleisch? David glaubte sich daran zu erinnern.

Er packte also das Huhn dazu, obwohl es sich eklig anfühlte, so kalt und ohne Federn, und nahm den Krug Milch auch mit. Eine Ausrede würde ihm bis zum nächsten Tag bestimmt einfallen.

Mit dem schweren Tablett machte er sich wieder an den Aufstieg.

Zahar lag mit geschlossenen Augen in der Wanne, Kopf und Schwingen gegen den Rand gelehnt.

»Du hattest recht, das ist herrlich.« Seine Nasenflügel bebten.

David stellte das Tablett auf eine niedrige Säule, die sich neben der Wanne befand. Dort deponierte er sonst immer ein Buch. Er las oft, wenn er badete.

Zahar setzte sich auf und sein Blick fiel auf das rohe Huhn. Langsam leckte er sich über die Lippen, die einen außerordentlich schönen Schwung besaßen. Sie hatten etwas Sinnliches an sich.

»Bedien dich«, sagte David und nahm auf dem Wannenrand Platz.

Nach kurzem Zögern streckte Zahar die Hand aus.

Er selbst hatte nur Augen für die Iriden des Gargoyles, die im Kerzenlicht wie Bernstein funkelten. Doch als sein neuer Freund dem toten Huhn einen Flügel abriss und die Fänge in der Keule versenkte, wurde ihm bewusst, dass Zahar kein gewöhnlicher Mann war und etwas von einem wilden Tier besaß.

Herzhaft biss er ab, kaute schnell und schloss knurrend die Augen. Es schmeckte ihm wohl. Er knabberte das rohe Fleisch ab, bis nur noch die blanken Knochen übrig waren. Diese legte er zurück aufs

Tablett und riss den anderen Schenkel ab, mit dem er genauso verfuhr.

Gut, der Löffel war somit überflüssig. Gargoyles liebten rohes Fleisch!

David kam sich dumm vor, Zahar anzustarren, weshalb er zum Apfel griff, um etwas zu tun zu haben. Er konnte nicht den Blick von dem Gargoyle nehmen. Alles an ihm faszinierte David. Wie er die Keule in seinen Händen hielt, die lang und schlank und doch voller Kraft waren, wie er sich über die Lippen leckte und vor Genuss die Augen verdrehte.

Als das Hähnchen verspeist war, trank Zahar die halbe Milch direkt aus der Kanne und lehnte sich entspannt zurück.

David schmunzelte. »Du hast einen Milchbart.« Mit dem Daumen wischte er über Zahars Oberlippe und war versucht, sich den Finger abzulecken. Rechtzeitig besann er sich und tauchte seine Hand ins Wasser.

Zahar war bis zu den Schultern im Schaum versunken und grinste ihn selig an. »Ich danke dir für dieses köstliche Mahl. So etwas Feines hatte ich ewig nicht mehr.«

Wie gewählt er sich ausdrückte. Ein Gargoyle mit Manieren. Jedoch verkrampfte sich Davids Herz bei seinen Worten. Zögerlich fragte er: »Was isst du denn sonst?«

Zahar senkte den Blick. »Was ich so finde.«

David traute sich nicht weiter nachzufragen. Ob Zahar Lebensmittel stahl? Oder meinte er mit »finden«, dass er sich von Müll ernährte oder sogar Tieren, wie streunenden Katzen oder Ratten?

Die aufsteigende Übelkeit wollte er mit anderen Gedanken verdrängen. Zahar hatte gegessen. Was jetzt? David wollte auf keinen Fall, dass er ihn bald verließ.

»Soll ich dir helfen, deine Schwingen zu waschen?« Davids Wangen erhitzten sich und er fügte stotternd hinzu: »W-weil … du kommst da bestimmt schlecht ran, oder?«

Zahar drehte ihm den Kopf zu. Seine Iriden schimmerten im Kerzenlicht wie flüssiges Gold. So wunderschön. Zauberhaft. »Das wäre wunderbar.«

Mühsam riss sich David von dem Anblick los und griff nach einem Schwamm, der auf dem Wannenrand lag.

Zahar setzte sich auf, rückte ein Stück nach vorne.

David stellte sich hinter ihm an die Wanne und tauchte den Schwamm ins Wasser. Anschließend begann er, über das warme, glatte Leder zu reiben. Die Schwingen hatten von der Form Ähnlichkeit mit der von Fledermäusen, nur waren Zahars Schwingen riesig. Schließlich mussten sie sein Gewicht tragen. Sie hatten sogar zusätzliche Last getragen, als Zahar ihn gerettet hatte.

»Kannst du mit ihnen fliegen?«, fragte David und fuhr mit den Fingerspitzen über die glatte Haut, während er knapp daneben mit dem Schwamm schrubbte. Zahar sollte nicht mitbekommen, dass er ihn berührte.

»Nur gleiten.«

»Es ist bestimmt ein tolles Gefühl, durch die Luft zu schweben.«

»Das ist es«, sagte Zahar halb knurrend, halb stöhnend, als David die Stelle wusch, an der die Schwingen aus dem Körper traten. Sie saßen am Schulterblatt. Zahar hatte eine kräftige Rückenmuskulatur.

Es fühlte sich seltsam an, die Schwingen zu reinigen. Mal ließ Zahar sie locker, mal spannte er sie an und erschauderte leicht. Ob es sich für ihn so anfühlte, als würde er den Rücken gekrault bekommen? David hatte es als kleines Kind geliebt, wenn seine Mutter das bei ihm gemacht hatte.

Währenddessen hatte Zahar die Bürste auf dem Wannenrand entdeckt und versuchte damit, seine Krallen zu schrubben. Es sah ein wenig unbeholfen aus; anscheinend hatte er das noch nie gemacht. David freute sich jedoch, dass der Gargoyle reinlich war.

Als David fertig war, trat er neben die Wanne und Zahar lehnte sich zurück.

»Danke, David.« Seine Wangen waren gerötet. Ob es ihm peinlich war?

David war es auch peinlich, seine Neugier überwog allerdings. Auf diese Weise konnte er viel über die Anatomie eines Gargoyles lernen und Zahar nebenbei ausfragen.

Davids Blick fiel auf die teure Sandelholzseife, die er sich aus Frankreich hatte schicken lassen. »Lass mich deine Haare waschen.«

Er verteilte die Seife mit Wasser auf seinen Händen, bis sie schäumte, dann fuhr er mit den Fingern in Zahars Haar. Es fühlte sich dick und störrisch an, aber am meisten faszinierten David die kleinen Höcker, die er darunter verborgen fand. Hörnerstummel! Zahar schloss leise stöhnend die Augen, als David sie mit Daumen und Zeigefinger erforschte.

Sofort zog er die Hände weg. »Tut dir das weh?«

Zahar riss die Lider auf. Seine Wangen hatten sich dunkel verfärbt. »Nein«, sagte er hastig.

Dann hatte es ihm ... gefallen? »Du spürst, wenn ich sie berühre?« Erneut fuhr David unter das Haar und massierte die Knubbel. Sie waren nicht aus Horn, wie er erst gedacht hatte, sondern gaben ein wenig nach.

»I-ich spüre es. Bis in meinen Bauch«, wisperte Zahar.

Davids Blick glitt tiefer, über Zahars muskulöse Brust. Er atmete schneller.

»Sag mir, wenn dir etwas unangenehm ist.« David war schockiert über sich, weil es ihn erregte, diesen ... Mann ... zu berühren. Ja, Zahar war sehr männlich und attraktiv – auf seine wilde Weise. Ob er auch erregt war? David konnte das wegen des Schaumes nicht sehen. Besaß Zahar überhaupt ein Geschlecht wie er?

Bei diesem Gedanken wurde er so hart, dass er die Augen zusammenkniff und ein Stöhnen unterdrückte. Verdammt, er musste das beenden!

»Leg deinen Kopf zurück, damit ich dir die Seife ausspülen kann«, sagte er heiser.

Als Zahar sich ins Wasser legte, kam kurz sein flacher Bauch zum Vorschein, als sich der Schaum teilte.

Hastig schaute David weg. Er wollte nicht sehen, wie Zahar zwischen den Beinen gebaut war. Das hatte ihn nicht zu interessieren. Das ging zu weit ... Aber verdammt, er wollte es wissen!

Zahar legte den Kopf in den Nacken und ließ sich die Seife ausspülen. Die Augen hatte er wieder geschlossen. David starrte auf den ausgeprägten Kehlkopf, nahm den Schwamm und wusch Hals und Brust.

Zahar brummte leise, es glich fast einem Knurren. Seine Lippen waren leicht geöffnet, die Fänge spitzten hervor. Wild, gefährlich und attraktiv.

David atmete ebenfalls immer schwerer. Seine Hand mit dem Schwamm wanderte wie von allein tiefer, kreiste auf Zahars Bauch und glitt über die Oberschenkel, schrubbte weiter innen, höher ...

Zahar sank tiefer, der Schaum reichte schon über seine spitzen Ohren.

David schrubbte seine Innenschenkel und stellte sich vor, wie sie unter dem Schaum aussahen: muskulös, drahtig, wie bei der Statue eines griechischen Gottes.

Abrupt setzte sich Zahar auf, sodass Wasser aus der Wanne spritzte. Nach Luft ringend starrte er David an, die Krallen in den Rand der Wanne geschlagen.

»T-tut mir leid, wenn ich dir zu nahe gekommen bin«, stammelte David und legte hastig den Schwamm zur Seite.

»Nein, das … ist es nicht, ich …« Zahar senkte den Kopf. »Ich hab nur Schaum ins Auge bekommen und Wasser in die Nase. Ich habe gedacht, ich ertrinke.« Dann grinste er so breit, dass sich Grübchen in seinen Wangen bildeten.

David grinste zurück. Aus dem Grinsen wurde ein herzhaftes Lachen, bis sie sich beide die Bäuche hielten. Es war befreiend. Schon ewig hatte David nicht mehr richtig gelacht.

Als er sich mit dem Ärmel über die Augen wischte, bemerkte er, wie feucht er war. Immer noch schmunzelnd öffnete er die Knöpfe an seinem Hemd und streifte es sich über den Kopf. »Ich bin ganz nass. Ich ziehe lieber mein Hemd aus, bevor Granny morgen neugierige Fragen stellt. Sie glaubt, ich treffe mich mit einer Frau.« Warum erzählte er das Zahar? Die Worte waren ihm einfach über die Lippen gegangen, als würde er mit einem guten Freund reden … den er nie gehabt hatte. Zwischen Zahar und ihm schien es eine besondere Bindung zu geben. Als ob sie sich bereits lange kannten.

»Hast du denn eine?«, fragte Zahar leise.

»Keine Frau.« David schluckte. Plötzlich kam er sich ganz nackt vor, denn Zahar starrte ihm unverwandt auf die Brust.

»Ihr paart euch doch, um Nachwuchs hervorzubringen?«

Vor Überraschung ließ er das Hemd fallen. War da jemand genauso neugierig auf ihn wie er auf den Gargoyle? »Sch-schon«, brachte er stotternd hervor. »A-aber ich hab noch nie, also …« Er kratzte sich am Kopf. Was für Unterhaltungen sie hier führten!

»Ich auch nicht«, sagte Zahar. »Mir wollte kein Weibchen aus meinem Klan gefallen.«

David horchte auf. »Dein Klan? Ich dachte, du lebst allein.«

»Das tu ich.«

»Magst du mir davon erzählen?« Soweit David wusste, war ein Gargoyle ohne Klan nicht lange überlebensfähig. Diese Wesen brauchten die Struktur einer Gemeinschaft.

»Später vielleicht«, erwiderte Zahar leise. »Jetzt würde ich dich auch gerne berühren.«

Er hatte seine Finger also bemerkt. David wurde es schwindlig und heiß. »Tu es einfach«, flüsterte er, denn er wollte von ihm angefasst werden.

Zahar hielt die Hände über das Wasser. »Hab keine Angst, ich könne dich verletzen. Ich werde aufpassen.«

Die Klauen sahen nicht Furcht einflößend aus, da Zahar die Krallen eingefahren hatte. So wirkten die Finger fast normal, wie bei einem Menschen.

David nahm seine Hand und befühlte eine Kralle. Sie bestand aus dickem Horn.

»Madame, Sie könnten eine Maniküre vertragen«, sagte er grinsend und drückte Zahars Hand auf seine nackte Brust, sich bewusst, dass er ihn mit einem Schlag würde töten können. Aber David fühlte keine Gefahr von ihm ausgehen. »Sei nur vorsichtig«, wisperte er mit zitternder Stimme und ließ die Hand los.

Behutsam strich Zahar über seinen Oberkörper. Davids Brustwarzen zogen sich zusammen und schmerzten vor Sehnsucht. Zahar rieb den Daumen über den harten Knubbel.

Pure Lust schoss wie Lava zwischen Davids Schenkel. Beinahe hätte er sich ergossen!

Was taten sie? Das musste sofort aufhören!

Er wich zurück. Sein Körper kribbelte, doch am heftigsten pochte sein Geschlecht. »Du bist sicher schon ganz aufgeweicht. Ich bringe dir ein Handtuch!«

Zahar sah geknickt aus. »Du fürchtest mich.«

Vehement schüttelte David den Kopf. Zahar schien sich nicht bewusst zu sein, wie seine Nähe auf ihn wirkte. Er gab sich offen, neugierig und schamlos. Gargoyles kannten wohl keine Scheu vor Zärtlichkeiten. Sie nahmen sich, was sie brauchten. Diese Vorstellung schürte Davids Erregung. »Es ist nur … deine Berührungen, sie …« Verdammt, wie sollte er es ihm erklären?

»Sie gefallen dir nicht?«

»Doch! Aber ... du bist ...«

»Kein Mensch.« Zahar ließ den Kopf sinken.

»Das ist es auch nicht. Ich sehe dich als Mann und Männer untereinander ... Das ist verboten.«

Zahar runzelte die Stirn, als würde er nicht verstehen, was David meinte.

Er versuchte, es ihm zu erklären. »Nur Männer und Frauen dürfen sich auf diese Weise nahekommen. Schicklich ist das allerdings nur, wenn sie verheiratet sind.« Und dann bloß im stillen Kämmerlein. »Zwei Männer können eingesperrt werden, ins Gefängnis oder in eine Anstalt kommen, wenn sie ... Du weißt schon.«

Zahars Miene blieb unergründlich. »Ihr habt seltsame Sitten. Ich habe viel über euch gelernt, aber das war mir neu. Bei uns dürfen auch Männchen zusammen sein. Das wird toleriert, auch wenn es bedeutet, die Gemeinschaft muss auf Nachwuchs verzichten.« Er räusperte sich und seine Stimme klang eine Nuance tiefer, als er sagte: »Man kann sich nicht aussuchen, wen man ... begehrt.«

Davids Puls klopfte heftig. Zahar begehrte ihn?

Eine Sehnsucht lag in den Bernsteinaugen, die Davids Herz noch wilder schlagen ließ.

Bevor sie das Thema vertieften und es zu weiteren Peinlichkeiten kam, holte er ein Handtuch aus dem Ankleidezimmer und drückte es Zahar in die Hand.

»Wieso hast du mich gerettet?«, fragte David, während er sich umdrehte und ein paar Kerzen ausblies. Zahars große Gestalt zeigte sich ihm in den Spiegeln, woraufhin ihm die Luft wegblieb. Die Zärtlichkeiten hatten ihn also auch erregt. Zahar besaß ein Geschlecht, das seinem gleichsah. Es wirkte nur ein wenig größer und dicker, war allerdings haarlos. Gargoyles schienen kaum Körperbehaarung zu besitzen.

» ... vor Ort«, hörte er ihn sagen, bevor David die Worte aufnahm und hastig wegschaute.

»Bitte?« Er drehte sich um und seufzte erleichtert, als sich Zahar das große Handtuch um die Hüften wickelte. Er stand vor der Wanne und sein feuchter Körper glänzte im Schein der restlichen Kerzen.

»Ich sagte, ich war an dem Tag zufällig vor Ort. Jede Nacht kam ich zum Kristallpalast und studierte durch das Glasdach die Erfindungen. Ich hatte den Auftrag, den Fortschritt der Menschen zu überwachen, damit wir uns ihnen besser anpassen können und vor dem Entdecktwerden gewappnet sind.« Er schmunzelte. »Es wird immer schwerer, euch zu beschützen, vor allem, weil ihr die Nacht zum Tag macht.«

Etwas Ähnliches hatte David vor Kurzem auch gedacht. Wie gleich sie sich waren.

»Die Halle leerte sich und plötzlich sah ich dich, deine aufgerissenen Augen, deine bewundernden Blicke. Du hattest mich mehr fasziniert als eure Entwicklungen.«

Zahar bückte sich, um seinen Lendenschurz aufzuheben. Dabei spannte sich das Tuch über seine muskulösen Oberschenkel. Die Schwingen hatte er ausgebreitet, damit sie trockneten. Welch anmutige Gestalt er hatte. David beneidete ihn ein wenig für seine Figur. Er selbst fand sich schmächtig. Kein Wunder, vom Schreiben bekam man keine solchen Muskeln.

David ging zu ihm und nahm ihm den Fetzen ab. »Das musst du nicht mehr anziehen. Du kannst etwas von mir haben.«

Zahars Brauen hoben sich. »Du trägst Lendenschurze?«

Lachend schüttelte er den Kopf.

Zahar verschränkte die Arme vor der Brust, wodurch die Muskeln hervortraten, und sagte gespielt überheblich: »Wir tragen nichts anderes.«

»Es wird Zeit, dass du deine Ansprüche zurückschraubst«, erwiderte David grinsend. »Komm, wir schauen mal, was dir passt.«

Zahar legte die Schwingen an, als er ihm durch die Tür ins Ankleidezimmer folgte. David stellte den Kerzenhalter auf eine Kommode und durchsuchte seine Schubladen, aber er erkannte auf den ersten Blick, dass seine Sachen Zahar nicht passen würden. »Im Keller stehen Kisten mit Vaters Kleidung«, sagte David, während sie in sein Schlafzimmer gingen. »Er war größer als ich. Da finden wir sicher was.«

Zahar hielt ihn am Arm fest. »Ich sollte jetzt los. In drei Stunden wird es hell.«

»Dann haben wir noch über zwei Stunden Zeit.« David starrte auf den Boden. »Willst du wirklich wieder in diese schmutzige Kirche?«

»Wo soll ich denn sonst hin?«, fragte Zahar bedrückt.
»Bleib hier.«
»Deiner Großmutter wird das nicht gefallen«, schoss es aus seinem neuen Freund hervor.
David stutzte. »Wieso glaubst du das?«
»Ich …« Zahar fuhr sich durch sein verstrubbeltes Haar, das noch immer feucht war. »Ich habe bereits zu viel gesagt. Viel zu viel. Eigentlich dürfte ich dir gar nichts über mich erzählen.«
»Verbietet dir das dein Klan?«
Zahar nickte.
»Aber du sagtest doch, du lebst nicht mehr bei ihnen?«
»Ich habe mich trotzdem an die Regeln zu halten.«
»Und was hat Granny damit zu tun?«
Zahar biss sich auf die Unterlippe.
»Bitte rede mit mir darüber.«
»Sie hat …«
»Was?«
Zahars Stimme wurde immer leiser. »Sie versucht seit Jahren, mich von dir fernzuhalten.«
»Was?!« David wurde es schwindlig. »Jetzt kann ich dich erst recht nicht gehen lassen. Du musst mir alles erzählen!«
Er führte Zahar zu seinem Bett. »Setz dich bitte.«
David machte es sich neben ihm gemütlich – mit genügend Abstand. Er musste Zahars betörender Nähe ausweichen. Es war ohnehin seltsam, jemand anderes als Granny in seinem Zimmer zu haben. Seltsam und aufregend. »Was war mit meiner Großmutter?«
»Ich sehe öfter, dass sie im Haus Kristalle verteilt und dabei Sprüche murmelt.«
David nickte. »Zu unserem Schutz. Das soll böse Geister und Dämonen fernhalten.«
Eindringlich blickte Zahar ihn an. »Sie will mich fernhalten.«
David stockte der Atem. Warum sollte Granny das wollen, wo Zahar ihn beschützt hatte? Moment – das wusste seine Großmutter nicht. Oder doch? Sie konnte es sich denken, immerhin hatte er ihr oft genug erzählt, dass sein Beschützer in der Nähe war. »Vielleicht hält sie dich für einen Dämon?« Wie er anfangs auch.
Zahar zuckte mit den Schultern. »Auf jeden Fall haben ihre Ab-

wehrmaßnahmen bei mir keinerlei Wirkung gezeigt.«

David fasste sich an den Stein seines Amuletts. Das hatte er von Granny bekommen, nachdem seine Eltern gestorben waren. »Na siehst du, sie wollte dich nicht aussperren.«

»Aber sie hat mir verboten, mich dir zu zeigen.«

Vor Überraschung griff er Zahar an die nackte Schulter. »Sie hat mit dir geredet?«

»Vor vielen Jahren schon.«

Langsam ließ er den Arm sinken. Granny wusste über Zahar Bescheid und hatte ihm nichts gesagt? Ein Stich durchschnitt seine Brust.

»Sie ist auch bestimmt böse auf mich, weil ich mich aus eurem Eisschrank bediene.«

Dieses Geständnis ließ David lächeln. »Du darfst dich immer hier bedienen. Von nun an werde ich dafür sorgen, dass täglich ein gerupftes Huhn im Kühlschrank liegt, und wenn ich ihm eigenhändig die Federn rausreißen muss.«

Zahar lächelte ebenfalls, wobei sich seine scharfen Eckzähne zeigten. »Das würdest du tun?«

»Ich würde alles für dich tun«, sagte David leise. »Du hast mein Leben gerettet.«

∽∾

Sie hatten bis zum Morgengrauen geredet. Über Technik, Fortschritt und Davids Bücher über Monster und lebendige Maschinen. David konnte Zahar überzeugen, bei ihm zu bleiben. Als die Sonne aufging, hockte er sich wie ein Wachhund vors Bett, fletschte die Fänge und legte seinen fürchterlichsten Blick auf. Wie Eiskristalle, die im Winter über das Fenster wanderten, sah es aus, als Zahar zu Stein wurde. Seine Haut glitzerte kurz – dann war sie grau und hart.

Glücklich kroch David unter die Decke und schlief sofort ein.

»Was ist das hier?!«

Als er Grannys schrille Stimme hörte, setzte er sich schlaftrunken im Bett auf. Seine Lider waren schwer wie Blei und er hatte Mühe, die Augen offenzuhalten. »Eine Statue.«

»Ich bin zwar fast blind, aber ich erkenne immer noch einen Gargoyle, wenn ich einen sehe! Was macht er hier?« Granny stand neben seinem Bett, ein Tablett mit Tee und einer Zeitschrift in der Hand, und starrte ihn mit ihrem Ich-möchte-sofort-eine-Antwort-sonst-verwandle-ich-dich-in-einen-Gnom-Blick an.

»Das ist Zahar, mein Beschützer, von dem du mir nie glaubtest, dass er existiert.«

Während Granny das Tablett auf seinem Nachttisch abstellte, sank er zurück in die Kissen und drehte ihr den Rücken zu. »Und jetzt gute Nacht. Lass uns später reden«, murmelte er. »Und lass die Vorhänge zu.«

»Junger Mann! Wie sprichst du mit mir?« Sie machte die Vorhänge weiter auf.

Blinzelnd drehte sich David auf die andere Seite und zog sich das Kissen über den Kopf.

»Ich möchte sofort eine Antwort!«

Seufzend gab er auf. Granny war stur wie ein Esel.

Er rutschte an die Bettkante, um einen besseren Blick auf Zahar werfen zu können. Wie zuvor hockte der Gargoyle da. Er würde sie in diesem Zustand nicht hören können.

David berührte kurz seine Schulter. Sie fühlte sich kalt an, wie richtiger Stein. Aber dass das Handtuch ebenfalls versteinert war, ließ ihn stutzen. Das entbehrte jeder Logik! Bereits in der baufälligen Kirche war ihm der versteinerte Lendenschurz aufgefallen. War das eins der Rätsel, denen Vater auf den Grund gehen wollte?

»Ich höre!« Granny stemmte die Arme in die Hüften und hob die Brauen.

»Was soll ich dir erzählen, was du nicht ohnehin schon weißt? Zahar besucht mich seit Jahren. Es war nur eine Frage der Zeit, bis ich ihn entdecke.«

Ihre Stimme wurde sanfter. »Du bist ihm nachgeschlichen. Du warst bei keiner Frau.«

David nickte. Ihr entging auch nichts.

»Er kann nicht bleiben, Junge.«

»Warum?«

Sie schwieg.

David hasste es, nicht informiert zu sein. »Warum sagst du mir nicht einfach, was damals passiert ist?«

»Diese Geschöpfe haben deinem Vater nur Ärger gebracht.«

»Warum?«

Abermals erwiderte sie nichts, sondern starrte Zahar an.

»Granny, bitte!« Waren die Gargolyes für den Tod seiner Eltern verantwortlich? Hatten sie ihn getötet, um an das Buch zu kommen? Sein Hals verkrampfte sich. Sie hatten das falsche Buch. Die codierten Aufzeichnungen lagen in seiner Schublade. Vielleicht hatten sie die Bücher verwechselt, denn Vater hatte mehrere dieser in rotes Leder gebundenen Notizbücher besessen.

»Warum hast du versucht, Zahar mit deiner Magie und den Kristallen auszusperren?«

»Ich wollte nicht ihn fernhalten, sondern Dämonen.«

»Was verschweigst du mir, Granny?« Die ganze Sache wurde immer mysteriöser.

Sie seufzte laut und setzte sich neben ihn. »Du bist alt genug und sollst es erfahren.«

Gespannt wartete er, bis sie zu erzählen anfing.

»Wie du dich vielleicht erinnern kannst, hat dein Vater zahlreiche Wesen studiert und Abhandlungen über sie geschrieben. Seine Recherchen waren genau und er war in der Magiergilde ein angesehener Mann.«

David konnte sich nur noch an den Kobold erinnern. Alles andere war wohl vor seiner Zeit gewesen.

»Eines Nachts, als er von einer Versammlung zurückkam, begegnete ihm ein Gargoyle. Sein Name war Nuriel.«

Nuriel – Vater hatte den Namen nie erwähnt.

»Nuriel sprach im Namen des Londoner Klans und bat deinen Vater um Hilfe. Sie wollten herausfinden, warum sie beim ersten Sonnenstrahl zu Stein werden. Ihr Leben gerät immer mehr in Gefahr. Die Menschen haben Waffen, Schwerter und andere Geräte aus Metall, die einen Gargoyle vernichten könnten, wenn er versteinert ist. Die Legenden der Gargoyles erzählen von einem Fluch und sie wollten wissen, wie er zu brechen sei.«

Also ein Fluch steckte hinter alldem! Das erklärte so vieles. »Wer hat die Gargoyles verflucht?«

Granny zuckte mit den Schultern. »Thomas hat mir nicht viel erzählt, aber seine Nachforschungen hatten wohl Erfolg. Er musste etwas erfahren haben, das die Dämonen erzürnte. Sie sind die ärgsten Konkurrenten der Gargoyles.«

David nickte. Die Gargoyles kamen den Unterweltlern in die Quere, wenn diese auf Seelenfang waren. »Wenn es den Wächtern möglich wäre, auch bei Tag auf die Menschen aufzupassen – das würde den Dämonen gewiss nicht gefallen.«

»Irgendetwas Bedeutsames war passiert, denn Thomas brach die Forschungen plötzlich ab. Wenige Tage später war er tot.«

Was war nur geschehen? »Mehr weißt du nicht?«

Granny schüttelte den Kopf.

»Suchen die Dämonen nach Vaters Aufzeichnungen? Schützt du deshalb das Haus?«

»Sie haben mehrmals versucht, ins Haus zu kommen, irgendwann jedoch davon abgelassen. Aber ich traue dem Frieden nicht. Es ist nie verkehrt, sich zu schützen und auf alle Eventualitäten vorbereitet zu sein.«

David griff sich ans Amulett. Jetzt wusste er, wovor es ihn schützte. »Das ist alles sehr verwirrend«, sagte er. »Entweder haben Dämonen Vater bedroht, weil er den Gargoyles helfen wollte, den Steinfluch aufzuheben, oder die Gargoyles haben einen Rückzieher gemacht, weil er ihre Achillesverse aufgedeckt hat und niemand davon erfahren durfte, besonders nicht die Unterweltler.« Er überlegte eine Weile. »Nur wie sollten die Dämonen davon erfahren haben?« Vater hatte die Gargoyles doch nicht verraten? Wurde er erpresst? Oder gab es einen Verräter unter den Wächtern?

»Ich weiß es nicht, Junge. Wir werden nie erfahren, was damals wirklich geschehen ist.«

»Warum möchtest du Zahar nicht im Haus haben, Granny?« Fragen über Fragen. In Davids müdem Gehirn purzelte alles durcheinander.

»Ich habe nichts gegen deinen Beschützer, aber er bringt dich vielleicht in Gefahr, wenn die Dämonen dich mit ihm sehen. Sie denken womöglich, du führst Thomas' Forschungen weiter. Solange der Gargoyle nicht mit dir in Verbindung gebracht wird, toleriere ich ihn. Schließlich hat er dich gerettet.«

David hatte bisher nie einen Dämon gesehen. Oder doch? Dämonen sahen nicht unbedingt grauenvoll aus. Die meisten von ihnen waren überaus attraktiv, damit die Menschen ihnen verfielen. Auf diese Weise gelangten die Unterweltler einfacher an Seelennahrung, die sie zum Überleben brauchten und um ihre magischen Energiereserven aufzufüllen.

Die Frauen, die ihm im Park zulächelten ... Waren das vielleicht Dämoninnen gewesen? Auch tagsüber hatte er oft das Gefühl, beobachtet zu werden.

»Sind Dämonen für ihren Tod verantwortlich?«, fragte er.

Granny ergriff seine Hand. »Möglich ist alles.«

Gargoyles, Dämonen oder Männer, die lediglich an Vaters Forschungen über den ammoniakfreien Kühlschrank gelangen wollten. Würde David jemals die Wahrheit herausfinden?

Granny tätschelte seine Hand. »Nun schlaf wieder. Danach bringst du Zahar heim und wir reden weiter.«

»Er hat kein Zuhause«, sagte er leise und schaute auf seinen neuen Freund.

Granny lächelte sanft. »Wir lassen uns etwas einfallen.« Ächzend erhob sie sich, schloss die Vorhänge und schlurfte aus dem Zimmer.

»Granny?«

Seine Großmutter wandte sich um.

»Kann ich ihm Kleidung von Vater geben?«

»Natürlich.«

Sobald die Tür geschlossen war, ging David zu seinem Schreibtisch und holte das geheime Buch hervor. Er schlug den Rückendeckel auf. Hinten waren einige Seiten frei. Platz, für seine eigenen Notizen. Obwohl ihm beinahe die Augen zufielen, machte er sich Stichpunkte von ihrem Gespräch und den Erzählungen von Zahar, um nichts zu vergessen. Jede Kleinigkeit konnte von Bedeutung sein.

❧

Langsam löste sich die Dunkelheit auf, aber noch konnte Zahar sich nicht bewegen. Sein Herzschlag wurde lauter, klopfte in seinen Ohren. Seine Haut kribbelte. Er konnte riechen, wo er war, bevor sich seine Augen verwandelt hatten. David ... Er war in seiner Nähe. Alles duftete nach ihm.

Zahar machte einen tiefen Atemzug und streckte die Glieder. Ausgeruht und gestärkt erwachte er aus seinem Steinschlaf, wie immer froh, zu leben. Seine größte Angst war es, im Schlaf getötet oder verletzt zu werden, weil er in diesem Zustand am verwundbarsten war. Doch in diesem Haus fühlte er sich sicherer als in der Kirche.

Er drehte sich um und erblickte David im Bett. Zahars Augen erfassten in der Dunkelheit jedes Detail. Das wenige Licht, das durch die Vorhänge drang, reichte seinem Sehsinn.

Er schlich ans Kopfende und setzte sich behutsam auf die Matratze. David lag auf dem Rücken. Die Decke war ihm bis unter den Bauchnabel gerutscht und offenbarten seinen schlanken Oberkörper.

Wie oft Zahar ihn im Schlaf gemustert hatte, wusste er nicht. Vom ersten Augenblick an, als er David durch das Glasdach des Ausstellungspalastes gesehen hatte, war er von ihm verzaubert. Die letzten fünf Jahre hatten sich wie Kautschuk gezogen. Jede Nacht war er versucht gewesen, sich dem jungen Mann zu zeigen. Aber er hatte Angst gehabt. Unglaublich große Angst. Er hätte es nicht verkraftet, hätte David ihn abstoßend gefunden. Diese Furcht hatte ihn immer zurückgehalten.

Bis über beide Ohren war er in diesen Menschen verliebt. Gab es für sie Hoffnung auf eine Partnerschaft? Zahar würde es für den Anfang reichen, David als Freund zu gewinnen. Was dieser ihm über die Beziehung zwischen Männern erzählt hatte, schockierte ihn. Was war so schlimm daran? War es nicht egal, wen man liebte? Solange beide damit einverstanden waren, taten sie doch niemandem weh … Die Menschen hatten seltsame Ansichten. Selbst im Tierreich vergnügten sich Männchen miteinander.

Würde David ihn wollen, wenn er dürfte? War er, Zahar, überhaupt ein Mann in Davids Augen und keine Bestie? Den alten Legenden nach floss Menschenblut in ihm. So verschieden waren sie nicht.

Der einzige Grund von Zahars Seite, nicht mit David zusammen sein zu dürfen, war der, dass es Gargoyles verboten war, sich den Menschen zu zeigen. Den meisten – es gab wenige Ausnahmen.

Doch er hatte den Klan verlassen; die anderen hielten ihn sicher für tot. Was scherten ihn noch deren Regeln? Er würde niemandem verraten, wo sie ihr Versteck hatten oder andere Details, die seiner Rasse schadeten, aber von nun an wollte er leben. Richtig leben und das Zusammensein mit diesem besonderen Menschen genießen.

Zögerlich legte er eine Hand auf Davids Brust. Letzte Nacht hatte er ihm nur eine kurze Berührung gewährt. Würde er jetzt auch vor ihm fliehen?

Zahar liebte Davids weiche Haut, seinen grazilen Körper, die zarten Muskeln. Dadurch wirkte er zerbrechlich und erweckte in ihm einen starken Beschützerdrang.

Zärtlich ließ er die flache Hand über die Brust gleiten. Davids Herz schlug langsam und regelmäßig, aber je länger Zahar streichelte, desto heftiger pochte es. Er erwachte.

Als er plötzlich die Augen aufschlug, hielt Zahar inne. David sagte nichts, bewegte sich nicht, sondern starrte ihn an.

»Zahar?«, wisperte er.

»Ja.« Vorsichtig fuhr er fort und streichelte über die schlanken Arme.

David ließ es zu, blieb weiterhin reglos, doch er schloss die Augen und atmete heftiger.

Er genoss es!

Zahar wurde wagemutiger. Er sah seine Chance gekommen, David genau zu erforschen und ihm Lust zu spenden. Zahar wollte ihn stöhnen hören, seinen Schweiß riechen und ablecken, sein erregtes Geschlecht küssen. Es drückte sich gegen die Decke und hinterließ eine beachtliche Wölbung. David hatte nackt geschlafen, wie fast immer.

Zahar fuhr mit seiner Hand tiefer, begutachtete den Bauchnabel und die Spur dunkler Härchen, die darunter abwärts führte. Er hatte Davids Geschlecht schon einige Male gesehen. Es lag in einem Nest aus krausen Haaren, dessen Duft ihm wie Parfum in die Nase stieg. Zahar wollte es gerne umfassen, es drücken, streicheln und weiter wachsen sehen. Würde es sich anfühlen wie bei ihm? Hart, mit Haut wie Samt und einer pochenden, prallen Spitze, wenn er so erregt war, dass er glaubte, es würde zerspringen?

Als er das aufgerichtete Geschlecht durch die Deckte streifte, stöhnte David und presste die Hand auf seinen Schritt. Die Finger krallten sich ins Laken. David hielt es dort fest, daher legte Zahar Davids Bein frei und streichelte es. Lang war es und stärker behaart als bei ihm.

David hatte die Augen wieder geöffnet und starrte in seine Richtung. Ob er ihn sehen konnte? Vielleicht seine Silhouette. Für Menschenaugen reichte das wenige Licht wohl nicht.

»Bitte«, flüsterte David. »Das dürfen wir nicht.«

Was Zahar eben tat, war für David verboten … »Keine Sorge, niemand wird davon erfahren. Es bleibt unser Geheimnis.« Er wollte viele Geheimnisse mit diesem Mann haben, den er so sehr begehrte, dass es in seiner Brust schmerzte und sein eigenes Geschlecht im Takt seines wild schlagenden Herzens pochte. »Ich höre, falls jemand kommt. Der Aufzug macht viel Lärm.«

»Granny nimmt so oft sie kann die Treppe.«

Zahar lächelte. »Ich weiß. Aber selbst dann würden mir ihre Schritte und das Knarzen der Stufen nicht entgehen.«

»Für jemanden, der in einer Kirche gelebt hat, hältst du wenig von Moral, sündhafter Verführer«, murmelte David und stöhnte auf, als Zahar seinen Arm wegzog und sich kurzerhand auf seinen Schoß hockte.

Davids Härte drückte sich durch die dünnen Laken an Zahars Gesäß. Er riss sich das Handtuch ab, um frei für Berührungen zu sein. Wie sehr er sich danach sehnte! Doch er wollte nichts überstürzen.

»Die Kirche war ein verlassener Ort, deshalb habe ich sie mir ausgesucht. Ich weiß, dass Menschen in die Kirche gehen, um ihren Gott um Vergebung für ihre Sünden zu bitten oder wenn sie eine andere Last auf dem Herzen tragen. Als ich den Klan verlassen habe, wollte ich dasselbe tun, nur wollte ich mich keinem Pfarrer anvertrauen. Leider werden wir oft mit Dämonen verwechselt, außerdem dürfen wir uns niemandem zeigen.«

»Ich habe dich auch erst für einen Dämon gehalten.« David stützte sich auf einen Ellenbogen und strich ihm zärtlich über das Gesicht, betastete es mit seinen Fingern. Die Berührung war wie Balsam.

»Hast du denn noch eine Last auf dem Herzen?«

»Mein Herz ist gerade leicht wie eine Feder.« Leise knurrend schloss Zahar die Augen, während David an den Hörnern unter seinem Haar spielte. Das Kitzeln kribbelte bis in seine Lenden. Sein Schaft war so hart, dass die Haut spannte.

Neugierig wanderte Davids Hand tiefer, um seine Brustmuskeln zu erforschen. Er tastete über seinen Bauch und stieß gegen Zahars Eichel.

Glühende Lust schoss durch sein Geschlecht und fuhr ihm tief in den Körper. Leider zog sich David schnell zurück. Er war noch nicht so weit. Dafür legte er beide Hände auf Zahars Oberschenkel und streichelte sie sanft.

»Wieso hast du deinen Klan verlassen? Und wann? Gab es Streit?«

Zahar vermochte kaum zu sprechen, so sehr gefielen ihm die schüchternen Zärtlichkeiten. »Vor drei Jahren habe ich beschlossen, zu gehen. Weil ich mich ihnen nie zugehörig gefühlt habe.«

David brauchte den wahren Grund, warum er nicht mehr im Klan lebte, niemals erfahren.

Sanft ließ Zahar sein Becken kreisen, um Davids geschwollenen Schaft zu verwöhnen. Davids Finger krallten sich in seine Oberschenkel.

Zahar nahm seine Hand, um sie näher an seinen Schoß zu führen. David zögerte, legte dann jedoch seine Hand dicht an Zahars Geschlecht und stupste mit den Fingerspitzen an seine Hoden.

Er knurrte und bewegte seine Hüften schneller auf Davids Schoß. Hart drückte sich dessen Männlichkeit an sein Gesäß.

Behutsam forschte David weiter, legte zögerlich die Hand auf Zahars Härte. Als er sie umschloss, entwich ihm ein lautes Knurren. Die vorsichtigen Berührungen brachten seinen Unterleib zum Glühen.

David starrte auf die Stelle zwischen seinen Beinen, konnte Zahars Geschlecht jedoch gewiss nicht sehen.

»Soll ich Licht machen?«, fragte er mit rauer Stimme. »Dann kannst du jeden Winkel meines Körpers erforschen.« Die Vorstellung, wie David jeden Millimeter berührte und am besten mit der Zunge erkundete, ließ ihn fast kommen.

David schüttelte den Kopf, umfasste aber Zahars Schaft fester. Seine Finger reichten nicht ganz herum.

Er wollte David ebenfalls auf diese Weise berühren, ihn nur nicht verschrecken. Zahar musste langsam vorgehen, daher rieb er sich lediglich auf ihm.

Davids Atem ging schneller, die Bewegungen seiner Hand gewannen an Tempo.

Genüsslich schloss Zahar die Augen und legte den Kopf in den Nacken. Er stand kurz davor, sich zu ergießen. Vor Erregung und Freude schlug sein Herz hart gegen seinen Brustkorb. Blind tastete er nach dem Handtuch. Er wollte nicht auf Davids Körper kommen, obwohl die Vorstellung mehr als anregend war.

Als Davids Finger sich plötzlich verkrampften und Zahar spürte, wie der Stoff an seinen Pobacken feucht wurde, entspannte er sich und ließ den Höhepunkt zu. Hastig legte er das Tuch über sein Geschlecht und griff darunter nach Davids Hand, um ihm die richtige Geschwindigkeit vorzugeben. Langsam. Noch langsamer.

Während er seine Lust hinauskeuchte, lief sein Samen über ihre Hände. Heiß und dick. Es war mehr als bei David, viel mehr, und es wollte nicht aufhören. Der Orgasmus war gigantisch, er kribbelte von der pochenden Spitze bis in seine Zehen und ließ ihn Sternchen sehen. Das war mehr, als er sich jemals zwischen David und ihm erträumt hatte. Niemals war er glücklicher gewesen ...

Als er seine Sinne wieder beieinander hatte, säuberte er mit dem Handtuch Davids und seine Finger, wischte sich den restlichen Samen von seinem Geschlecht und streckte sich neben seinem Liebsten aus.

David atmete noch immer schwer und hatte die Augen geschlossen. Sie sprachen kein Wort, endlose Minuten lang, sondern hielten sich an den Händen. Zahar kuschelte sich an Davids Schulter und deckte ihn mit einer Schwinge zu.

Als Davids Atem langsamer und tiefer ging, befürchtete Zahar, er würde einschlafen. Er küsste seine Schulter und entzündete anschließend die Kerze auf dem Nachttisch.

Das grelle Licht der winzigen Flamme schmerzte kurz in seinen Augen. Auch David zwinkerte.

Das peinliche Schweigen war bei Helligkeit schwerer zu ertragen, daher suchte Zahar Ablenkung und fand sie neben dem Tablett mit dem kalten Tee. Dort lag eine Zeitung, ein Wissenschaftsmagazin.

Er nahm es an sich und strich das Papier glatt. Auf der ersten Seite stand ein Bericht über die Weltausstellung in Paris, die dort vom ersten April bis dritten November auf dem Marsfeld stattfand.

David hatte sich, während er den Artikel überflog, neben ihn an die Bettkante gesetzt, um sich Tee einzugießen. »Magst du einen Schluck?«

Zahar schüttelte den Kopf. Er mochte keinen Tee. Milch oder Wasser waren seine bevorzugten Getränke. »Wie schnell der Fortschritt vorangeht«, murmelte er und staunte über die technischen Innovationen, von denen das Magazin berichtete. »Einundvierzig Länder nehmen teil«, sagte er ehrfürchtig. »Joseph Monier hat ein Patent auf Stahlbeton angemeldet. Und deine Fahrstuhlfreunde sind auch dabei.«

David beugte sich zu ihm. »Die Gebrüder Otis?«

»Ja, Charles und Norton stellen den Sicherheitsaufzug vor.«

»Von ihnen hab ich die Pläne für Grannys ...« David runzelte die Stirn. »Moment, woher weißt du das?«

»Ich habe deinen Brief an sie gesehen«, sagte er und biss sich auf die Zunge. Hastig deutete er auf den Text. »Unglaublich viele Aussteller sind dort, über 52 000!«

»Du kannst lesen?«

Puh, David war ihm nicht böse. »Das gehört zu unserer Ausbildung. Das macht es leichter, die Menschen zu beschützen.« Zahar schmunzelte, als David begann, erneut neugierige Fragen zu stellen.

»Habt ihr eine eigene Sprache?«

»Ja, eine Mischung aus Knurr-, Schnalz- und Gurgellauten. Sie wird nur noch von den Alten gesprochen.«

»Sehr interessant«, sagte er, doch er schien nicht Zahars Aussage zu meinen, denn er starrte auf den Artikel. Plötzlich wurden seine Augen groß. »Jules Verne besucht die Ausstellung!«

Zahar hatte keine Ahnung, wer das war. So wie David strahlte, musste er den Mann kennen und verehren. »Ist das ein Wissenschaftler?«, fragte er.

David lächelte ihn an. »Nein, aber er interessiert sich sehr für alles, was damit zu tun hat. Er ist ein brillanter Schriftsteller, hat schon viele herausragende Zukunftsgeschichten verfasst. Ich lese ihn sehr gerne. Die Bücher *Fünf Wochen im Ballon*, *Die Reise zum Mittelpunkt der Erde* und *Von der Erde zum Mond* sind meine Lieblingsromane. Er wird eines Tages richtig berühmt, da bin ich sicher. Er schreibt auch Fortsetzungsromane für junge Menschen. Sie erscheinen im *Magazin illustré d'éducation et de récréation*, das ich mir, genau wie seine neusten Bücher, aus Frankreich kommen lasse.«

Zahar verstand kein Französisch. David war wirklich sehr gebildet. Er gab ihm die Zeitschrift, damit er den Bericht lesen konnte. David überflog ihn lächelnd, doch als er die Seite umblätterte, erstarrte sein Gesicht. »Das darf nicht wahr sein!«

»Was ist?« Zahar hielt die Luft an, seine Ohren zuckten.

David deutete auf die skizzierte Abbildung eines Kastens und wisperte: »Vaters Kühlschrank.«

Das erneut entstandene Schweigen zerrte an Zahars Nerven. Er hatte so sehr gehofft, David hätte mit seiner Vergangenheit abgeschlossen, aber anscheinend überwanden Menschen niemals den Tod einer geliebten Person. Bei den Gargoyles gab es andere Familienstrukturen, daher hatte Zahar keinen engen Bezug zu seinen Eltern. Die Kinder wurden von allen erzogen, mussten lernen, früh selbstständig zu werden, genossen eine harte Ausbildung. Körperliche Vertrautheit gab es meist erst wieder, wenn Gargoyles ihren Partner gefunden hatten. Dann war das eine Bindung fürs Leben. Die Paare konnten nicht genug voneinander bekommen.

»Hier steht, der Mann, der den ammoniakfreien Kühlschrank vorstellt, heißt Jonathan Bannister. Ob er Vaters Aufzeichnungen stehlen ließ? Ist er für den Mord an meinen Eltern verantwortlich?«

Davids kummervolles Gesicht schmerzte ihn zutiefst. Zahar wollte ihn glücklich erleben. Er würde alles dafür tun. »Es gab einen Auftraggeber«, sagte er zögerlich. »Ich habe ihn gesehen.«

David ließ die Zeitung fallen. »Was?« Seine Finger gruben sich in Zahars Unterarm. »Wieso sagst du mir das erst jetzt?«

Seine Kehle zog sich zusammen. »Ich ... durfte nicht.«

Zahar erinnerte sich noch zu gut. Nachdem er David vor dem Krankenhaus abgelegt und nach Hilfe gerufen hatte, war er sofort zum Tatort zurückgeeilt und der Spur des Mannes gefolgt, der brennend davongelaufen war. Zahar fand den verkohlten Umhang in einer Seitenstraße. Der Geruch von verbranntem Fleisch ätzte sich in seine Nase. Es war nicht schwer, den Mörder aufzuspüren. Zahar fand ihn am Ufer der Themse bei einem Anlegesteg, wo er sich mit einem hochgewachsenen, hageren Mann unterhielt. Auf dem dunklen Fluss lag ein großes Boot. Zahar wusste sofort, was gespielt wurde und beobachtete die Szene, versteckt hinter dichten Büschen.

Der Mann mit den Brandblasen auf der Wange streckte der hageren Gestalt seine Hand hin. »Ich will mein Geld.«

»Ich gebe dir das hier«, erwiderte der Auftraggeber und rammte dem Mann ein Messer in den Bauch.

Gekrümmt sackte er zusammen. Die große Gestalt beförderte ihn mit einem Tritt in den Fluss und beeilte sich, auf das Boot zu kommen. Zahar wollte ihm hinterher, Rache üben, doch da wurde er in die Büsche zurückgerissen.

»Du hast schon genug Spuren hinterlassen«, knurrte jemand an seinem Ohr. »Du hättest dich nicht zeigen sollen.«

»Dann wäre der Junge gestorben!« Zahar wirbelte herum und blickte in das erzürnte Gesicht von Nuriel. Er und sein Weibchen Zuhra hatten im Klan eine hohe Position inne. Zuhra war jedoch einige Tage verschwunden gewesen und geschwächt und verletzt wieder aufgetaucht. Nuriel hatte sich seitdem verändert, war aggressiver und launischer geworden; Zuhra wirkte eingeschüchtert und war sehr still. Niemand wusste, was ihr zugestoßen war.

»Der Junge hat dich gesehen!« Bedrohlich ragte Nuriel vor ihm auf und sah mit den riesigen Pranken und spitzen Hörnern Furcht einflößend aus. »Du wirst dich von ihm fernhalten, verstanden?«

Mechanisch nickte Zahar.

»Er wird uns verraten. Wenn er nach seinem Vater kommt, wird er uns alle gefährden.«

Zahars Ohren zuckten. »Du kanntest seinen Vater?«

Nuriel antwortete nicht auf seine Frage, sondern sagte stattdessen: »Ich habe die Leiche verschwinden lassen.«

»Danke.« Zahar atmete auf. »Und was passiert jetzt? Werde ich bestraft?« Einen Menschen zu töten, war ihm verboten. »Ich hatte keine Wahl!«

»Der Bruderschaft wird das nicht gefallen, aber vielleicht können wir das unter uns regeln. Kein Wort, zu niemandem, hörst du! Und ich werde keinem erzählen, dass du einen Menschen getötet hast.«

»Ich werde schweigen.«

»Und halte dich von dem Jungen fern. Er bringt Unglück.« Nuriel packte ihn am Arm. »Nun weg hier, bevor uns jemand sieht.«

Wie viel davon sollte er David erzählen? Und warum sollte er, genau wie sein Vater, eine Gefahr für ihren Klan sein? David hatte mit ihnen nichts zu schaffen! Da war sich Zahar sicher, schließlich hatte er ihn lange genug beobachtet.

»Ich habe den Mann verfolgt, der das Buch hatte, und seine Fährte wieder aufgenommen«, sagte er David.

»Hat er überlebt?«

»Ja, und er hat das Buch einem Mann übergeben, der an der Themse mit einem Boot wartete.«

David versteifte sich. »Wer war das? Bannister?«

»Ich weiß es nicht«, erwiderte Zahar. »Er war groß und dünn. Bevor ich zu ihm konnte, wurde ich aufgehalten.« Er seufzte. »Ein höher gestelltes Männchen meines Klans warnte mich. Ich hatte einen Menschen getötet, wurde gesehen. Von dir und vielleicht von anderen, die an der dunklen Gasse vorbeigingen. Ich sollte mich in Zukunft von dir fernhalten.«

»Haben sie dich verstoßen?«, fragte David leise.

Zahar schüttelte den Kopf. »Nein, ich bin irgendwann gegangen, weil ich nicht von deiner Seite weichen wollte und sie das nicht erfahren sollten.«

David blickte ihn tief und voller Dankbarkeit an. In seinen grünen Augen schimmerte es. »Hast du jemals ... meinetwegen ... weitere Menschen ...« Seine Stimme brach.

»Keine Menschen, aber Dämonen, die ich dir auf deinen nächtlichen Streifzügen vom Hals gehalten habe.«

Hektisch fuhr sich David durchs Haar. »Granny hatte gesagt, sie könnten hinter mir her sein.«

»Warum?«

»Das will ich herausfinden«, sagte David und legte eine Hand auf seine Schulter. »Ich schulde dir viel mehr als Essen.«

Zahar schüttelte den Kopf. »Du schuldest mir nichts. Es ist mir ein dringendes Bedürfnis, dich zu beschützen. Ich möchte es nicht anders.« *Weil ich ohne dich nicht mehr leben könnte.*

»Würdest du den Mann wiedererkennen?«

»Ich würde ihn eine halbe Meile gegen den Wind riechen. In London ist er mir auf jeden Fall nicht mehr untergekommen.« Zahar hielt seine Fühler nach ihm ausgestreckt.

»Was ist mit dem Mann mit dem Buch?«

»Der andere hat ihn getötet.«

»Verdammt!« David stieß einen Laut der Entrüstung aus. »Weißt du, ob der Kerl mit dem Boot ein Dämon war?«

»Ich glaube nicht, sonst wäre er bestimmt durch ein Portal verschwunden.« Zahar hatte nichts Ungewöhnliches bemerkt.

»Du hast recht.« David holte tief Luft und starrte auf die Abbildung des Kühlschranks in der Zeitung. »Meine einzige Spur führt also nach Paris. Vielleicht kann uns dieser Bannister mehr erzählen, falls er die Pläne an sich genommen hat. Ich werde noch morgen aufbrechen.«

Zahars Herzschlag geriet ins Stolpern. »Ich komme mit!«

Grinsend erwiderte David: »Ich hatte gehofft, dass du das sagen würdest. Das Schicksal hat uns zusammengeführt. Dank dir habe ich vielleicht die Möglichkeit, den Mann zu finden, der für den Tod meiner Eltern verantwortlich ist.«

»Da gibt es nur ein Problem«, sagte er zerknirscht.

David schaute ihn unter gerunzelter Stirn an.

»Ich kann nicht schwimmen.«

»Wir werden sicher nicht über den Ärmelkanal schwimmen, sondern einen Fährdampfer nehmen«, sagte David und lachte.

»Das macht es nicht besser«, wisperte Zahar und kam sich neben David ganz klein vor. Er musste ihm wohl erklären, warum er keinen Fuß auf einen Dampfer setzen würde.

∽∾

Zum ersten Mal gemeinsam mit Zahar in der Öffentlichkeit aufzutreten, war ein seltsames Gefühl für David. Seite an Seite schlenderten sie durch die Straßen Londons. Als ob er mit einem Freund einen Nachtspaziergang machte.

Herren eilten auf der belebten Kensington Road zu Fuß, in ihren Kutschen oder einem dieser witzigen Automobile an ihnen vorbei, um in die Clubs zu kommen. Zahar erschien David kaum anders als ein Mensch, erst bei genauerer Begutachtung offenbarte sich sein wahres Naturell. Seine winzigen Hörner und die spitzen Ohren lagen unter seinem Haar verborgen und die Augen waren nicht geschlitzt, solange er nicht aufgeregt oder erregt war. Dünne Stoffhandschuhe verbargen die Krallen, die ohnehin kaum auffielen.

Nur gegen die Schuhe hatte sich Zahar gewehrt. Er hasste das Gefühl, seine Klauen nicht in den Boden graben zu können, weil er glaubte, sonst keinen Halt zu finden. Außerdem kam er sich beengt vor. Daher hatte er kurzerhand mit seinem scharfen Fingernagel das Stück Sohle über seinen Zehen herausgeschnitten.

David musste immer wieder daran denken, was sich zwischen ihnen abgespielt hatte. Zahar hatte ihn befriedigt und David hatte es genossen. Erneut schielte er zu dem großen Mann an seiner Seite. Zahar sah fantastisch aus. Er trug eine von Vaters dunklen Hosen, die David aus dem Keller geholt hatte, sowie ein beiges Hemd. Allerdings verkehrt herum, denn wegen der Schwingen konnte er es nicht normal anziehen. Daher hatte David es auf dem Rücken zugeknöpft, soweit es ging. Das war eine gute Notlösung. Seine Schwingen bedeckte ein langer Umhang, wodurch seine Schultern noch breiter wirkten und seine Erscheinung sehr imposant war. Der eine oder andere Passant warf ihm anerkennende oder ehrfürchtige Blicke zu.

Zahars Geständnis, warum er sich vor der Überfahrt fürchtete, hatte David überrascht. Niemals hätte er gedacht, so ein starkes Wesen könne vor etwas Angst haben. Aber David konnte seine Furcht durchaus nachvollziehen. Wenn Zahar sich auf See befand und er würde versteinern, könnte das katastrophal enden. Falls er über Bord ging, sank er auf den Meeresgrund. Nach dem letzten Sonnenstrahl, wenn er sich zurückverwandelte und Atem holte, würde er ertrinken.

Daher hatte David beschlossen, ihm Schwimmen beizubringen, bevor sie morgen Nacht mit der Eisenbahn nach Dover aufbrechen würden.

»Du könntest dich zur Not vom Dampfer abstoßen, über das Wasser gleiten und den Rest bis an Land schwimmen«, erklärte er Zahar. Er war stark, er würde das schaffen. Schade, dass Gargoyles nicht richtig fliegen konnten, das hätte Vieles für Zahar vereinfacht. »Falls sich die Fähre genau in der Mitte des Kanals befindet, sind es zu beiden Seiten etwa neun Meilen.«

»Das klingt weit«, sagte Zahar, während sie den Park Kensington Gardens betraten und einen Schleichweg benutzten, der durch ein Wäldchen führte. Dabei schaute er sich ständig um. Witterte er Gefahr?

David fürchtete sich nicht im Dunkeln, solange sein Beschützer an seiner Seite war, dennoch befiel ihn der Drang, Zahars Hand zu ergreifen. »Wenn es ein Mensch schafft, dann du erst recht.«

Zahar blieb stehen; er sah sich erneut um und hielt David am Arm zurück. »Ein Mensch hat diese weite Strecke zurückgelegt?«, wisperte er.

David erschauderte. »Was ist? Folgt uns jemand?«

Zahar stand reglos da; seine Ohren zuckten. Eine geschätzte Minute später schüttelte er den Kopf. »Jetzt nicht mehr.«

»Wer war es?«

»Ich weiß es nicht. Auf jeden Fall sind wir nun allein.«

Sie standen zwischen den Bäumen und starrten sich an. David hatte das Gefühl, Zahar würde ihn jede Sekunde an sich reißen und ihn küssen. Beinahe wünschte er sich das. Wie würde ein Kuss von diesen wundervollen Lippen schmecken?

Zahar legte seine behandschuhten Hände auf Davids Schultern. »Du zitterst. Hast du Angst?«

»Nein«, krächzte er. Seine Kehle war auf einmal trocken.

»Du brauchst dich auch nicht zu fürchten.« Zahar trat näher; ihre Körper berührten sich leicht. »Ich werde dich immer mit meinem Leben beschützen.«

»Das weiß ich«, flüsterte David und konnte den Blick nicht abwenden. Diese sündhaften Lippen lockten ihn. Sie lagen direkt vor seinen Augen.

Zahar beugte sich zu ihm, als es plötzlich im Geäst knackte. Sofort wich David zurück. »Was war das?« Sein Herz raste, aber nicht wegen des Geräusches.

»Ein Eichhörnchen«, erwiderte Zahar, dessen Stimme jetzt auch anders klang. Rauer. Tiefer.

David räusperte sich und setzte den Weg fort. »Also, wo waren wir …« Er kratzte sich am Kopf. Beinahe hätten sie sich geküsst! »Ach ja, der Mann, der den Ärmelkanal durchschwamm. Er hat das nicht freiwillig gemacht. Das war ein italienischer Soldat, ein Kriegsgefangener, der vor etwa fünfzig Jahren bei der Schlacht bei Waterloo seiner Gefangennahme entkam. Kurz bevor das Transportschiff Dover erreichte, sprang er von Bord. Die ganze Nacht hindurch schwamm er in Richtung französische Küste, wo ihn ein Fischer rettete.«

»Beeindruckend, wozu ihr Menschen fähig seid.« Zahars Stimme klang immer noch dunkel.

»Der Wille zu überleben bringt Meisterleistungen hervor.« Abrupt hielt David an. Eine dicke Wolke hatte sich vor den Mond geschoben. »Mist, ich bin blind wie ein Maulwurf.« Er hielt den Arm in die Höhe, damit ihm kein Ast ins Gesicht schlug.

»Wo willst du hin?«, fragte Zahar und David glaubte, ein Lächeln aus seiner Stimme zu hören.

»Zum Round Pond. Das ist dieser kleine See …«

»Ich kenne ihn«, sagte er und ergriff seine Hand. »Komm, Maulwurf.«

Als David den festen, warmen Händedruck spürte, wollte ihm das Herz aus der Brust springen. Trotz der Handschuhe schien seine Haut zu brennen. Erneut waren sie sich so nah. Leider dauerte der innige Moment viel zu kurz. Die Wolke wanderte weiter, außerdem verließen sie den Schutz der Bäume und betraten den breiten Broad Walk, der am Kensington Palast vorbeiführte. Hastig ließ David Zahars Hand los. Hier begegneten sie dem einen oder anderen nächtlichen Besucher.

Wenige Minuten später standen sie vor dem kleinen See und David erkannte das Problem, bevor Zahar es ansprach: »Das ist hier wie auf dem Präsentierteller.« Kein Baum, kein Busch wuchs in näherer Umgebung. Jeder, der an der Straße vorbeikam, könnte sie entdecken.

Mist. David war dieser Teich zuerst in den Sinn gekommen, weil er hier oft saß und den Männern zusah, die mit ihren Modellsegelbooten Rennen veranstalteten. Das Ufer war flach, Kinder liefen an heißen Sommertagen durch das niedrige Wasser.

»Lass uns weiter gehen, Richtung Hyde Park«, sagte Zahar. »An der Serpentine gibt es genug Böschung. An dem See habe ich mich schon öfter gewaschen.«

Die Serpentine war mit über elf Hektar der größte See in London. Warum war David der nicht eingefallen!? »Eine vorzügliche Idee.«

Sie wanderten durch die dunklen Gärten, wobei die Kieswege wie helle Bänder vor ihnen lagen. Der Himmel klarte auf und der Mond schien nur für sie zu leuchten. Zahar führte David zwischen Büschen und Bäumen abseits der Pfade hindurch.

»Wieso kannst du nicht schwimmen?«, wollte David wissen.

»Ich hab es nie gelernt. An dem Tag hab ich wohl gefehlt.«

»Du hast deine Ausbildung geschwänzt?«

»Ich war kein gelehriger Schüler.« Zahar blickte über seine Schulter und grinste verschmitzt. Seine Fangzähne glänzten im matten Licht. Das erinnerte David an den Beinahe-Kuss. Könnte Zahar ihn mit den scharfen Zähnen verletzen?

»Wir Gargoyles sind allgemein keine guten Schwimmer. Die Schwingen behindern uns.«

»Tatsächlich?« David erinnerte sich an die Abbildung des Drachen und der Frau in Vaters Notizbuch. »Stimmen die Geschichten, die uns Magiern beigebracht werden? Ihr stammt von Drachen ab?«

»Hm«, brummte Zahar. »Noch heute leben wir von den Schätzen, die unsere Drachenväter gehortet haben.«

»Wie könnt ihr von den Schätzen leben, wenn ihr euch niemandem zeigen dürft?«

»Wir haben sehr wenige Mittelsmänner unter den Menschen, die unsere Reichtümer gegen andere Gegenstände eintauschen, die wir zum Leben brauchen«, sagte Zahar. »Meist sind es Menschen wie du. Magier, Hexen, Lichtelfen.«

David ließ den Kopf sinken. »Ich bin kein richtiger Magier.«

»Möchtest du denn einer sein?«, fragte Zahar.

Schulterzuckend erwiderte er: »Ich weiß nicht. Ich glaube, ich habe im Schreiben meine Leidenschaft gefunden. Schreiben und Lesen, das macht mir Spaß.«

»Und neugierige Fragen stellen«, sagte Zahar.

David schaute in sein Gesicht. Zahars Lächeln wärmte sein Herz. »Du interessierst mich eben. Alles an dir ist geheimnisvoll und faszinierend.« Sein Freund stammte also von Drachen ab. David besaß ein Buch über diese Wesen. Als Kind hatte er es geliebt. Darin standen allerhand Berichte und Fakten. Drachen lebten in Höhlen und hielten sich manchmal einen Hofstaat aus menschlichen Dienern. Nicht selten war es vorgekommen, dass sich ein Drache und eine Menschenfrau, die dem Ungetüm geopfert werden sollte, verliebten. Und da sich manche Drachen auch in Menschen und andere Wesen verwandeln konnten, hatten sich die Arten wohl vermischt. In Davids Buch gab es Geschichten über Liebe zwischen Frauen und Drachenmännern.

Menschen, Drachen, geopferte Jungfrauen, Evolution ... Zahar besaß Hörnerstummel, Schwingen, Klauen, aber einen aufrechten Gang, glatte Haut, keine Schuppen und den Körperbau eines Menschen.

Charles Darwin und seine Beiträge zur Evolutionstheorie kamen David in den Sinn. Somit war Zahar eine Mischung aus Mensch und Drache. Ein Drachenmensch. Nur eines passte nicht in dieses Schema: »Wenn ihr von Drachen abstammt, warum werdet ihr dann zu Stein?

Das erschließt sich mir nicht.«
»Wir wurden verflucht.«
Granny hatte dasselbe erzählt!
»Was weißt du über den Fluch? Wer hat euch das angetan?« Davids Puls klopfte so hart, dass er ihn am Hals spürte.
»Die Legenden erwähnen nicht viel. Es sollen Schlangenpriester gewesen sein, die unser Volk vor Tausenden von Jahren verwünschten.«
»Sie müssen sehr mächtig gewesen sein, um solch einen Zauber zu wirken.« Und einen guten Grund gehabt haben.
Ob Vater mehr herausgefunden hatte? Wenn er doch endlich den Code hätte! David hatte bereits mehrere Wörter ausprobiert, aber keines hatte gepasst. Falls Vater überhaupt die klassische Verschlüsselung gewählt hatte, indem man ein Codewort wählte, das keine doppelten Lettern enthielt. Das stellte man voran und führte das Alphabet mit den fehlenden Buchstaben fort. Darunter schrieb man das Alphabet in der richtigen Reihenfolge und schon hatte man den Schlüssel.
»Einmal die Welt bei Sonnenschein sehen … Was würde ich dafür geben«, sagte Zahar und es klang bedrückt.
Davids Herz wurde schwer. »Ich würde den Fluch von dir nehmen, wenn es in meiner Macht stünde. Glaube mir.« Ob Vater den Fluch hatte brechen können? Wohl kaum, denn so ein uralter, Jahrtausende währender Zauber war mächtig. Sehr mächtig. Außerdem müsste er dazu wissen, welche Magie damals gewirkt wurde, oder es könnte übel für denjenigen enden, der versuchte, den Fluch zu brechen. Bestimmt hätte das auch enorme Auswirkungen auf das Leben der Gargoyles. Seit Jahrhunderten wurde der Fluch weitervererbt, ihre Körper hatten sich daran angepasst, brauchten den Steinschlaf. Vielleicht würden sie sogar sterben …
»Wir sind da.« Zahar blieb stehen und hielt ihn zurück. Beinahe wäre er die Uferböschung hinuntergefallen. Zahars Arm lag um seiner Taille. Leicht lehnte sich David an ihn. Wie wunderschön es hier war. Mondlicht überzog die stille Oberfläche des Sees wie ein Glitzerteppich. Grillen zirpten und vereinzelt blinkten Glühwürmchen auf.
»Hier kommst du also öfter her?«, fragte David und drehte den Kopf. Zahars Hals lag vor ihm. Er hatte auf ein Krawattentuch verzichtet, weshalb sein Kehlkopf zu sehen war. Das wirkte männlich

und hatte etwas Erotisches an sich. Die harte Linie von Zahars Wangenknochen ließ ihn wie einen Krieger erscheinen. David schluckte. Sein Beschützer war düster und attraktiv. Außerdem roch er angenehm. Nach seiner Seife und einem eigenen Duft.

»Hm.« Langsam zog Zahar seinen Arm zurück, ohne den Blick von David abzuwenden, und warf den Mantel über einen dicken Ast. Die Handschuhe legte er dazu. »Die Stelle hier ist seicht, da können wir beide stehen.«

»Warte, ich helfe dir.« David trat hinter ihn, zwischen seine Schwingen, um ihm das Hemd aufzuknöpfen. Die Haut darunter glühte beinahe. Wärme hatte sich unter den Flughäuten und dem Mantel gestaut. »Das Wasser ist bestimmt frisch.« Der See war riesig und heizte sich auch im Sommer nur langsam auf.

»Von mir aus könnte das ein Eisbach sein. Ich bin nicht sehr temperaturempfindlich.« Zahar machte sich daran, den Hosenknopf zu öffnen, und fluchte leise, weil er es nicht schaffte.

Grinsend trat David zu ihm. »Moment, ich zeige dir, wie das geht.« Sein Atem stockte, als er die Finger an den Bund legte und Zahars Haut berührte. Es war eine intime Geste, einem anderen Mann die Hosen zu öffnen. Zahar trug nichts darunter. Sein Geschlecht kam zum Vorschein und David wandte sich hastig ab, um seine Kleidung ebenfalls abzulegen. Wieso fühlte er sich zu diesem Wesen derart hingezogen? Weil es sein Retter war? David befürchtete, sich in Zahar zu verlieben. Zumindest glaubte er, all jene Symptome zu besitzen, die das anzeigten. Er hatte davon in Büchern gelesen, von dem Herzrasen, das Verliebtsein mit sich brachte. Seine Wangen erhitzten sich und es kribbelte in seinem Bauch. Ständig musste er an Zahar denken und an das, was sie miteinander geteilt hatten. Ihre Leidenschaft ...

Als er nassgespritzt wurde, drehte er sich um. Zahar stand im Wasser. Es reichte ihm knapp über die Lenden. »Worauf wartest du? Komm rein, bevor ich es mir anders überlege.«

Schnell schlüpfte David aus den Schuhen und der restlichen Kleidung. Drei Schritte über das mit Gras bewachsene Ufer galt es nackt zurückzulegen, bevor das Wasser verbergen konnte, wie es um ihn bestellt war. Sein Körper brannte vor Scham, während David zum See eilte. Dabei hätte er am liebsten die Hand auf sein halb geschwollenes Geschlecht gedrückt, doch Zahar hatte es längst gesehen. Unverhohlen starrte er auf Davids Körpermitte.

Als er den ersten Schritt ins Wasser machte, war er überrascht. »Es ist nicht so kalt, wie ich dachte.« Er war so erhitzt, dass ihm eine Erfrischung recht kam.

»Es ist herrlich«, sagte Zahar mit tiefer Stimme, die einem Knurren glich, und streckte die Hand aus. »Komm!« Er zog David an sich und presste die Hände auf seine Pobacken.

Überrascht keuchte David auf und lehnte die Stirn gegen Zahars Schulter. Dessen Geschlecht drückte sich gegen seinen Bauch. Zahars Körper war warm und hart, voller Kraft und atemberaubender Schönheit. Sanft strichen seine Hände über Davids Gesäß. Heiße Lust schoss zwischen seine Beine; sofort war er steinhart. Leise stöhnend legte David die Arme um Zahar, befühlte seinerseits die festen Pobacken, deren sanfte Wölbung und die harten Muskeln des Rückens.

»Was soll ich tun?«, wisperte ihm sein Retter ins Haar.

Mich halten, streicheln und ... David machte sich von ihm los, bevor sie sich erneut von ihrer Leidenschaft hinreißen ließen. Nicht hier, wo sie entdeckt werden könnten! David schaute sich um. Das andere Ufer war ebenfalls dicht bewachsen. In der Mitte machte der See einen Bogen. Die Stelle, an der sich im Hyde Park das Ufer lichtete, war von hier aus nicht zu sehen.

»Keiner in der Nähe außer schlafenden Enten.« Zahar deutete auf einen Busch, der sich wenige Meter vor ihnen befand. »Und zwei Eichhörnchen hier.« Er zeigte auf einen noch weiter entfernten Baum. »Und eine Drossel dort.«

David grinste. Gargoyles besaßen Humor. »Okay, leg dich auf den Bauch. Ich halte dich.« Er trat hinter ihn, damit er sich zwischen Zahars Schwingen und seinen Körper stellen konnte. »Strecke die Flughäute aus und versuche, sie auf der Wasseroberfläche zu halten.«

Zahar ließ sich nach vorne fallen und David drückte beide Arme von unten gegen seinen Oberkörper. Das Wasser reichte ihm fast bis zur Brust, daher konnte er den schweren Leib problemlos halten. Zahars Schwingen kitzelten seinen Rücken.

»Jetzt schwimm wie ein Frosch.«

Zahar stellte sich geschickt an. Bald hatte er die Bewegungen koordiniert. Nur die Schwingen zogen ihn nach unten. Sie waren tatsächlich zu schwer. Sie enthielten zu wenig Hohlräume, wie zum Beispiel bei den Vögeln. Die Knochenstruktur der Gargoyles war denen der Menschen wohl sehr ähnlich. Daher konnten sie auch nicht fliegen, sondern bloß gleiten.

»Du bist ein Naturtalent!« David konnte sich kaum konzentrieren. Die harten Bauchmuskeln lenkten ihn ab. Nach einem besonders kräftigen Zug schoss Zahar regelrecht vor, sodass Davids Hände über seinen Unterleib glitten. Verdammt, Zahar war genauso hart wie er!

Er grinste ihn über die Schulter an. »Es klappt wirklich gu…«

David schmunzelte, als er unterging, aber sofort war er an seiner Seite.

Prustend kam Zahar hoch und spuckte ihm Wasser ins Gesicht.

»Hey!« David schlug auf die Oberfläche des Sees, um sich zu rächen. »Du könntest deine Flughäute zum Schwimmen benutzen und mit ihnen das Wasser verdrängen.«

Zahar drehte sich im Kreis und spritzte David erneut an. »Gute Idee!« Schon tauchte er unter und seine Schwingen schlugen kleine Wellen. Zwischendurch streckte er den Kopf über den Wasserspiegel, um Luft zu holen.

Als er plötzlich nicht mehr zu sehen war, zischte David: »Zahar! Das ist nicht witzig.« Er bahnte sich einen Weg zu der Stelle, an der er ihn vermutete. »Zahar!« Das Wasser reichte ihm hier bis zum Hals. Was, wenn Zahar nicht mehr hochkam?

Urplötzlich wurden seine Beine weggerissen und er tauchte unter. Zwei kräftige Arme packten ihn, hoben ihn hoch und trugen ihn ans Ufer.

»Das ist so fantastisch, David!« Grinsend legte sich Zahar halb auf ihn. »Unter Wasser bin ich schnell wie ein Fisch.« Rinnsale liefen aus seinem Haar, über das Gesicht und tropften auf Davids Wange.

Zahars Lächeln verschwand. Sanft strich er Davids feuchte Strähnen aus der Stirn. »Jetzt kann ich dich überall beschützen, auch wenn wir in einen Seesturm geraten. Ich habe keine Angst mehr.« Sein Geschlecht drückte sich an Davids Bein.

»Da bin ich sehr froh, denn ich brauche dich«, sagte er heiser.

»Du brauchst mich?«, flüsterte Zahar an seinen Lippen.

»U-um den Mann zu finden, der …« Er schluckte.

»Nur deswegen, David?«

Dieser verlockende Mund war so nah. David brauchte lediglich den

Kopf zu heben.

Zahar rutschte ein Stück nach oben. »Ich spüre auch einen anderen Grund.« Er stützte sich mit dem Ellenbogen neben ihm ab und fuhr mit der anderen Hand zwischen ihre Körper. Als er gleichzeitig ihre beiden Glieder umschloss, bog sich David seinem Liebhaber entgegen.

»Jetzt, wo ich weiß wie es ist, dir so nah zu sein, kann ich dir kaum widerstehen.« Zahar ließ die Lippen über Davids Stirn gleiten. Dabei massierte er sie beide.

David war machtlos gegen den Ansturm dieser neuen Gefühle. Zwar hatte er sich bereits öfter selbst Lust verschafft, aber die Hand eines anderen an seinem Geschlecht zu spüren, war damit nicht zu vergleichen.

»David, wenn du das nicht magst, weise mich zurück, solange ich mich noch beherrschen kann.«

Er erwiderte nichts, sondern fuhr mit den Fingern unter das nasse Haar, um Zahars Hörner zu kraulen. Vor Aufregung zitterten seine Hände.

Ein leises Knurren war die Antwort und die Lippen seines sündhaften Verführers kamen immer näher. »Ich kann nichts dagegen unternehmen, David, du ziehst mich magisch an.«

Als Zahars Lippen die seinen streiften, schloss David die Augen. Sein Herz raste, überall kribbelte seine Haut. Er wollte und konnte Zahar nicht zurückweisen, zu neugierig war er auf diesen Mund, zu erregt war er, um einen Rückzug anzutreten. Er hatte keine Angst vor den scharfen Zähnen und fürchtete nicht, dass sein wilder Geliebter ihm Gewalt antat. Bei Zahar fühlte er sich sicher. Vorsichtig drückte David ihm die Hüften entgegen, während sich ihre Münder zu einem scheuen Kuss trafen. Zahar schmeckte nach dem Wasser des Sees und feuriger Leidenschaft.

Je länger sie sich küssten, desto mehr verschwand Davids Schüchternheit. Er hatte das Gefühl, etwas Gewaltiges würde von Zahar auf ihn übergehen, dunkle, glühende Lust, ein Begehren, das ihn unersättlich machte. Etwas Ähnliches hatte er bereits in abgeschwächter Form bei ihrem ersten Mal gespürt. Empfand man so, wenn man sich körperlich nahe kam?

Das Mondlicht schimmerte auf dem See, der das gespenstische

Licht auf sie warf. Zahar sah aus wie ein Krieger, wie ein Vampirlord auf der Abbildung in einem seiner Bücher. Verwegen, attraktiv, gefährlich.

David krallte die Finger in sein Haar, um ihn intensiver zu spüren, ihn mehr auf sich zu ziehen. Zahar keuchte in seinen Mund, während er an ihren Erektionen rieb. Die starke, raue Hand an seinem Geschlecht machte David atemlos. Es kribbelte von der Spitze seiner Männlichkeit bis tief in den Bauch.

»Du überraschst mich«, sagte Zahar heiser.

David war über sich selbst erstaunt. So kannte er sich nicht. Hier tat er etwas Verbotenes. Doch er hatte den Eindruck, nach all den Jahren endlich zuhause angekommen zu sein. Er saugte an Zahars Lippen, kraulte seine Hörner und ließ die andere Hand bis zu dem knackigen Gesäß wandern. David fühlte sich stark, mutig und draufgängerisch. Diese unbekannte, düstere Seite in ihm gierte nach Zahars Leidenschaft. Fast schien es David, als würde er sie aus ihm heraussaugen.

Keuchend riss Zahar die Augen auf und starrte ihn an, während David die Zunge in ihn stieß. Zahar knurrte, heißer Samen lief über Davids Bauch und wenige Sekunden später ergoss er sich ebenfalls, pumpte alles in die starke Hand, die sein Geschlecht eisern umschlossen hielt.

Schwer atmend schaute Zahar zu ihm herab. Sein Mund öffnete sich, als wollte er etwas sagen. Es dauerte mehrere heftige Atemzüge, ehe er wisperte: »Was hast du mit mir gemacht?«

»Was habe ich denn gemacht?«, erwiderte David ebenso atemlos.

»Hast du nichts gespürt?«

Er hatte eine Menge gespürt. Der Kuss hatte ihn verändert. Jedoch nur kurz. Langsam kehrte die alte Schüchternheit zurück.

Plötzlich sprang Zahar auf und schaute sich um.

»Was ist?« Alarmiert setzte David sich auf. Die Angst, entdeckt zu werden, war mit einem Mal übermächtig.

»Es war bloß eine Ente, die aufgewacht ist«, sagte Zahar und ging ins Wasser. Hastig wusch er sich.

David stand ebenfalls auf, um seine Kleidung zusammenzusuchen. »Keiner darf uns so sehen!«

»Ich passe auf uns beide auf. Versprochen.« Zahar stieg in seine

Hose und schaffte es, sie zu schließen. »Wenn du magst, schau ich aber mal nach.« Und weg war er.

David wusste, dass er nicht weit sein würde. Vielleicht musste er verdauen, was zwischen ihnen geschehen war. David war ebenfalls froh über ein wenig Abstand. So konnte er sich in Ruhe reinigen. Was hatte er bloß gespürt? Das hatte er sich nicht eingebildet, oder? Zahar hatte es ebenfalls erwähnt. Zwischen ihnen gab es wirklich eine ganz besondere Anziehungskraft.

Zahar war verwirrt. Als er David geküsst hatte, war etwas mit ihm geschehen. Tief in seinem Herzen und seinem Geist. Er hatte es deutlich gespürt. Es war wie ein Reißen, als hätte David etwas Verborgenes aus ihm herausgeholt. Sein Herz hatte schneller gepocht, in seinem Kopf hatte sich alles gedreht und nun fühlte er sich … leichter. Anders vermochte er es nicht zu beschreiben.

Leider konnte er jetzt nicht länger darüber nachdenken. Der Wind hatte gedreht und Zahar roch jemanden, den er kannte: Nuriel. Der Gargoyle folgte öfter seiner Fährte, und gerade näherte er sich ihnen. Zahar glaubte nicht, dass er gesehen hatte, was eben zwischen David und ihm passiert war. Sie sollten tatsächlich besser aufpassen, aber Zahar hatte sich hinreißen lassen. Wie David so nackt und schutzlos unter ihm gelegen hatte … Das Bild des schlanken Körpers ging ihm nicht aus dem Kopf. Die helle Haut, die langen Glieder, Davids ängstlicher und doch neugieriger Blick, seine Erregung …

»Ich rieche ihn überall an dir. Du hast dich ihm gezeigt!« Verächtlich schnaubend trat Nuriel aus dem Gebüsch und musterte Zahars Hose. »Wenn die anderen sehen könnten, was aus dir geworden ist.«

Zahars Magen verkrampfte sich. »Nur gut, dass sie mich längst für tot halten«, sagte er in einem sarkastischen Ton. Nuriel ließ den Klan in dem Glauben, um Zahar zu bestrafen. Immerhin hatte er sich nicht an ihre Abmachung gehalten und David weiterhin beobachtet.

Zahars Ohren zuckten. David kam in ihre Richtung!

Nuriel schien ihn auch zu hören, denn er starrte über seine Schulter. »Trenne dich von ihm. Er bringt uns in Gefahr!«

»Warum?«

»Das geht dich nichts an. Du bist keiner mehr von uns.«

Diese Worte schmerzten jedes Mal, wenn er sie hörte. Und er hatte sie in den letzten Jahren oft vernommen. »Dann muss ich nicht tun, was du verlangst.«

Nuriel knurrte bedrohlich. Zahar würde unterliegen, sollte es zu einem Kampf kommen. Nuriel war zu erfahren und viel stärker als er, beinahe einen Kopf größer, mit spitzen Hörnern und riesigen Klauen.

Zahar ballte die Hände zu Fäusten, sodass sich seine ausgefahrenen Krallen in die Handfläche bohrten. So ruhig wie möglich erwiderte er: »Keine Sorge. Morgen werde ich London verlassen.«

Nuriel nickte, drehte sich um und verschwand ohne ein weiteres Wort.

Kurz darauf trat David zu ihm, seine Kleidung in der Hand. »Ist alles in Ordnung?«

»Hmm«, brummte Zahar. »Lass uns gehen.« Er wollte nur noch weg. Je eher sie London verließen, desto besser.

∽∾

Zahar war froh, als sie wieder in Davids Heim waren und niemand ihnen gefolgt war. Da David noch viel zu erledigen hatte, ehe sie aufbrachen, beschloss er, sofort nach ihrem nächtlichen Streifzug ins Bett zu gehen. Zahar blieb bei ihm im Zimmer und schaute ihn einfach bloß an. Er freute sich auf die Reise. Die neue Aufgabe, den Mann zu finden, der das Buch gestohlen hatte, gefiel ihm bereits jetzt. Sein monotones Dasein hatte ein Ende, und Nuriel, der ihn mit Vorliebe piesackte, wäre vergessen. Zwar hatte es Zahar erfüllt, David zu beschützen, aber ein wenig Aufregung ließ ihn fühlen, dass er lebte und gebraucht wurde.

Als der Morgen dämmerte, begab sich Zahar vor das Bett. Noch ein Mal schlafen, dann ging es los! Es wurde heller, London erwachte und mit ihm seine Bewohner. Dienstmädchen huschten über die Straßen, Kutschen waren auf dem Weg zum Markt. Die Minuten vergingen – und Zahar wurde nicht zu Stein.

Mehr Helligkeit drang in den Raum. Der Vorhang stand einen Spaltbreit offen. Zahar blinzelte, als erste Strahlen in Davids Zimmer fielen. Staub funkelte in der Säule aus Licht. Zahar streckte die Hand aus und hielt sie ehrfürchtig in die Sonne, die alles in ein goldenes Leuchten tauchte. Wärme kribbelte auf seiner Haut.

»Bei meinen Ahnen«, wisperte er. Niemals zuvor hatte er das erlebt! Wieso fiel er nicht in den Steinschlaf?

Hatte das mit David zu tun?

Zahar wollte ihn wecken, ihm zeigen, was vor sich ging, da spürte er das verräterische Prickeln. Seine Haut glitzerte, wandelte sich. Zahar brachte sich in Position und zog aus reiner Gewohnheit eine Fratze. Sein Herz wummerte heftig.

Trenne dich von ihm. Er bringt uns in Gefahr, hörte er Nuriels Worte, bevor er zu Stein wurde.

⁂

»Ich habe für alles gesorgt, Granny. Tante Abigail wird hier wohnen, solange ich in Paris bin. Sie hat wirklich nichts dagegen.«

Seine Großmutter saß in ihrem Salon, neben David auf der Couch. Sie hatte die Hände in den Schoß gebettet und drehte an ihrem Ring. Er war das einzige Schmuckstück, das sie trug. Vater hatte den gleichen besessen. Er war aus Silber und stellte eine Schlange dar, die sich in den eigenen Schwanz biss und auf diese Weise einen Kreis bildete. Uroboros nannte man dieses Symbol. Es stand für verborgene Macht, Weisheit und den ewigen Kreislauf des Lebens.

Tante Abigail lümmelte recht undamenhaft in einem großen Ohrenbackensessel, den Kopf angelehnt, und schnarchte leise. Ihr weißes Haar wirkte ein wenig durcheinander, ihr dunkelgrünes Kleid hingegen sah perfekt aus und besaß keine einzige Falte. Tante Abigail hatte sich schon immer auf Modezauberei verstanden und war eine angesehene Geschäftsfrau der Magiergilde gewesen. Genau wie Granny hatte sie sich jetzt zurückgezogen, zauberte weniger und züchtete lieber Obst.

»Du weißt nicht, was dich dort erwartet, Junge!«, rief Granny.

David schielte zu seiner Tante. Sie hörte schlecht und war durch ihr Gespräch bisher nicht aufgewacht. Was auch besser war. Tante Abigail wusste nichts von seinem Vorhaben, sondern dachte, er würde einen ehemaligen Collegefreund in Brighton besuchen. Sie hätte nur auf ihre Schwester eingeredet.

David wollte Granny jedoch nicht anlügen. »Ich nehme Zahar mit. Er passt auf mich auf.«

Sie öffnete den Mund, schloss ihn aber wieder und antwortete erst einige Schweigesekunden später: »Versprich mir, dein Amulett niemals abzulegen.«

»Es schützt mich vor Dämonen, oder?«, fragte er leise.

Granny legte die Hand auf sein Knie. »Es ist ein sehr mächtiges Artefakt, das mächtigste, das ich jemals gesehen habe. Dein Vater hat es von deinem Grandpa zur Geburt bekommen. Gregor hatte eine Expedition ins Taurische Gebirge unternommen, als sie auf der Jagd nach Vampiren waren, und den Stein in der Schatzkammer eines Höhlentrolls gefunden. Es war ein glücklicher Zufall. Die Kraft des Steines scheint nie zu schwinden.«

David schluckte. »Hat Vater das Amulett in jener Nacht getragen?«

Granny nickte traurig. »Gegen böse Menschen hilft es leider nicht.«

Dann waren dämonische Mörder wohl ausgeschlossen. Wobei – sie hätten menschliche Lakaien beauftragen können. David traute dem Pack alles zu.

Plötzlich wurde die Tür aufgerissen. Zahar stand im Rahmen und sah aufgelöst aus. Seine Haare schienen mehr verstrubbelt als sonst, seine Pupillen waren geschlitzt. »David! Zwischen uns ist etwas pass…« Als sein Blick auf Großmutter und Tante Abigail fiel, verstummte er abrupt.

Davids Gesicht glühte. Was zwischen ihnen gewesen war, durfte Granny nie erfahren! Keiner durfte es erfahren. Und was hatte Zahar so durcheinandergebracht, dass seine Sinne nicht die Anwesenheit von Granny und Tante Abigail gemeldet hatten?

David und Granny starrten ihn an. Zum Glück trug Zahar immer noch Kleidung, und Tante Abigail schlief ohnehin seelenruhig weiter.

»Tut mir leid«, stammelte Zahar und schloss die Tür.

David sprang auf. »Wir müssen nun los, Granny.«

Seufzend erhob sie sich. David half ihr, und gemeinsam verließen sie den Salon.

Den Kopf gesenkt, wartete Zahar an der Haustür, wo bereits ihre Koffer standen. David hatte auch einen für Zahar gepackt. Schließlich konnte er nicht die ganze Zeit in denselben Kleidungsstücken herumlaufen.

Überraschenderweise glättete sich Grannys Gesicht beim Anblick seines Beschützers. Sie schritt auf ihn zu und sagte: »Pass gut auf meinen Jungen auf.«

Zahar nickte. Ein Lächeln erhellte seine angespannten Züge und seine Augen wirkten wieder normal. »Ich verspreche es.«

❦

David hatte ihnen Fahrkarten besorgt und sie waren mit dem Nachtzug aufgebrochen. Dank der Weltausstellung befuhr die Eisenbahn auch zu dieser späten Stunde die Strecke von London nach Dover. David hatte keine Kosten gescheut und sieben Pfund für ein geschlossenes Abteil bezahlt. Die Tür hatte er von innen verriegelt. Sie waren unter sich.

Die Fahrt verlief unspektakulär. Zahar klebte eine halbe Stunde lang mit der Nase an der Scheibe, bevor er durch das Fenster auf das Dach der Eisenbahn kletterte, um angeblich nach Dämonen Ausschau zu halten. David sagte nichts. Sollte Zahar seinen Spaß haben. Er wirkte zufrieden, und das stimmte David fröhlich.

Als Zahar zurückkam, sah er alles andere als glücklich aus.

Hastig schloss David das Fenster. »Was ist passiert? Hast du Dämonen entdeckt?«

Zahar schüttelte den Kopf und setzte sich neben ihn. »Ich muss dir etwas erzählen. Das wollte ich zuvor schon, musste aber erst meine Gedanken ordnen.«

David schaute aus dem Fenster, obwohl er nichts in der Dunkelheit erkannte. An das Erlebte am See wollte er nicht erinnert werden, da er sich nach den verbotenen Berührungen sehnte.

»David ...« Zahar streifte sein Bein. »Es ist etwas passiert.«

Mit einem Gesicht so heiß, als hätte er den Kopf in den Kessel der Dampflok gesteckt, wandte er sich ihm zu. »Was denn?«, krächzte er.

»Als ich das letzte Mal in den Steinschlaf fiel, ist etwas Seltsames geschehen ...«

Erleichtert, weil Zahar nicht das heikle Thema ansprach, atmete David auf, aber als er weiter lauschte, konnte er seinen Ohren kaum trauen. »Die Verwandlung hat sich verzögert?«

Zahar stützte den Kopf auf beide Hände und fuhr mit den Fingern durch sein Haar. So saß er da, mit den Ellbogen auf den Knien, und schaute auf den Boden. »Das ist mir noch nie passiert. Ich glaube, das hat etwas mit dir zu tun.«

»Mit mir?« David legte die Hand auf seine Schulter. »Wie meinst du das?«

»Du …« Zögerlich setzte Zahar sich aufrecht hin und suchte Davids Blick. »Du musst es doch auch gespürt haben, als wir … am See … so eng beieinander lagen und uns … geküsst haben.«

David zog den Arm zurück und starrte auf den sündhaften Mund, der die Worte so schwer herausbrachte. »Ich weiß nicht, ich war ziemlich durcheinander.«

»David …«

»Da waren starke Gefühle im Spiel«, wisperte er. »Ich dachte, das lag an dem, was wir …« Er räusperte sich und kratzte sich an der Schläfe. »Worauf willst du hinaus?«

Zahar seufzte tief, erwiderte jedoch nichts. Stattdessen knetete er seine Finger im Schoß.

»Bedrückt dich etwas?«, fragte David.

»Ich …« Zahar wandte sich ab und schüttelte den Kopf. »Vielleicht war es nur Zufall.«

Zufall? David glaubte nicht an Zufälle. Er würde der Sache auf den Grund gehen.

❦

Über neunzig Meilen später fuhr die Eisenbahn in Dover Town ein. Der Admirality Pier war hell erleuchtet. David wusste einiges über die Hafenstadt und den mächtigen Pier. Der Grundstein wurde erst vor zwanzig Jahren gelegt. Damals diente Dover der Royal Navy als Zufluchtshafen. Seitdem war die Stadt rasant gewachsen. Schon drei Jahre später nutzten die Fähren den neuen Pier regelmäßig. Er war ein gewaltiger Holzsteg, auf dem es zu dieser späten Stunde lebhaft zuging. Post- und Handelsschiffe wurden beladen, Fracht in Kutschen getragen, überall herrschte reger Betrieb.

Seit sieben Jahren verband der Pier die Eisenbahnschienen sogar direkt mit den Dampfschiffen. David staunte über die gewaltige Leistung der Konstrukteure, als ihr Zug auf dem 800 Fuß langen Steg ausrollte. Dover Town Station und das angrenzende Hotel waren ebenfalls beleuchtet. Das dreistöckige, massive Gebäude aus rotem

Backstein weckte Erinnerungen.

Erneut presste sich Zahar die Nase am Fenster platt. »Das Meer! Sieh nur!«

David grinste. Er erkannte im Dunkeln die See nicht, dennoch wusste er, wie der Strand aussah. »Ich war vor sechs Jahren einmal mit Granny hier, als Charles Dickens in der Apollonian Hall eine Lesung hielt.« David dachte gerne an die gewaltige Konzerthalle in der Snargate Street und den berühmten Schriftsteller zurück. Trotz Unwetter war es ein toller Abend gewesen. Ein Sturm hatte über Dover gewütet, dicke graue Wolken waren über dem Meer landeinwärts gezogen, hatten starken Regen mitgebracht und die Fährdampfer daran gehindert, anzulegen. Nichtsdestotrotz hatte das Mr. Dickens nicht von seiner Lesung abgehalten. Die Zuhörer hatten wie verrückt applaudiert.

Gewohnt hatten Granny und David im Lord Warden Hotel. In ebendiesem Hotel würden auch Zahar und er den Tag verbringen, um nachts mit einer Fähre nach Calais überzusetzen. Von dort würden sie mit dem Zug weiter über Lille nach Amiens fahren. Mehr Strecke schafften sie vor dem Morgengrauen nicht.

Als Zahar von der Lesung hörte, bemerkte David, wie sich seine Krallen in den Holzrahmen bohrten. »Die Nacht wird mir immer im Gedächtnis bleiben. Als ich dein Haus leer vorfand und du und deine Großmutter zwei Tage lang verschwunden wart … Ich war außer mir vor Sorge, weil ich dachte, Dämonen hätten euch …«

David legte ihm eine Hand auf die Schulter. »Wenn ich damals schon über dich Bescheid gewusst hätte, wäre ich niemals gefahren.«

Lächelnd drehte sich Zahar um. »Ich wäre mitgekommen. Genau wie jetzt. Ich freue mich wirklich über die Reise, auch wenn sie keinen schönen Anlass hat.«

Davids Herz verkrampfte sich. Würde er womöglich bald dem Mörder seiner Eltern begegnen? »Der Zug hält, lass uns ins Hotel gehen, bevor es hell wird.«

Sie nahmen das Gepäck an sich und begaben sich in den Gang des Abteils, in dem die Passagiere nach draußen drängelten.

Zehn Minuten später meldeten sie sich im Foyer des Hotels an – wobei Zahar sich im Hintergrund hielt – und wurden von einem

Pagen in den zweiten Stock gebracht. Ihr kleines Zimmer besaß zwei Einzelbetten, einen Tisch und eine Waschgelegenheit. Sie würden hier ohnehin nur ausruhen, bevor es weiterging. Der Raum war mit dunklem Holz vertäfelt, die Möbel und Vorhänge von cremeweißer Farbe. Alles wirkte sauber und zweckdienlich.

David erklärte dem Jungen, dass sie gerne eine Mahlzeit auf dem Zimmer einnehmen und danach nicht gestört werden wollten. David drückte ihm ein ordentliches Trinkgeld in die Hand und sperrte die Tür hinter ihm zu.

Nachdem ihre Bäuche gefüllt waren, begann bereits der Morgen zu grauen. David streckte sich. Er war hundemüde.

Zahar wirkte nervös und tigerte vor dem Fenster auf und ab. Er trug seine Kleidung; den Mantel hatte er abgelegt. »Ich frage mich, ob sich mein Schlaf wieder verzögert.«

David stellte sich neben ihn und gemeinsam schauten sie hinaus aufs Meer. Nebel hing über dem Wasser. Zu ihrer linken Seite zeigte sich ein heller Streifen am Horizont, der langsam eine orange Farbe annahm. Gebannt warteten sie.

»Ob deine Kleidung die Verwandlung verzögert?«, fragte David leise.

»Nein, nichts kann es aufhalten, keine Kleidung und kein geschlossener Raum.« Zahar seufzte. »Es soll nur einen Ort geben, an dem wir nicht zu Stein werden.«

Davids Herz überschlug sich. »Welcher?«

»Die Unterwelt«, sagte Zahar ehrfürchtig.

»Woher weißt du das?«

»Ich habe Schauergeschichten gehört, als ich noch im Klan gelebt habe, über Gargoyles, die von Dämonen entführt wurden. Bis in die Unterwelt dringt kein Sonnenstrahl.«

»Warum sollten sie euch entführen?«

»Um uns zu demütigen. Sie hassen uns, sie versklaven uns.«

David lief es eiskalt das Rückgrat hinunter. Niemals würde er zulassen, dass Zahar dieses Schicksal widerfuhr.

»Spürst du schon was?« Er musterte Zahar, der nach Luft schnappte.

»Meine Haut kribbelt. Es geht gleich los!« Hastig schaute er sich um und lief schließlich zur Tür. Davor hockte er sich hin.

Als die Sonne aus dem Meer tauchte und ihre Strahlen über das Wasser schickte, verwandelte sich Zahar. Pünktlich, ohne Verzögerung. Er musste sich getäuscht haben.

David strich über die harte graue Schulter mit dem versteinerten Hemd. »Schlaf gut, mein Retter. Wir sehen uns später.«

Gähnend entkleidete er sich, schloss die Vorhänge und kroch unter die sauberen Laken des Bettes, das sich näher bei Zahar befand. Die Nacht war lang gewesen, seine Glieder schwer wie Blei. Rasch schlief er ein, doch es kam ihm vor, als wäre nur eine Stunde vergangen, als Lärm vor dem Hotel ihn weckte. David griff nach seiner Taschenuhr, die er auf dem Nachttisch platziert hatte, und wankte zum Fenster. Es war tatsächlich erst früher Vormittag, nur vor dem Gebäude ging es zu wie auf dem Großmarkt. David musste schlafen, denn er wollte nachts mit Zahar reden, seine Anwesenheit genießen. Also taumelte er wieder ins Bett und steckte den Kopf unter das Kissen.

Eine gefühlte Stunde später gab er auf und zog sich an. London war schon laut, aber das Geschrei der Hafenarbeiter, das Pfeifen der einfahrenden Züge und das Stimmengewirr zahlreicher Gäste, die vor dem Hotel redeten und in dem Gebäude durch die Gänge marschierten, bauten sich zu einem gewaltigen Lärmpegel auf. David beneidete Zahar fast für seine Verwandlung. Ihn konnte nichts aus der Ruhe bringen. Daher beschloss David, sich den Hafen anzusehen und es später noch einmal mit dem Schlafen zu probieren. Leider hatte sich Zahar genau vor die Zimmertür gesetzt, sodass niemand herein oder hinaus kam. Sein Beschützer.

Schmunzelnd legte David die Hände an den versteinerten Körper, um ihn auf die Seite zu schieben. Was kein leichtes Unterfangen war. Zahar schien eine Tonne zu wiegen! Immerhin hatte er die Krallen nicht in den Holzboden geschlagen. David hatte ihn bereits in seinem Haus gebeten, davon abzusehen. Granny würde einen Tobsuchtsanfall bekommen, wenn sie die Löcher bemerkte.

Schließlich schaffte er es, Zahar zu verrücken, sodass er durch einen Spalt in der Tür entwischen konnte. Das würde seinem Wächter nicht gefallen, aber in dem kleinen Zimmer würde er noch verrückt werden.

David eilte vorbei an abreisenden Gästen, Zimmermädchen sowie Dienern, und stieg hinunter in den ersten Stock.

Das Hotel war auf dieser Etage durch eine gläserne Brücke, die über die Straße führte, mit der Town Station verbunden. So konnten Reisende, die über den Kanal mussten, auf direktem Wege vom Hotel auf den Pier gelangen, an dem die Fährschiffe lagen.

Einen Moment lang bewunderte David die Aussicht von der Brücke, bevor er auf den gewaltigen Steg schritt und sich an das Geländer lehnte. Der Himmel besaß eine intensivblaue Farbe und weiße Wolken hingen wie aufgeplatzte Baumwollkapseln darin. Wenn Zahar diese Farben sehen könnte … Tief atmete David die salzige Luft ein und mit ihm Dampf sowie Rauch, den die Dampffähren und Lokomotiven hinterließen. Es roch nach Abenteuer. Davids Herz pochte heftiger.

Möwen drehten kreischend ihre Runden über den Köpfen der Reisenden und stürzten sich hinab, sobald sie etwas Essbares fanden. Interessiert schaute David einem Fährdampfer zu, den er von Weitem kommen sah. Er hatte zusätzlich Segel gesetzt. Bald würde sich David mit Zahar ebenfalls auf solch einem Schiff befinden. Noch nie war er über das Wasser gereist. Auf der anderen Seite lag Frankreich und vielleicht alle Antworten auf seine Fragen.

Plötzlich überliefen ihn eiskalte Schauder. In seinem Nacken kribbelte es. Er drehte sich um und fühlte sich beobachtet, doch er sah niemanden, der ihn anstarrte. Das ungute Gefühl reifte beinahe zu Panik heran; sein Herz raste. Er musste zurück, zu Zahar!

Abrupt sprintete er los und rempelte gegen einen jungen Mann, der einen großen schwarzen Koffer trug.

»Verzeihung«, rief David und rannte weiter. Viele Köpfe wandten sich zu ihm um.

Sein Puls hämmerte in den Schläfen. Dämonen! Bestimmt zwanzig an der Zahl. Sie waren überall und sahen auf den ersten Blick wie gewöhnliche Reisende aus, aber ihre Augen glühten oder glichen denen von Reptilien. Wenn er an ihnen vorbeilief, wichen sie vor ihm zurück und zischten.

Hörte und sah nur David sie? Die anderen Leute schienen nichts zu bemerken. Vielleicht, weil er als Halbmagier wusste, dass es diese Wesen gab. Was wollten sie hier?

Zahar! Er war ungeschützt, solange er seinen Steinschlaf hielt.

Obwohl er rannte, als wäre der Teufel persönlich hinter ihm her, glaubte David, nicht vom Fleck zu kommen. Gefühlte Ewigkeiten später erreichte er sein Zimmer und quetschte sich durch den Türspalt. Zahar stand noch dort, versteinert wie zuvor, aber sein erstarrtes Gesicht war pechschwarz. Qualm stieg davon auf.

David warf die Tür zu. »Zahar!« Ein Dämon befand sich im Zimmer. Er war gekleidet in einen Frack, wie ein Herr der gehobenen Gesellschaft, doch seine Schlangenaugen verrieten ihn. Außerdem hielt er ein blauglühendes Energiegeschoss wie einen Ball in der Hand. Damit hatte er Zahar getroffen!

»Verschwinde!« David zog seinen Anhänger aus dem Hemd.

Der Dämon holte aus und warf das Geschoss auf ihn. Er schaffte es nicht, der Kugel auszuweichen und sah sein Ende gekommen, aber sie zerplatzte vor seiner Nase, als hätte sie eine unsichtbare Wand getroffen.

Das Amulett! Es schützte ihn!

Obwohl sich David vor Furcht beinahe in die Hose machte und seine Knie puddingweich waren, nahm er all seinen Mut zusammen, richtete die Handfläche auf den Unterweltler und sagte so gefährlich wie möglich: »Wenn du nicht sofort verschwindest, werde ich dich vernichten!« Nicht, dass er das gekonnt hätte, doch David hoffte, sein Gegner würde den Bluff schlucken.

Zischend wich der Dämon zurück und malte mit der Hand einen großen Kreis an die Wand. Dort, wo sein Finger die Tapete berührte, hinterließ er eine Spur aus blauem Feuer. Knisternd öffnete sich in der Mitte ein Loch. Ein Dämonenportal! Wie durch ein riesiges Schlüsselloch schaute David in einen Gang aus Felsen. Fackeln hingen in rostigen Halterungen und ein widerlicher Gestank wehte ihm entgegen. War das die Unterwelt?

Noch ehe er sich versah, war der Dämon in dem Tor verschwunden. Sofort schloss es sich hinter ihm und ließ nichts zurück außer einem Geruch, der David an ein Gewitter erinnerte.

Mit dem Rücken sackte er gegen die Wand. Ihm war so übel, dass er sich beherrschen musste, sich nicht zu übergeben. Aber er durfte nicht ohnmächtig werden. Was, wenn der Dämon zurückkam?

»Zahar?« Mit wackeligen Schritten ging er zu seinem Freund und fuhr mit den Händen über das steinerne Gesicht. Nichts fehlte, es war alles an seinem Platz. Ob es Zahar gutging? Das würde David erst wissen, wenn er erwachte.

Sie mussten weg von hier! Nur war das unmöglich. Wohin sollten sie auch? Dämonen hielten sich überall auf.

Die Quarze!

David eilte zu seinem Koffer, den er unter das Bett geschoben hatte. Granny hatte ihm acht magische Kristalle und allerhand andere nützliche Dinge eingepackt, wie französisches Geld, das sie noch von den Expeditionen ihres Mannes hatte, sowie einen Magier-Stadtplan von Paris. Wie dumm er war! Warum hatte er nicht gleich an die Kristalle gedacht? Zuhause musste er sich um seine Sicherheit keine Gedanken machen, denn Granny hatte im ganzen Haus diese magischen Steine verteilt. David holte vier faustgroße Stücke aus dem Koffer. Sie sahen aus wie Amethyste und leuchteten schwach in einem lila Licht. Je einen von ihnen legte er in eine Ecke. Sie bauten ein unsichtbares Schutzfeld auf, in dem kein Dämon sich aufhalten oder ein Portal erzeugen konnte. Zusätzlich schützte ihn und Zahar sein Amulett. Zahar durfte ihm nur nicht mehr von der Seite weichen.

Völlig entkräftet und verschwitzt zog sich David aus. Er goss sich Wasser in eine Schüssel, die auf einem kleinen Toilettentisch stand, und wusch sich schnell. Was hatte der Dämon gewollt? Zahar in die Unterwelt entführen? David erschauderte, als er an die Geschichte dachte, die Zahar ihm erzählt hatte. Oder wollten die Unterweltler an ihn herankommen? Und warum jetzt, wo er London verließ?

Fragen über Fragen, die seinem Kopf Schmerzen bereiteten. Auf jeden Fall mussten sie vorsichtiger sein. Die Reise nach Paris würde kein Zuckerschlecken werden.

※

Als Zahar erwachte, bemerkte er sofort, dass sich seine Position geändert hatte. Er zwinkerte, weil seine Augen brannten und ein Grauschleier die Sicht trübte. Mit dem Handrücken fuhr er sich übers Gesicht. Was war geschehen? Zu seinen Füßen erkannte er feinste Schleifspuren im Holz. Jemand hatte ihn verrückt!

Mit einem Satz war er bei David am Bett. Offensichtlich hatte er unruhig geschlafen, denn die Laken waren zerknüllt und um eines seiner Beine geschlungen. Zahar grinste beim Anblick der nackten Pobacken. Er hätte zu große Lust, dort hineinzubeißen. David sah lecker aus und verführerisch, wie er tief schlafend und unschuldig im Bett lag.

Zahar wollte eben seine Hand ausstrecken, um Davids Rücken zu streicheln und ihn sanft zu wecken, als er ein pulsierendes Licht aus dem hintersten Winkel des Zimmers bemerkte. Dort lag ein Kristall. In allen Ecken! Was war passiert?

»David?« Behutsam rüttelte er an seiner Schulter. »Geht's dir gut?«

»Noch fünf Minuten, Granny«, murmelte er, drehte sich auf den Rücken und zog sich das Kissen über den Kopf.

Zahar schmunzelte. Es ging ihm gut. Aber irgendwas war hier seltsam. Und warum sah er immer noch nicht richtig? Seine Augen juckten, als hätte er Sand darin.

Er ging durch den düsteren Raum zum Waschtisch, auf dem eine Schüssel mit Wasser stand. Beim Blick in den Spiegel erschrak er. Sein Gesicht war schwarz! Auch der Kragen des Hemdes war verfärbt. Zahar fuhr sich über die Wange und kostete den Ruß. Dämonengeschosse! Nur die hinterließen diesen schwefelartigen Geschmack!

Zahar wirbelte herum. »Was ist passiert?!«

David brummte etwas Unverständliches und schlief weiter.

»Aufstehen!« Zahar hockte sich auf die Matratze und rüttelte erneut an seiner Schulter, diesmal fester.

David riss die Augen auf. »Zahar!« Er fiel ihm um den Hals. »Geht's dir gut? Ein Dämon hat auf dich geschossen. Dein Gesicht! Bist du verletzt?«

»Mir geht's gut.« Zahar hielt ihn fest. Er war überglücklich, dass David nichts geschehen war. Zahar genoss die Nähe und Wärme des Mannes, den er begehrte. »Ein Dämon? Du musst mir alles erzählen!«

Und das tat David. Angefangen damit, als er sich davongeschlichen hatte, bis zu der Stelle, an der der Dämon durch ein Portal verschwunden war.

»Was denkst du, was sie von uns wollen?« Davids Lippen streiften Zahars Hals und hinterließen ein wohliges Prickeln. Es zuckte in seiner Hose.

»Ja, was könnten sie wollen?« Das hatte sich Zahar ebenfalls gefragt. »Ich weiß es nicht. Wenn es so viele waren, verfolgen sie ein bestimmtes Ziel. Vielleicht hat jemand sie angeheuert.« Der Mörder von

Davids Eltern? Weil er wusste, dass sie auf dem Weg nach Paris waren? Aber woher? »Das ergibt alles keinen Sinn.«

»Genau das hab ich auch gedacht.« David löste sich von ihm und fuhr sich durchs Haar. »Wie spät ist es? Wir dürfen die Fähre nicht verpassen.«

Zahar schaute auf die Uhr, die auf dem Nachttisch lag. »Halb zehn.«

»Dann haben wir noch fast eine Stunde«, sagte David. Er entzündete eine Öllampe und drehte die Flamme weit herunter, sodass sie nur ein schwaches Licht abgab. Anschließend legte er sich zurück in die Kissen.

Zahar wurde es bei Davids Anblick ganz schwummrig. Er wollte den Kleinen so gerne küssen, ihn verführen. Ob David darauf wartete? Es sah wie eine Einladung aus.

Zahar räusperte sich und stand auf. »Ich muss mich waschen und umziehen.«

Während er sich entkleidete, ließ ihn David nie aus den Augen. Zuerst zog Zahar das Hemd aus, wobei er David bat, an seinem Rücken die Knöpfe zu öffnen. Dessen Finger streiften Haut und Schwingen. Zahar erschauderte vor Lust. Diese geschickten Finger wollte er gerne auch an anderer Stelle spüren.

»Danke«, sagte er mit kehliger Stimme, schritt zum Toilettentisch und wusch sich den Ruß aus dem Gesicht. Wie er dieses Dämonenpack verabscheute! Sollte ihm einer von denen unterkommen, würde er ihn in der Luft zerfetzen! Wenn David heute etwas passiert wäre ... Zahar wüsste nicht, was er machen würde. Ohne David ... Er wollte nicht daran denken.

Als Zahar nackt vor ihm stand, röteten sich Davids Wangen und er raffte die Decke über seinem Schoß zusammen. Zahar vernahm seine beschleunigte Atmung. *Na warte*, dachte er grinsend und tauchte einen Lappen ins Wasser, *du wirst nach mir betteln.*

Betont langsam begann er sich mit dem feuchten Tuch zu reinigen, wobei er sich zu David umdrehte. Zuerst schrubbte er seinen Oberkörper und wusch sich unter den Armen, dann glitt er tiefer, zwischen seine Beine.

David schloss kurz die Lider und presste die Decke auf sein Geschlecht.

Zahar war längst hart, und den leicht rauen Stoff auf seiner empfindlichen Spitze zu fühlen, machte ihn noch härter. Die Haut um seinen Schaft spannte. Ein leises Knurren entfuhr Zahar. Er konnte sich kaum zurückhalten. Immer wieder stieß er provozierend in seine Faust mit dem Tuch, genoss die Enge und Davids hungrigen Ausdruck in den Augen.

Nachdem er sich ausgiebig gewaschen hatte, warf er das Tuch zurück in die Schüssel und ging zum Bett. David zog das Laken bis über die Brust. Zahar riss es ihm aus der Hand und fegte es auf den Boden.

Davids glühender Blick sprach Bände. Er wollte es, dennoch rutschte er so weit zurück, dass er mit dem Rücken gegen das Kopfende stieß, und legte die Arme um seine angezogenen Knie.

»Diesmal hast *du* mich gerettet«, wisperte Zahar. Sanft strich er über Davids Gesicht. »Ich stehe in deiner Schuld. Ich tue, was du willst.«

Fast unmerklich schüttelte David den Kopf. Seine Stimme klang rau. »Du schuldest mir nichts. Wenn, dann hast du etwas gut bei mir.« Er schaute auf Zahars aufgerichtetes Geschlecht, anschließend zu ihm hoch, so unschuldig und schüchtern, dass es hinter Zahars Brustbein heftig zog.

»David«, flüsterte er. »Ich möchte dich küssen.«

David legte den Kopf in den Nacken und schloss die Augen. »Dann küss mich.«

Zahars Atem stockte. Hatte er sich verhört? Alles in ihm pochte wild vor Aufregung. Langsam beugte er sich zu ihm und strich mit den Lippen über seinen Mund. Er öffnete sich; David keuchte.

Da konnte sich Zahar nicht mehr beherrschen. Er zog David an seine Brust, um ihn stürmisch zu küssen. Hart trafen sich ihre Münder; feucht und leidenschaftlich waren ihre Zärtlichkeiten. Ihre Zungen kämpften miteinander, neckten sich, tanzten. Und je inniger sie sich vereinten, desto leichter wurde es Zahar ums Herz. Da war es wieder, dieses seltsame Gefühl, als ob David etwas von ihm nahm. Dieses Gefühl machte Zahar süchtig, berauschte ihn.

Alles ging so schnell. Zahar warf David unter sich. Der ließ es geschehen, wehrte sich nicht, sondern berührte ihn überall. Als seine Finger die Hörner massierten, hätte sich Zahar beinahe ergossen.

Ablenken!, dachte er und rutschte tiefer, spreizte Davids Schenkel und kniete sich dazwischen.

»Was machst du da?«, fragte er keuchend, doch da nahm Zahar Davids Härte in den Mund. Lang war sie und schlank. Wunderschön. Weich, samtig und der Kern fest.

»Za...har!« Davids Finger krallten sich in sein Haar. »Das ... darfst du nicht.«

Hastig schaute er zu ihm hoch. »Ist dir das unangenehm?« Er hauchte einen Kuss auf die glänzende Spitze und wartete auf Gegenwehr.

Es kam keine. »Verdammt, ich will es so sehr«, sagte David stattdessen.

Zahar wurde wagemutiger und saugte an dem aufgerichteten Schaft. David erschauderte bei jedem neuen Kuss, jedem Lecken – ob hart oder zart. Seine Erektion zuckte in Zahars Mund; salzige Tropfen benetzten seine Zunge.

Immer stärker zitterten Davids Schenkel, und Zahar streichelte die glatte Haut an den Innenseiten. Seinem Liebsten schien das zu gefallen; die Schüchternheit war verflogen. Er wälzte den Kopf hin und her, murmelte zusammenhanglose Worte und stöhnte nach mehr.

Zahars Gedanken überschlugen sich. Auf ewig wollte er diesen Moment mit David teilen. »Wenn ich nur nicht zu Stein würde, dann könnte ich dich immer beschützen.«

»Ich will alles versuchen, um den Fluch von dir zu nehmen.«

»Das weiß ich, David. Das weiß ich. Lass uns was ausprobieren.« Zahar drehte sich auf ihm herum. Davids Geschlecht lag nun vor ihm. »Ich fühle etwas bei dir. Als ob du den Fluch aus mir heraussaugst.«

»Ich fühle es auch«, wisperte David und schloss die Lippen um Zahars Eichel.

Ein Knurren verließ seine Kehle. Nie hätte er zu träumen gewagt, dass das einmal geschehen würde. Zahar war kaum in der Lage, seinen Liebsten auf dieselbe Weise zu verwöhnen, so sehr lenkte ihn Davids Zungenspiel ab.

David hingegen schien das nur mehr zu erregen. Seine Hüften hoben sich, sein Geschlecht glitt tief in Zahars Mund. So spendeten sie sich gegenseitig Lust, bis der Raum von den Geräuschen und dem Duft ihrer Liebe erfüllt war. Und als David sich in seinen Mund ergoss, erlaubte sich auch Zahar zu kommen. David zog sich nicht angewidert zurück, sondern schluckte alles und lutschte anschließend seinen Schaft sauber. Zahar machte dasselbe bei ihm und sank glücklich zu Davids Füßen auf die schmale Matratze.

»Das nächste Mal will ich mehr«, hörte Zahar ihn mit dunkler Stimme sagen, die nicht nach ihm klang.

Hastig drehte er sich um und erschrak. Davids Augen schauten aus wie seine, wenn er erregt oder zornig war: nicht menschlich, mit einer gespaltenen Pupille. Er atmete schwer, sein Gesicht war verzerrt und wirkte wie das eines Gargoyles, der kurz vor dem Steinschlaf eine Fratze machte. Das Bild flackerte wie bei einer Illusion und verschwand schließlich. David sah wieder normal aus.

»Bei meinen Ahnen«, flüsterte Zahar. »Was immer hier passiert – es verändert dich.«

David schüttelte den Kopf und setzte sich auf. »Mir geht es gut. Was ich auch von dir nehme, es scheint sich abzubauen oder meinen Körper zu verlassen. Als ob ein Druck von mir weicht.«

»Und wenn es nicht mehr weggeht?« Zahar hatte Angst. Sie experimentierten, ohne zu wissen, worauf sie sich einließen. Er verfluchte sich für seine Lüsternheit. Von jetzt an sollte er David nie wieder anfassen!

»Vielleicht finden wir in Paris mehr über den Fluch heraus«, meinte David und stand auf. »Ist das nicht die Stadt, in der die meisten Gargoyles leben?«

Zahar nickte. Der Pariser Klan war tatsächlich einer der größten weltweit. Aber als Ausgestoßener besaß er kein Recht, mit einem von ihnen zu reden.

Nein, das stimmte nicht, er war kein Ausgestoßener, auch wenn er sich als einer sah. Bis auf Nuriel und sein Weibchen Zuhra hielten alle ihn für tot und das war für Zahar irgendwie dasselbe. Wenn er in Paris vorsprach, würden seine Brüder in London bald wissen, dass er lebte und sich David gezeigt hatte. Eine Strafe wäre wohl die Konsequenz.

Zahar wollte auch nicht mehr zurück, er hatte sich längst an ein Leben als Einzelgänger gewöhnt. Seit er David so nah war, wollte er dieses Leben erst recht nicht mehr aufgeben.

»Wenn ich erst das gestohlene Buch habe«, sagte David und stieg entschlossen in seine Hose, »gibt es vielleicht auf alle Fragen eine Antwort.«

Zahar runzelte die Stirn, erwiderte aber nichts. Was hatte das Buch mit ihnen zu tun? Er würde David später fragen. Jetzt mussten sie auf die Fähre. Zahar war aufgeregt genug deswegen. Außerdem sah er immer noch Davids Fratze vor sich. Hatte Nuriel etwa doch recht und Zahar sollte sich von ihm fernhalten? Bloß war es dafür längst zu spät.

༄

So viel Wasser!
Zahar schluckte und krallte die Finger um die Reling. Die See lag unruhig vor ihnen und der Wellengang tat sein Übriges. Zahars Magen protestierte, alles drehte sich. Der Dampfer hatte zusätzlich Segel gesetzt, die über seinem Kopf im Wind flatterten. Sie kamen zügig voran. Gut so. Ihm konnte es nicht schnell genug gehen.

Aus dem Inneren des Schiffes drang Musik. Ein Pianospieler trug die neusten Stücke aus Frankreich vor, wie David ihm erklärt hatte, und viele Passagiere lauschten der Melodie oder tanzten dazu. Musik lenkte vielleicht die Menschen ab – ihm half das wenig.

»Du musst auf den Horizont sehen«, riet ihm David und zeigte in den sternenbehangenen Himmel, da das Schiff sich gerade auf einer Seite leicht hob. »Das soll helfen.«

Zahars Krallen wollten sich ausfahren. Mit letzter Kraft unterdrückte er den Zwang, um die feinen Handschuhe nicht zu zerstören, und schaute auf den schwarzen Glitzerteppich aus Wasser, der das Licht der Gestirne reflektierte. Die Nacht war warm und wunderschön, trotzdem war ihm elend zumute. Er war nicht für ein Leben auf dem Meer geschaffen.

David, dem der Wellengang nichts auszumachen schien, legte die Hand auf seine. »Hast du Angst vor dem Ertrinken?«

»Ein wenig«, gestand er. »Aber diese Übelkeit verdrängt im Moment alles. Mir war noch nie so schlecht.« In seinem Magen grummelte es. Er presste die Hand auf seinen Bauch und streckte den Kopf über die Reling.

David wusste sofort, was los war. »Hältst du es noch aus?«

Als Zahar nickte, begleitete ihn David hastig zu den Herrentoiletten. In dem kleinen Raum, in dem sich mehrere Plumpsklos in einzeln abschließbaren Kabinen befanden, stank es so fürchterlich, dass es Zahar noch schlechter wurde. Wäre er nur am Geländer stehen geblieben!

»Bitte geh«, wisperte er und beugte sich über einen Sitz, ein einfaches Holzbrett mit einem Loch in der Mitte.

David blieb hinter ihm. »Ich weiche garantiert nicht von deiner Seite. Mein Anhänger schützt uns beide.«

»Ich kann gut auf mich aufpassen.« Zahar würgte, doch es kam nur Luft nach oben. »Bitte!« Sein Zustand war ihm peinlich.

»Gut, aber ich stehe gleich vor der Tür!«

Wenige Minuten später wusch sich Zahar das Gesicht. Die Handschuhe steckte er in die Manteltasche. Nachts würde keiner seine Hände so genau sehen; außerdem machte er garantiert keinen Schritt unter Deck, wo sich zu viele Menschen aufhielten. Falls der Dampfer sank, hatte er keine Lust lebendig begraben zu werden.

Er trat aus der Kajüte und atmete tief die Nachtluft ein. Der leichte Wind trug den Rauch des Dampfers, die Musik und die Stimmen der anderen Passagiere von ihm fort.

Ruhe. Frische Luft.

Jetzt fühlte er sich besser.

Wo war David? Zahars Herz überschlug sich, bis er ihn wenige Meter rechts von sich entdeckte, verborgen hinter zwei Frauen, die ihn umschmeichelten. Wegen des entgegenkommenden Windes hatte Zahar ihn nicht gewittert.

»Ein klitzekleines Tänzchen?«, fragte eine große brünette Dame, die gut zwanzig Jahre älter als David war. Ihre schwarzhaarige Begleiterin wirkte nur halb so alt und war vielleicht ihre Tochter.

Zähneknirschend schaute Zahar zu, wie die Schwarzhaarige David an der Schulter berührte und sich über die geschminkten Lippen leckte. Eifersucht stieg wie kochende Lava in ihm hoch. Seine Hände ballten sich zu Fäusten, die ausgefahrenen Krallen bohrten sich in seine Handflächen. Zahar begrüßte den Schmerz. Er lenkte ihn ab.

David verhielt sich wie ein Gentleman, blieb höflich, aber lehnte bestimmend ab. Als die ältere Dame David kichernd um den Hals fiel, stapfte Zahar auf die drei zu. Es reichte!

Obwohl seine Eifersucht unbegründet war und David kein Interesse an den Frauen zeigte, konnte Zahar nichts für seine Natur. Wenn ein Gargoyle sich für einen Partner entschieden hatte, dann liebte er mit allem, was er war. David gehörte ihm, auch wenn dieser nichts davon ahnte. Lieber begehrte Zahar ihn heimlich, als zurückgewiesen zu werden. Eine unerwiderte Liebe konnte einen Gargoyle das Leben kosten. Ein Gargoyleherz war weniger belastbar, als es den Eindruck machte.

Als er neben David zu stehen kam, roch er das aufdringliche Parfüm, das beide Frauen benutzten. Ein billiges Duftwässerchen. Sie lächelten ihn schief an, hatten aber ansonsten nur Augen für David, der sich gerade von der Klette löste.

»Wirklich nicht? Das ist äußerst schade«, säuselte die Ältere.

David zuckte mit den Schultern und warf einen hilflosen Blick auf Zahar. »Tut mir leid, meine Damen, mir ist nicht nach Tanzen zumute. Ich bleibe bei meinem Freund. Er fühlt sich nicht wohl.«

»Wie Sie wollen.« Die Frauen verschwanden lachend im Inneren des Schiffes und Zahar zog David an eine Stelle, an der sie ungestört waren.

»Was war denn mit den Damen los?«, fragte David, dunkelrot im Gesicht. »Die waren aber aufdringlich.«

Zahar lag das Wort, mit dem solche »Damen« bezeichnet wurden, auf der Zunge, er ließ es allerdings bleiben. »Solche gibt es überall.«

David wandte sich ihm zu. »Geht es dir besser?«

»Hm.« Zahar spitzte die Ohren. Die Frauen blieben fern, ansonsten hätte er ihnen gezeigt, was er von ihnen hielt. Seine Fänge würden sie bestimmt beeindrucken.

»Weißt du, dass schon jemand im letzten Jahrhundert Pläne für einen Tunnel vorgelegt hat, der unter dem Meer hindurchführen soll?«, fragte David. »Stell dir mal vor, wir könnten unter dem Wasser hindurchfahren. Vielleicht mit dem Zug!«

Zahar hörte ihm kaum zu. Ihm spukten immer noch die Frauen durch den Kopf. »Wenn das ehrbare Ladys gewesen wären«, sagte er leise, »hättest du eine von ihnen als Partnerin erwählt?« Zahar biss sich auf die Zunge. Das war ihm herausgerutscht.

Räuspernd kratzte sich David am Kopf. »Ich hab bisher nicht viele

Gedanken an Frauen verschwendet.«

Zahars Herz machte einen Freudensprung.

»Bisher war meine Arbeit meine Leidenschaft.« David schaute über die Reling auf das Meer. »Bevor du kamst.« Er räusperte sich erneut. »Wie erkennt ihr Gargoyles euren Partner?«

»Am Geruch«, flüsterte Zahar ihm ins Ohr. David roch, wie sein Gefährte riechen musste. Anziehend, verlockend, frisch ... ähnlich wie das orientalische Gewürz, das er auf dem Großmarkt gerochen hatte. Grüne Minze ... Zahar könnte in seinem Duft ertrinken.

Er erlaubte sich, an eine gemeinsame Zukunft mit David zu denken. Zahar hatte beobachtet, wie sich zwei Männchen seines Klans geliebt hatten. Wild, fast schon brutal. Sie hatten sich gebissen, miteinander gekämpft und sich gegenseitig bestiegen, auf eine animalische Art. Wenn er das mit David machte, würde er das nicht überleben. Aber Zahar brauchte es nicht wild. Er brauchte einfach nur David in seiner Nähe, und seine Worte machten ihn sehr glücklich.

Zahar steckte die Nase in sein Haar, nahm einen tiefen Atemzug und wich hastig zurück, als er Schritte hörte. Ein Besatzungsmitglied eilte hinter ihnen vorbei und verschwand in der Dunkelheit.

David holte seine Uhr hervor und hielt sie ihm hin, da es an dieser nicht beleuchteten Stelle des Schiffes für ihn wohl zu dunkel war. »Wie spät ist es?« Seine Wangen waren immer noch gerötet. Zahar wollte ihn am liebsten küssen.

»Gleich Mitternacht«, raunte er.

»Dann sind wir noch eine Weile unterwegs.« David lehnte sich mit dem Rücken gegen die Reling. »Siehst du schon das andere Ufer?«

Zahar drängte sich an ihn, sodass David spüren konnte, wie es um ihn bestellt war. »Ich erkenne Lichter«, sagte er, schaute jedoch nicht aufs Meer, sondern in Davids Augen. »Und in deinen Pupillen spiegeln sich die Sterne.« Näher, noch näher zu diesem verlockenden Mund ...

Erneut hörte er Schritte. Verdammt, wo er so kurz davor war, sich von David einen Kuss zu stehlen! Rasch trat er zurück und stieß einen leisen Fluch aus.

Ein Mann und eine Frau eilten vorbei, auf den Eingang zu, hinter dem die Musik erklang. Anscheinend wollte sich niemand das Tanzfest entgehen lassen. Zahar fand, dass sich die Töne jetzt seltsam anhörten, doch er hörte nicht hin, wollte sich nicht ablenken lassen. Etwas stimmte nicht. Das Deck war leer, trotzdem fühlte er sich beobachtet. Seine Nasenflügel blähten sich, als er versuchte, Witterung aufzunehmen.

»Was ist los?«, wisperte David.

Vier Dämonentore materialisierten sich: drei an den Wänden, eine auf den Planken des Bodens.

»David!« Zahar drängte ihn hinter sich. »Hol deinen Stein raus!«

»Er ... ist weg!«

Zahar wirbelte herum. Tränen schimmerten in Davids Augen.

»Mein Medaillon ist weg! Ich bin sicher, dass ich es zuvor noch hatte.«

»Die Frauen!« Ihm schwante, welche Rolle sie gespielt hatten. Da die Unterweltler nicht selbst an den Stein gelangen konnten, hatten sie menschliche Lakaien vorgeschickt. »Verflucht, wir müssen sie finden!«

Da sprang der erste Dämon aus dem Portal am Boden. Es war ein Hüne, der Zahar um einen Kopf überragte. Wie ein römischer Gladiator sah er aus, nur mit einem Lendenschurz bekleidet. Sein Haar war lang und zottelig, das Gesicht kantig, der Körper von Narben entstellt.

Zahar stöberte gerne in den Büchern von Davids Bibliothek und hatte dort ein Bild gesehen, an das dieser Berserker ihn erinnerte. Normalerweise wollten die Unterweltler nicht auffallen, daher vermutete Zahar, dass ein dringender Grund vorliegen musste, warum solch ein Monster hier auftauchte.

Hastig streifte Zahar den Mantel ab und drückte ihn David in die Hand. »Bleib in meiner Sichtweite, aber komm uns nicht zu nah! Pass auf, dass sich hinter oder unter dir kein Portal bildet.«

David stand da wie gelähmt, die Augen aufgerissen, den Blick voller Furcht. In diesem Moment stürzte der Wilde auf ihn zu, während drei weitere Dämonen im Hintergrund auf eine Gelegenheit zum Angriff lauerten. Sie ähnelten dem Hünen, waren aber nicht so groß. Einer von ihnen besaß sogar Schwingen, wie Zahar welche hatte.

Er würde kämpfen bis zum Tod. David durfte nichts zustoßen! Der Kleine war alles, was zählte.

Zahar sprang zur Seite, als der Hüne ihn rammen wollte, und so rannte der Dämon an ihm vorbei. Wütend machte er kehrt; seine

Augen glühten blutrot auf. Er brüllte und holte mit seiner gewaltigen Pranke aus, um Zahar den Kopf zu spalten. Der Gigant besaß Kraft, war jedoch träge. Zahar war wendiger und konnte seinen Angriffen mühelos ausweichen. Allerdings musste er David im Blick behalten, denn der Unterweltler mit den Schwingen kam auf seinen Freund zu.

Zahar reagierte sofort, stürzte sich von hinten auf das Ungetüm und schlug seine Krallen in die ledernen Schwingen. Der geflügelte Dämon besaß große Ähnlichkeit mit einem Gargoyle. Zahar befürchtete das Schlimmste. Diese verfluchten Unterweltler würden doch keine Gargoyles entführen, um Halbwesen zu züchten? Es schien beinahe so. Das Untier wirbelte herum, senkte den Kopf und wollte seine Hörner in Zahars Brust rammen.

Er sprang im letzten Augenblick zur Seite, sodass der Hüne die Hörner abbekam. Sie steckten in seinem Bauch. Zahar hätte über den Anblick gelacht, wäre David nicht von den kleineren Gladiatoren-Imitatoren eingekreist worden. Zitternd presste er sich gegen die Wand.

Während der Hüne und der Halb-Gargoyle miteinander kämpften und offensichtlich vergessen hatten, dass sie auf derselben Seite standen, rannte Zahar auf den Dämon zu, der näher bei David stand, und grub die Klauen in den muskulösen Nacken. Leider erwischte Zahar ihn zu weit unten, um bleibenden Schaden anzurichten. Der Unterweltler schüttelte ihn ab, wirbelte herum und krallte sich in seinem Hemd fest. Die spitzen Nägel bohrten sich in sein Fleisch. Zahar war so voller Wut, dass er lediglich ein Brennen wahrnahm. Der Dämon grinste bestialisch, entblößte nagelähnliche Zähne und pustete ihm seinen stinkenden Atem ins Gesicht.

»Hinter dir!«, schrie David.

Sofort riss Zahar den Dämon herum und der Energieball, der für ihn gedacht gewesen war, traf die Bestie. Sie krümmte sich und sackte zusammen, wobei sie Zahars Hemd weiter beschädigte und ihm tiefe Kratzer zufügte. Zahar trat dem Widerling gegen den Nacken, worauf er in einer Säule aus Feuer verpuffte. Nur ein Häuflein Asche zeugte noch von ihm. Um einen Dämon zu töten, musste man ihm entweder den Kopf abtrennen oder den Teil des Gehirnes zerstören, an dem die Wirbelsäule im Kopf verschwand, das wurde einem Gargoyle schon an der Mutterbrust beigebracht.

Blieben also noch drei übrig. Die beiden Kämpfer hatten es aufgegeben, sich zu bekriegen, und starrten schwer atmend zu ihm, während Dämon Nummer drei sich auf David stürzen wollte.

Zahar reagierte ohne Umschweife, warf sich auf den Unterweltler und brach ihm mit einem heftigen Ruck des Kopfes den Nacken. Anschließend warf er ihn über die Reling.

Jetzt waren es nur noch zwei: der Hüne und der gargoyleähnliche Dämon. Wohl die beiden schwersten Gegner. Die Wunden am Bauch des Riesen waren noch nicht verheilt und machten ihm zu schaffen, denn er taumelte und atmete schwer, während grünes Blut aus den Löchern sickerte. Der Unterweltler mit den Schwingen schien bei vollen Kräften zu sein; er erhob sich kreischend in die Luft. Er konnte nicht gleiten wie Zahar, sondern fliegen!

Obwohl Zahar ebenfalls schwitzte und nach Atem rang, fühlte er sich fit genug, es mit zwei Gegnern aufzunehmen, aber nicht mit beiden zusammen. Während der Hüne auf ihn zustürzte, behielt Zahar den Flugdämon im Auge, der offensichtlich von oben angreifen wollte. David musste er ebenfalls beobachten. Zitternd kauerte er in einer Ecke und hielt eine Eisenstange in der Hand, die er wohl an Deck gefunden hatte. Sie besaß an einem Ende einen Haken. Zahar hörte ihn lateinische Verse murmeln – Zaubersprüche, die jedoch keine Wirkung zeigten. David fluchte, Tränen liefen über sein Gesicht. Es tat weh, ihn derart ängstlich und verzweifelt zu sehen, mehr weh als die Wunden, in denen das Gift der Dämonen brannte.

Zahar hatte einen Moment nicht aufgepasst. Der Hüne packte ihn an den Schwingen und riss ihn herum. Zahar ging zu Boden, der Dämon stürzte sich auf ihn. Die Faust des Unterweltlers traf seine Schläfe, weil er nicht mehr ganz ausweichen konnte. Er glaubte, sein Schädel würde zerspringen. Klauen rissen überall an ihm und die schneidenden Schmerzen trieben ihm ebenfalls Feuchtigkeit in den Augen. Zahar schaffte es, sich auf den Rücken zu drehen, und sah das Flugwesen auf sie zustürzen.

Als der Hüne sich aufbäumte, um zu einem weiteren Schlag auszuholen, der Zahars Kopf bestimmt zerschmettert hätte, schaffte er es, ihm in den Bauch zu treten, sodass er nach hinten fiel.

Zahar sprang auf, lief zu David, nahm die Eisenstange an sich und hielt sie in dem Moment senkrecht fest, als der Flugdämon auf sie beide herabstürzte. Zahar zog David fort und die Stange bohrte sich durch den Körper des Unterweltlers. Aufgespießt kreischte er los und zappelte an der Stange, die sich fest in den Boden gerammt hatte. Nun war es für Zahar leicht, ihn zu besiegen. Er trat nach seinem Schädel, woraufhin auch diese Kreatur in Flammen aufging.

»Zahar!« Erneut schrie David. Der Hüne warf sich auf ihn. Zahar sprang zur Seite und half mit einem Tritt nach. Er flog ebenfalls über die Reling. Mit einem lauten Platschen schlug er auf dem Wasser auf. Auch wenn er überlebt hatte, stellte er keine Gefahr mehr dar, weil Dämonen auf Flüssigkeiten keine Portale erzeugen konnten. Zahar schaute über das Geländer. Da der Dampfer ordentlich Fahrt machte, erkannte Zahar den Unterweltler nur noch als kleine Gestalt im Meer. Der würde das Schiff nicht mehr erreichen.

»Alles in Ordnung?«, fragte Zahar schwer atmend. David sah aus, als würde er gleich vor Angst sterben. Diesmal war sein Gesicht so weiß wie zuvor sein eigenes.

David nickte und fiel schluchzend in seine Arme. »Es tut mir so leid, dass ich dich in Gefahr bringe.«

Sanft streichelte Zahar über seinen Rücken. »Wieso glaubst du, es ist deine Schuld? Vielleicht sind sie auch hinter mir her.« Er schaute sich hastig um. »Wir müssen deinen Anhänger finden, bevor noch mehr von ihnen kommen.«

David nickte und wischte sich mit dem Ärmel über die Augen. »Du blutest!« Er übergab Zahar den Umhang.

»Sind nur Kratzer.« Hastig streifte er den Mantel über. David brauchte nicht sehen, wie schwer er wirklich verletzt war. Der Kleine war durcheinander genug. Zahar blutete aus zahlreichen Wunden. Hemd und Hose waren zerrissen. Er würde sich erneut umziehen müssen. Ob er sich jemals an Kleidung gewöhnte?

»Wo sollen wir anfangen?«, fragte David.

Zahar nickte in Richtung Tür, in der die Frauen verschwunden waren. »Ich kann ihr penetrantes Parfüm immer noch riechen. Falls sie weiterhin an Bord sind, werde ich sie gleich haben.«

Als sie die große Kabine betraten, in dem sich sämtliche Passagiere aufzuhalten schienen – so drängend voll war der Raum –, bemerkte Zahar sofort, dass sich die Stimmung verändert hatte. Die Menschen verhielten sich seltsam, kicherten, tanzten und schwankten, als wären sie betrunken. Sogar David fing an zu glucksen. Er lächelte schief und lallte: »Zahar, ich will auch tanzen!«

»Nicht jetzt!« Er zerrte ihn mit sich, vorbei am Pianospieler im Frack, dessen Finger wie von selbst über die Tasten flogen. Als er zu ihnen hochsah, glühten seine Augen auf.

Wieder ein Dämon! Sie mussten gewusst haben, dass David und er auf das Schiff kamen, und hatten für Ablenkung gesorgt. Der Pianospieler zog die Leute in seinen Bann, damit seine Genossen ungestört ihr Werk verrichten konnten. Niemand der Menschen drehte sich zu ihnen um; keiner wunderte sich über Zahars derangiertes Aussehen.

»Hier rein.« Zahar begab sich mit David in einen Raum, der nur für das Personal des Dampfers war. Es war ein Lager, in dem Getränke und Speisen aufbewahrt wurden. Anschließend ging es durch eine verlassene Küche. Zahar hatte den Koch mit der weißen Mütze auch auf der Tanzfläche gesehen.

Die Musik drang bloß noch leise an ihre Ohren und David war wieder der Alte. »Was ist passiert? Habe ich eben geschlafen?« Er griff sich an die Stirn, während Zahar ihn weiterzerrte, immer dem Geruch des Duftwassers nach.

»Einfacher Dämonenzauber. Sehr effektiv, um Menschenmassen in Schach zu halten.« Bei Zahar wirkte diese Art von Zauber nicht, dafür funktionierte sein Gehör zu gut. Die dunkelmagischen Schwingungen der Klänge erkannte er sofort und wusste, wie er sich schützen musste: nicht hinhören. Da Zahar viel mehr Geräusche wahrnahm als Menschen, hatte er gelernt, diejenigen, die nicht wichtig waren, auszublenden.

Er vernahm eilende Schritte hinter sich. »Schneller, David, sie kommen!« Obwohl er sich zuvor geschworen hatte, den Bauch des Schiffes nicht zu betreten, befand er sich nun mittendrin. Sie stiegen tiefer hinab, in den Bereich, in dem die Kessel beheizt wurden. Es roch nach Rauch; Wärme schlug ihnen entgegen. »Die Frauen sind ganz nah!« Durch das Lärmen der Maschinen hörte er ihr Wimmern.

Er riss die Tür zu einer fensterlosen Kammer auf, in der Schaufeln und anderes Werkzeug aufbewahrt wurden. Am Boden hockten zusammengekauert und in inniger Umarmung die beiden Frauen, die David zuvor umschmeichelt hatten. Sie wirkten verstört und reagierten nicht, als David sie ansprach. »Was ist passiert? Fehlt Ihnen etwas?« Sie schauten ihn an, als würden sie durch ihn hindurchsehen.

»Haben Sie meinen Anhänger gestohlen?«

»Sie stehen unter einem Bann«, sagte Zahar und machte sich daran, die beiden »Damen« ungeniert zu durchsuchen. Das Kleid der jüngeren war an einigen Stellen zerrissen, das der älteren unversehrt. Da wusste er, wer von den beiden das Schmuckstück besaß und holte es aus dem tiefen Ausschnitt der Brünetten.

Hinter ihnen erklang ein Zischen. Sie wirbelten herum und erblickten zwei Dämonen, die sich allerdings bereits wieder zurückzogen. Das Amulett war tatsächlich sehr mächtig.

David legte sich die Kette um und atmete auf. »Ich wünschte, ich könnte so gut zaubern, um den Frauen zu helfen.«

»Wenn sie Glück haben, werden sie sich an nichts erinnern, wenn der Bann von ihnen fällt.«

Ein leichter Ruck ging durchs Schiff, den Zahars feine Sinne gleich registrierten. Ihm war schwindlig und die Wunden juckten. Sie waren infiziert. Manche Dämonenklauen sonderten ein giftiges Sekret ab. Dennoch machte er sich keine Sorgen. Sein Steinschlaf war Fluch und Segen. Er würde ihn heilen, bevor das Gift ihn umbrachte.

Zahar lehnte sich gegen den Türrahmen, um kurz auszuruhen. »Die Fähre wird langsamer. Wir sind wohl bald da.« Er hörte die Musik nicht mehr und viele Füße, die über die Planken eilten. Der Pianospieler hatte seine Vorstellung beendet.

༄

Nachdem David mit Zahars Hilfe die beiden Frauen an Deck gebracht und einem Besatzungsmitglied übergeben hatte, holten sie ihr Gepäck aus dem Laderaum und drängten sich zwischen die Menschen, um in der Masse unterzutauchen. Was auch immer die Dämonen wollten – sie würden bestimmt nicht aufgeben. David zitterten pausenlos die Knie. Ständig schaute er sich um und war heilfroh, als sie endlich im Zug saßen, in ihrem eigenen geschlossenen Abteil. Grannys magische Steine erfüllten hier ebenfalls ihren Zweck. David verteilte sie in allen Ecken. Nun war die kleine Kabine wie eine Festung gesichert. Sie hatten noch eine weite Fahrt vor sich und David wollte keine Überraschungen erleben. Ihre Reise würde sie in dieser

Nacht von Calais nach Lille führen und von dort aus weiter nach Amiens, wo sie einen weiteren Tag in einem Gasthaus bleiben würden. Die Zeit war knapp bemessen, denn sie würden erst eine Stunde vor Sonnenaufgang ihr Ziel erreichen. Eine andere Verbindung hatte es nicht gegeben.

»Ich muss mich schon wieder umziehen«, sagte Zahar und legte den Mantel ab. Er sah müde aus; Schatten hingen unter seinen Augen, sein Gesicht wirkte fahl.

David starrte entsetzt auf das zerfetzte Hemd und die blutroten Flecken. Er sprang auf. »Warum hast du nicht gesagt, dass du so schwer verletzt bist?«

»Morgen ist das alles vergessen.« Zahar zerrte sich das Hemd vom Körper und warf es auf die Sitzbank. »Es hat auch Vorteile, verflucht zu sein.«

David stellte sich neben ihn. Sein Herz schmerzte bei Zahars Anblick. Die Dämonen hatten ihre Klauen in den wunderschönen Körper geschlagen und tiefe Kratzer hinterlassen. »Die Wunden nässen. Sie sind infiziert!« Ein gelbgrünes Sekret trat daraus hervor.

»Mach dir keine Sorgen, das wird heilen, wenn ich schlafe. Ist nicht mein erster Dämonenangriff.« Zahar schlüpfte aus Schuhen und Hose. Nackt stand er vor David und wankte.

»Setz dich, ich muss mir deine Wunden ansehen.«

Zahar gehorchte widerstrebend. »Morgen geht's mir wieder gut, glaube mir.«

David holte seinen Koffer von der Gepäckablage. Hätte er nicht im Gepäckraum der Fähre gelegen, hätte David die Kristalle zu ihrem Schutz verwenden können.

»Granny hat mir ihre Spezialsalbe mitgegeben, die hilft bei den meisten Verletzungen, sogar gegen schwarzmagische.« Er suchte den Tiegel, den er gestern darin gesehen hatte, und öffnete ihn. Sofort erfüllte ein Potpourri der Düfte den Raum. Vorsichtig tupfte David die fettige Paste auf einen Kratzer, der quer über Zahars Brust verlief. Es zischte leise, als die Creme das Sekret berührte. Das Gift wurde neutralisiert, die Wunde versiegelt. Mit dem Gift, das sich bereits im Körper befand, musste Zahar selbst fertig werden. Wären sie in London, hätte Granny bestimmt einen Tee zubereiten können, der ihm schnell geholfen hätte.

»Deine Großmutter denkt wirklich an alles.« Zahar schloss die Augen und legte den Kopf zurück. Da seine Lippen leicht geöffnet waren, erkannte David die Spitzen der Reißzähne. Die Schwingen zitterten; Schweiß stand auf seiner Stirn.

So ein starkes Wesen wie Zahar geschwächt zu sehen und ihm nicht wirklich helfen zu können, ärgerte David und machte ihn selbst schwach. Wäre er nur nicht so ein Versager, was die Zauberei betraf! Er nahm sich vor, das Üben wieder aufzunehmen, sobald sie zurück in London waren. »Granny ist der magischen Welt mehr verbunden als ich.«

Zahar zischte, als David einen besonders tiefen Kratzer auf dem Oberschenkel versorgte.

»Tut mir leid«, wisperte David. Ständig musste er auf den flachen, muskulösen Bauch starren sowie auf die Stelle darunter. Er hatte tatsächlich Zahars Geschlecht im Mund gehabt! Was war bloß in ihn gefahren? In Zahars Nähe war er nicht er selbst.

Zahar legte die Hand an seine Wange und schaute ihm tief in die Augen. »Mir tut nichts leid. Ich bin glücklich, dich beschützen zu können.«

David könnte sich in Zahars Augen verlieren. Sein Herz schlug schneller, doch er verbot sich, jetzt an Zärtlichkeiten zu denken. Sein Freund war verletzt.

David räusperte sich. »Woher denkst du, wussten die Dämonen, wo wir sind? Ich hab nur Granny gesagt, dass ich nach Paris reise.«

Zahar schwieg und wirkte nachdenklich. Seine Stirn war leicht gerunzelt, sein Blick entrückt. Ab und zu zuckte er, wenn David eine besonders tiefe Verletzung behandelte.

Nachdem er alle Wunden versorgt hatte und ihm frische Kleidung heraussuchte, sagte Zahar auf einmal: »Ich habe jemandem erzählt, dass ich London verlasse, aber mehr wusste er nicht.«

David war überrascht. »Wem?«

»Einem Gargoyle meines ehemaligen Klans. Er schien direkt erleichtert, dass ich verschwinde.« Schnaubend ließ er den Kopf sinken und zog eine frische Hose an. »Nuriel wird nicht erfreut sein, wenn ich wieder auftauche.«

»Nuriel? Ich habe den Namen schon mal gehört!« David half ihm mit dem Hemd. »Granny hat von ihm gesprochen.«

Zahar hob die Brauen und schaute über seine Schulter. »Deine Großmutter kennt Nuriel?«

»Mein Vater kannte ihn auch.«

»Dein Vater?« Plötzlich sah Zahar alarmiert aus und eine Nuance bleicher. Er schwankte, als der Zug eine Kurve fuhr, und setzte sich wieder.

In Davids Magen bildete sich ein Knoten. »Was ist mit dir?«

»Nuriel warnte mich«, begann Zahar leise, bevor er zu David aufschaute. »Vor dir und deinem Vater.«

»Vor mir und ... wieso?« Er setzte sich dicht neben ihn und lehnte sich an. David spürte den sanften Druck der Schwinge an seinem Rücken.

»Er sagt, du bringst uns alle in Gefahr.«

David fuhr sich durchs Haar. Er fühlte sich erschöpft. »Das verstehe ich nicht. Ich würde nie etwas tun, das euch schadet. Was *dir* schadet.«

»Warum behauptet Nuriel dann so etwas? Was hatten er und dein Vater miteinander zu schaffen?«

Zahar wirkte so aufgebracht, dass David nicht wusste, wie viel er ihm erzählen sollte. »Mein Vater und Nuriel wollten herausfinden, wie der Steinfluch zu brechen ist.«

»Das sagst du mir erst jetzt?«, rief Zahar, wobei seine Ohren zuckten. Er atmete hektisch; ein Schweißtropfen lief über seine Schläfe.

»Beruhige dich, bitte. Da gibt es nicht viel zu erzählen. Mein Vater starb, bevor er das Rätsel lösen konnte. Mehr weiß ich nicht.« Noch nicht. Vielleicht hatte er es bereits gelöst und die Antwort stand in dem codierten Buch, das David in seiner Manteltasche trug. Er hatte schon mehrere Codewörter ausprobiert, doch keines hatte gepasst. David wollte Zahar keine Hoffnungen machen, daher sagte er nichts darüber. Zu gut erinnerte er sich an Zahars Worte: *Einmal die Welt bei Sonnenschein sehen ... Was würde ich dafür geben.*

»Kurz bevor deine Eltern umgebracht wurden, hatte sich im Klan etwas Seltsames zugetragen.«

David war ganz Ohr.

»Nuriels Weibchen Zuhra war tagelang verschwunden und ist verletzt und sehr geschwächt wieder aufgetaucht. Seitdem ist Nuriel launisch und aggressiv und Zuhra verängstigt. Doch sie haben niemandem erzählt, was passiert ist.«

»Glaubst du, mein Vater ist dafür verantwortlich?«

Zahar zuckte mit den Schultern, lehnte den Kopf zurück und schloss die Augen. »Nuriel hat mich nur immer wieder vor dir gewarnt. Warum sollte er das sonst tun?«

David wurde es übel. Hatte sein Vater im Keller etwa Experimente an den Gargoyles durchgeführt? Hatte er sie verletzen müssen, um den Fluch zu brechen? Gefoltert? War etwas schief gegangen?

Irgendetwas Bedeutsames war passiert, denn Thomas brach die Forschungen plötzlich ab. Wenige Tage später war er tot, hallten Grannys Worte in seinem Kopf nach.

Sobald er in London war, würde er alles durchwühlen. Vielleicht fand er Unterlagen. Beweise. Wenn sie nicht im Buch standen.

Bis Lille verlief die Fahrt ohne Zwischenfälle. Doch Zahar wurde zusehends schwächer. Leider musste die Eisenbahn in Lille länger stehen bleiben, weil es einen Vorfall auf den Gleisen gegeben hatte. Bäume waren umgestürzt. Ob Dämonen dahintersteckten? David überlegte bereits, sich in Lille eine Unterkunft zu suchen, als der Zug endlich weiterfuhr.

Zahar schlug ihm vor, aus dem Fenster zu springen und im Wald versteckt den Tag zu überdauern, falls sie es nicht rechtzeitig bis zum Morgengrauen nach Amiens schafften, aber diese Vorstellung gefiel David überhaupt nicht. Zahar schutzlos und allein im Nirgendwo – das würde er niemals zulassen!

»Mir fällt schon was ein, und wenn ich behaupten muss, ich bin mit einer Steinskulptur unterwegs, die ich nicht im Gepäckwagen lassen wollte, weil sie zu wertvoll ist.«

Zahar schmunzelte. »Und wie schaffst du mich aus dem Zug?«

»Vielleicht bekomme ich einen einfachen Schwebezauber hin«, murmelte er, verschränkte die Arme und schmollte wegen seiner Hilflosigkeit.

»Bitte, bleib, ich hätte keine ruhige Sekunde.« David hielt Zahar zurück. »Außerdem bist du zu schwach. Das Gift ... Was, wenn du es nicht bis in ein Versteck schaffst?«

Als ob Zahar ihm zeigen wollte, wie viel Kraft er noch besaß, begann er, im winzigen Abteil hin- und herzutigern. Sie hatten Amiens immer noch nicht erreicht. Der Zug hatte ein weiteres Mal für eine längere Zeit halten müssen, mitten auf freier Strecke. »Ich muss los, David. Es wird bereits hell.«

»Nein, bitte!« Er wusste, dass er Zahar nicht würde zurückhalten können, wenn er nicht wollte. »Wenn es so weit ist, musst du die Schwingen anlegen, sonst bekomme ich dich nicht aus der Tür.«

»Ich weiß nicht ...« Zahar seufzte. »Es ist ohnehin zu spät, eigentlich hätte ich mich schon verwandeln müssen. Es verzögert sich wieder.« Ihm war sichtlich unwohl bei der Sache.

Je heller es wurde, desto nervöser wurde Zahar. »Ich glaube, jetzt geht es los.« Er atmete tief durch, stellte sich kerzengerade hin und legte die Schwingen eng an.

David stieß die Luft aus, doch die Erleichterung währte nur kurz. Plötzlich krümmte sich Zahar und knurrte.

»Was ist?« David zersprang gleich vor Anspannung! »Ist es das Gift?«

Zahar schüttelte den Kopf. Er konnte nicht sprechen, hatte anscheinend Schmerzen. Er hielt David lediglich die Hände hin.

Erstaunt sah er zu, wie sich die eingezogenen Krallen in menschliche Fingernägel verwandelten.

»Das gibt es nicht«, wisperte er.

»Hörner«, stieß Zahar hervor, woraufhin David in sein Haar fuhr. Er spürte, wie sich die Stummel zurückzogen.

»Fänge ...« Zahar fletschte die Zähne. Auch die Reißzähne verkürzten sich!

»Was passiert mit mir?« Seine Stimme klang schwach, aber nicht mehr so dunkel wie sonst; er zitterte heftig. Erneut krümmte er sich auf der Sitzbank zusammen. Seine Schwingen zuckten, spreizten sich auf und ... zogen sich in den Körper zurück. Sie verschwanden ebenfalls!

»Zahar!« Auf der Bank lag ein normaler junger Mann. Nichts mehr deutete auf den Gargoyle hin. Keine spitzen Ohren, er besaß ein bisschen weniger Muskeln, sein Gesicht wirkte weicher. »Mein Gott!« David sank auf die Knie und fuhr ihm über die Wangen.

»Wo sind meine Schwingen?«, fragte Zahar.

Mit bebenden Fingern öffnete David das Hemd und befühlte die glatte Haut. Kein Höcker, keine Narben waren an den Stellen, wo die Schwingen gesessen hatten, zu sehen. Er spürte Schulterblätter wie bei einem Menschen. »Sie sind weg. Einfach weg«, flüsterte er.

Zahar lächelte matt. »Hast du den Fluch von mir genommen?« Tränen liefen über seine Wangen.

David musste sich setzen. Er hockte sich auf die Bank und Zahar legte den Kopf auf seinen Schoß. Sanft fuhr David durch das verschwitzte Haar. »Ich weiß es nicht.«

Zahar grinste. »Jetzt bin ich wie du. Kein Monster mehr.«

»Du warst niemals ein Monster, das weißt du doch«, wisperte David und streichelte das wunderschöne Gesicht.

Zahar schaute zu ihm auf. »Gefalle ich dir als Mensch besser?«

»Du hast mir auch als Gargoyle gefallen.« Außerdem mochte er Zahar nicht nur wegen seines Aussehens! Er war ihm ein guter Freund und treuer Gefährte geworden. »Wieso bist du ein Mensch? Ist das so, wenn der Fluch abfällt? Und ist das nun für immer?«

»Weiß nicht.« Stöhnend schloss Zahar die Augen und zog die Beine an. »Das Gift ... Es breitet sich rasant aus.«

»Oh nein!« Jetzt erst wurde David bewusst, was die Verwandlung bedeutete. Als Mensch war Zahar nicht so stark und viel anfälliger für das Gift. »Wie kann ich dir helfen?«

»Ich weiß es nicht. Mein Körper fühlt sich anders an. Kraftlos.«

Verletzbarer ... David schwante Übles. Er musste Zahar helfen! Vielleicht zeigte Grannys Heilpaste Wirkung, wenn Zahar von ihr kostete? Ein Versuch schadete nicht. Schlimmer konnte es nicht werden.

～⸙～

Widerwillig hatte Zahar von der Paste gekostet und die restliche Fahrt auf Davids Schoß liegend verbracht. David ignorierte die Schmerzen in Oberschenkel und Rücken. Er wollte nur Zahar halten und für ihn da sein. Die letzten Meilen bis nach Amiens zogen sich ewig. Es wurde heller und die Sonne strahlte in ihr Abteil. Immerhin blieb Zahars Zustand stabil.

»Das tut gut«, sagte er und hielt das Gesicht ins Licht.

»Hilft dir die Sonne bei der Genesung?«

»Schon möglich«, erwiderte Zahar leise. Seine neue Stimme klang ungewohnt, passte jedoch besser zu seinem menschlichen Aussehen. »Wenn ich meinen Steinschlaf halte, suche ich mir oft einen Ort, an dem ich viel Licht abbekomme. Wenn ich aufwache, fühle ich mich frischer.«

Es war durchaus möglich, dass die Strahlung Zahar mit neuer Energie auflud. Reptilien wärmten sich ebenfalls in der Sonne auf, um neue Lebenskraft zu tanken. David wünschte sich so sehr, Zahar möge es bald besser gehen. Schweißtropfen glitzerten auf seiner nackten Brust, die David mit dem zerschlissenen Hemd regelmäßig abwischte. Ihm war es egal, falls sich Zahar wieder zurückverwandelte, obwohl ihm sein neues Aussehen sehr gut gefiel. Gemeinsam könnten sie auch tagsüber etwas unternehmen, sich in der Öffentlichkeit zeigen, durch den Park schlendern und Museen besuchen. Aber auf all das würde David liebend gern verzichten, solange Zahar gesund blieb.

Leider wurden seine Wünsche nicht erhört. Um sieben Uhr morgens begann Zahar Blut zu husten. Das Dämonengift griff bereits seine Organe an.

༺ ༻

Als sie eine Stunde später endlich im Bahnhof von Amiens hielten, stand Zahar schwankend auf und schaute aus dem Fenster. Seine heiße Stirn berührte das Glas. »Wie anders die Welt bei Tage aussieht. Viel lebendiger.«

David hatte keine Blicke für seine Umgebung übrig, die Passagiere, die aus dem Zug strömten und die Gepäckträger, die zu Hilfe eilten, sondern beobachtete nur Zahar. Eigentlich hatte David vorgehabt, am Vormittag die Kathedrale von Amiens zu besichtigen, die das größte französische Kirchengebäude des Mittelalters gewesen war, aber seine Pläne waren hinfällig.

Er half Zahar, den Mantel umzulegen, sammelte die Kristalle ein, nahm ihr Gepäck an sich und gemeinsam verließen sie den Wagon. Dabei schaute sich David ständig um, ob Dämonen in der Nähe waren. Falls ja, zeigten sie sich nicht.

So schnell Zahars Füße ihn tragen konnten, gingen sie zum Gasthaus, das David vom Fahrkartenverkäufer in London empfohlen bekommen hatte. Es lag wenige Gehminuten vom Bahnhof entfernt, aber auch dieser Weg zog sich in die Länge. Zahar schlug sich tapfer und musste sich bloß drei Mal bei David abstützen. Er wirkte sogar munterer als eben im Abteil.

»Sieh nur diese Farben überall!« Zahar deutete auf eine Wiese. »Die Blüten, wie sie leuchten!«

David schaute genauer hin. Da er selbst ein Nachtmensch war und seine Umgebung meist bei Kerzenschein betrachtete, musste er Zahar zustimmen. Die Welt bei Tag war bunter. Doch was wollte David mit einer farbenprächtigen Welt, wenn Zahar nicht mehr bei ihm war? »Komm«, sagte er, »du musst dich hinlegen. Ich sehe schon unsere Unterkunft.«

Das kleine Fachwerkhaus lag nur noch wenige Schritte entfernt. Die untere Etage bestand aus Ziegelsteinen, und Blumenkästen hingen vor den Fenstern. Der erste Stock strahlte in einem grellen Weiß. Darüber befand sich ein spitzes Dach aus beinahe schwarzem Holz. Es war ein Haus wie aus einem Märchen.

Dem seltsam dreinschauenden Wirt mit dem runden Bauch und den geröteten Wangen erklärte David auf Französisch, dass sein Freund die Zugfahrt nicht vertragen hätte und sich ausruhen müsse. Sie bekamen auch gleich ein Zimmer im Dachgeschoss und David öffnete das Fenster, um Sonne hereinzulassen. Anschließend schob er das Bett davor, sodass sich Zahar hinlegen konnte und möglichst viel heilsame Strahlung abbekam. David verteilte die Kristalle, holte aus der Gaststube eine Kanne Wasser und bestellte Fleischbrühe. Dabei überlegte er, welches Kraut Zahar helfen könnte, doch ihm fiel keines ein. Er hatte sich zu lange nicht mehr mit Kräuterkunde beschäftigt.

Während David feuchte Tücher auf Zahars Stirn legte, ihm ständig zu trinken gab oder Suppe in ihn löffelte, wälzte sich Zahar im Bett hin und her. Sein Husten wurde schlimmer. »Mir ist so heiß.« Er strampelte das Laken bis zur Hüfte nach unten. Darunter war er nackt. David hatte ihm geholfen, die verschwitzten Sachen auszuziehen, und sämtliche gebrauchte Kleidung einem Zimmermädchen gegeben, dazu ein großzügiges Trinkgeld, um die Sachen am Abend frisch gewaschen zurückzubekommen.

Im Laufe des Vormittages stieg das Fieber. Zahars Zustand verschlimmerte sich drastisch.

Um halb zehn blickte er apathisch an die Zimmerdecke, die Augen glasig, die Wangen gerötet.

David wusste nicht mehr, was er machen sollte. Zahar würde sterben! Sein Puls wurde immer schwächer, die Atmung flacher, Blut lief aus seinem Mundwinkel. »Ich werde einen Arzt holen!«

»Kein Mensch kann mir helfen.« Sein kranker Freund streckte den Arm nach ihm aus.

»Vielleicht finde ich einen Magier.« Was sollte er bloß tun, wenn Zahar ihn verließ? Die Suche nach dem Mörder seiner Eltern war nicht länger von Bedeutung.

»Bleib einfach nur bei mir«, flüsterte Zahar.

Aufschluchzend kniete sich David vors Bett und legte den Kopf auf Zahars Arm. »Du darfst mich nicht verlassen. Hörst du!«

Zahar erwiderte nichts; eine einzelne Träne lief über seine Wange.

»Du musst versuchen zu schlafen«, befahl ihm David sanft und drehte das feuchte Tuch auf seiner Stirn um; mit einem anderen Lappen wischte er ihm das Blut von den Lippen.

»Ich weiß nicht, wie.« Zahar schloss die Lider. »Ich habe noch nie geschlafen wie ein Mensch.«

Genau über dieses Problem hatte David bereits nachgedacht. Seit Jahrhunderten wurde der Steinfluch weitervererbt, die Gargoyles hatten sich angepasst. Ihr Körper hatte verlernt, auf natürliche Weise einzuschlafen. Wenn David nur wüsste, was in Vaters Buch stand!

Ohne Steinschlaf keine Heilung …

»David …« Plötzlich riss Zahar die Augen auf. »Es …«

»Was?« Der Puls klopfte hart in seinen Ohren. Rasch richtete sich David auf. »Du darfst nicht sterben!« Zitternd holte er Luft. »Verlass mich nicht, Zahar!« Keine Verletzung der Welt hätte ihm solche Schmerzen bereiten können wie diese, die er gerade in seinem Herzen spürte. »Bitte!«

Zahar lag reglos da, starrte ihn an und machte einen tiefen Atemzug. Danach hob sich seine Brust nicht mehr, doch ein Lächeln umspielte seine Lippen.

»Bleib bei mir!« David weinte bitterlich. Verzweifelt klammerte er sich an seinen Freund und lauschte angestrengt. Schwach schlug das Herz in Zahars Brust. Langsam. Langsamer.

David spürte, wie sich Zahars Körper versteifte. »Bitte atme doch«, wisperte er unter Tränen. »Bitte!«

Plötzlich glitzerte seine Haut in der Sonne und kurz darauf überzog eine graue Schicht seine Gestalt. Er versteinerte!

Wie war das möglich? Der Fluch war doch gebrochen?

Fasziniert und erleichtert zugleich betrachtete David den Vorgang, während Zahar ihn nie aus den Augen ließ – bis auch diese zu Stein geworden waren.

Den Atem angehalten, strich David über das harte Gesicht. Vor ihm lag ein versteinerter Mensch, kein Gargoyle. David zog die Decke weg. Vom Scheitel bis zu den Zehenspitzen präsentierte sich ihm ein Mann. David berührte die feste Oberfläche an Armen und Beinen, ob er auch nicht träumte, dann presste er das Ohr gegen Zahars Brust. Zuerst hörte er nichts, aber da vernahm er es: ein Klopfen. Langsam und schwach.

»Danke!«, rief er überglücklich und küsste Zahars Stirn. Offensichtlich war der Fluch nicht gebrochen. Doch wieso sah Zahar immer noch aus wie ein Mensch?

David dachte so angestrengt nach, dass er Kopfschmerzen bekam, wobei er ständig überprüfte, ob das steinerne Herz schlug. Es wurde kräftiger. Er regenerierte sich!

Aufatmend legte David die Decke wieder über ihn, aber nur bis zum Bauch, damit er reichlich Sonne abbekam.

Zahars veränderter Zustand musste etwas mit ihrer körperlichen Liebe zu tun haben. David hatte jedes Mal gespürt, wie etwas Dunkles auf ihn übergegangen war. Das musste vom Fluch stammen. Und Zahar hatte gesagt, dass sich die Verwandlung bereits einmal verzögert hatte, nur war er da ein Gargoyle geblieben. Im Zug hatte es ebenfalls gedauert, bis er zum Mensch geworden war. Ob es damit zusammenhing, wie intensiv sie sich vereinten?

Wenn er jemanden hätte, den er fragen könnte!

Fürs Erste war David allerdings zufrieden. Er schob das zweite Bett heran, zog sich aus und legte sich dicht neben seinen Freund. Noch einmal lauschte er den sanften Schlägen in der steinernen Brust, dann fielen ihm vor Erschöpfung die Augen zu.

⁓⁕⁓

Dunkelheit umwallte Davids Herz; düstere Gedanken bemächtigten sich seiner Seele. Er schwebte inmitten schwarzer Wolken, bis er sich plötzlich auf einer Wiese befand. Um ihn herum erstreckten sich grasbewachsene Hügel, die im Morgengrauen wie riesige Wellen aussahen, da der Wind die langen Halme bewegte.

Sieben Männer standen auf einer Lichtung in einem Kreis zusammen. Ihre Oberkörper waren nackt, ansonsten trugen sie Lederröcke und um ihre Hälse dicke Ketten. Oder waren das Schlangen?

Grässliche Masken bedeckten ihre Gesichter. Wer waren diese Leute? Sie sangen ein schauriges Lied in einer Sprache, die David nicht verstand. Es musste ein ritueller Singsang sein, denn die Worte wiederholten sich. In der Mitte des Kreises gab es einen großen Stein, eine Art Altar. Darauf festgebunden war ein geflügeltes Wesen. Ein Gargoyle! Während die Sonne sich über den Horizont erhob und erste Strahlen ihr gleißendes Licht über die Wiesen schickten, richteten die Priester die Hände und somit den Zauber auf ihr Opfer ...

David schreckte aus seinem wirren Traum. Er atmete schwer, das Bettlaken klebte an seinem Körper. Ein Druck lastete auf seiner Brust, als würde ein Backstein darauf liegen.

Wo war er? Auf jeden Fall nicht zu Hause. Es war düster im Zimmer und der Geruch von gebratenem Fleisch stieg in seine Nase. Verwirrt schaute er sich um und blickte zuerst durch ein geöffnetes Fenster in den Abendhimmel, dann auf den versteinerten Mann neben sich. Zahar! Der Fluch! Sie waren im Gasthaus.

David legte den Kopf auf Zahars harte Brust und lauschte dem gleichmäßigen Herzschlag. Unfassbar, wie knapp sein Freund dem Tod entronnen war.

Da die Sonne bereits unter den Horizont getaucht war, wartete David gespannt auf Zahars Erwachen.

Er würde doch erwachen? Und blieb er ein Mensch? David war das egal, solange es ihm gutging.

Als es endlich begann, beugte er sich über ihn. Sein Puls raste.

Die graue, harte Oberfläche nahm Farbe an, Zahars Augen wurden klar und er holte tief Luft. »David!« Rasch setzte er sich auf und schaute an sich herunter, um seinen menschlichen Körper zu inspizieren, glitt mit den Händen über seinen Bauch, die Brust und in sein Haar.

David beobachtete ihn gebannt. »Wie fühlst du dich? Bist du wieder gesund?«

Zahar nickte. »Das Gift kann mir nichts mehr anhaben, aber ...« Er stieß den Atem aus.

»Was hast du?« Davids Nerven waren zum Zerreißen gespannt, denn Zahar starrte ihn gequält an. »Sprich!«

»Es ... Ich ...« Er hielt sich die Hände vors Gesicht. Aus den menschlichen Fingernägeln wurden Krallen. »Nein, nein!«, rief Zahar und schaute auf seine Füße, mit denen dasselbe passierte. Stöhnend warf er den Kopf zurück, als sich seine Ohren verwandelten, die Augen leicht schräg stellten, der Nasenrücken breiter wurde und die Hörnerstummel zurückkehrten. Er öffnete den Mund zu einem stummen Schrei, woraufhin David die Fänge sah.

Als sich Zahar auf den Bauch drehte und sich krümmte, wich David zurück, da er ahnte, was passierte. Die mächtigen Schwingen brachen aus dem Rücken hervor. Es knackte, als würden Zweige brechen – dann war es vorbei. Schwer atmend lag Zahar auf dem Bett, das Gesicht ins Kissen gedrückt, die Hände zu Fäusten geballt. »Das darf nicht wahr sein«, knurrte er.

Langsam rutschte David zu ihm und streichelte über sein Haar. Zahar war offensichtlich unglücklich, ein Gargoyle zu sein. Fühlte er sich in der Gestalt, mit der er geboren wurde, nicht besser?

»Ich habe mir so sehr gewünscht zu sein wie du.« Als er den Kopf hob und David traurig anschaute, wusste er, was in Zahar vorging. »Für dich. Für uns«, wisperte er.

Zum ersten Mal fühlte David, wie sehr Zahar ihn tatsächlich begehrte. Nicht nur körperlich. Dieses Begehren reichte tiefer. Sein Herz schlug wild vor Zuneigung zu diesem besonderen Geschöpf.

»Alles, was zählt, ist, dass du lebst«, flüsterte David und streichelte über das vertraute Gesicht. »Und das macht mich überglücklich.«

Seufzend zog Zahar ihn in seine Arme und David wollte ihn nie wieder loslassen.

§

Nach ihrer Ankunft in Paris waren sie mit einer Kutsche vom Bahnhof bis zur Rue Augereau gefahren. Dort, in der Nähe des Marsfelds, lag ihr Hotel. Das modern eingerichtete Haus verfügte in der Lobby über elektrisches Licht und auf dem Zimmer gab es fließendes Warmwasser, ein gigantisches Badezimmer aus Marmor mit einer riesengroßen Wanne sowie ein eigenes Klosett. David hatte auch hier keine Kosten gescheut und ihnen eine Suite gemietet – ein günstigeres Zimmer hätte er ohnehin nicht mehr bekommen, weil wegen der Ausstellung alle Übernachtungsmöglichkeiten ausgebucht waren. Hoffentlich brauchten sie nicht zu lange, um den Mörder zu finden, damit er so schnell wie möglich zurück nach London konnte. Zu Granny.

§

Am Vormittag, während Zahar seinen Steinschlaf hielt, machte sich David zur nächsten Telegrafenstation auf, um seiner Großmutter mitzuteilen, dass es ihnen gutging. Den Dämonenangriff würde er tunlichst verschweigen, um sie nicht zu beunruhigen.

Nachdem er die Nachricht abgeschickt hatte, trat er auf die Straße und holte den Stadtplan aus der Tasche. Nieselregen tropfte auf das Papier, das dank magischer Versiegelung trocken blieb. Dieser Plan zeigte alle Orte auf, an denen Magier arbeiteten oder die irgendetwas mit der Zaubererwelt zu tun hatten. David suchte nach einer Buchhandlung, in der er ein Werk über Kräuterkunde kaufen wollte, um bei der nächsten Vergiftung nicht mehr hilflos zusehen zu müssen.

»Taberna libraria.« Er sprach einen einfachen Suchzauber, wobei er sich wünschte, er könne auch eine Antwort auf seine Fragen so einfach finden. Schon leuchteten auf dem Papier drei rote Punkte auf. Einer dieser Flecken strahlte besonders hell. Das Geschäft befand sich fünf Straßen weiter. Etwas näher gab es ebenfalls eine magische Buchhandlung, aber der Punkt leuchtete sehr schwach. Seltsam.

David vertraute auf seinen Suchzauber, entschied sich für den kräftigsten Fleck und somit den längeren Weg. Mit der Kutsche zu fahren hatte wohl wenig Sinn, denn an allen Ecken winkten Männer mit ihren schwarzen Regenschirmen oder Zylindern, um einen »Cocher!« herbeizurufen. Doch die Kutschen und von kräftigen Schimmeln gezogenen Omnibusse – kastenförmige Wagons, in denen mehrere Leute Platz fanden – waren wegen der Weltausstellung bereits alle besetzt. »Exposition« stand auf den großen Karren, die über das Pflaster ratterten. Kleine Tafeln mit der Aufschrift »complet« nahmen den Winkenden die Hoffnung auf eine Mitfahrt, weshalb sich einige murrend zu Fuß aufmachten, ihre Frauen im Schlepptau, die unter den Schirmen ihrer Männer Schutz vor dem Regen suchten. Zum Glück ließ das Unwetter nach. Die dunklen Wolken rissen auf, die Sonne brachte die Luft zum Dampfen und leider die Pferdeäpfel zum Stinken.

Staunend studierte David die Menschen, während er über den Bürgersteig eilte. Durch das Klappern der Hufe vernahm er Stimmen vieler Nationen. Zahlreiche Engländer kreuzten seinen Weg, aber auch Deutsche, Italiener, Spanier und sogar Amerikaner.

»Cocher!« Neben ihm rief ein Mann dem Kutscher eines Möbelwagens zu, der sein Gefährt provisorisch umgebaut und mit Sitzen ausgestattet hatte. Jeder wollte an der Ausstellung verdienen. Jungen liefen durch die Straßen, die Zettel verteilten. David wollten sie ebenfalls ihre Annoncen in die Hand drücken. Es waren Speisekarten, Angebote von günstigen Restaurants, zwielichtigen »Cabinets« und anderen Dienstleistern.

Es gab so viel zu sehen, dass David beinahe die falsche Abbiegung nahm, als er an einem Straßencafé den Zigarre rauchenden und Absinth trinkenden Herren lauschte, die sich über Napoleon den Dritten unterhielten, der die Ausstellung besucht und mit viel Tamtam die Exposition eröffnet hatte. Sie lasen den »Figaro« und schauten über den Rand der Zeitung auf die Füße der vorbeischlendernden Damen.

Als David endlich vor dem Buchladen stand, klingelten ihm die Ohren. Seufzend rieb er sich über die Brust. Er hatte das Gefühl, auf seinem Herzen ruhe eine schwere Last. Wahrscheinlich war er nur erschöpft. Tief atmete er durch, steckte die Karte weg und musterte das Geschäft, das von außen dunkel und wenig einladend aussah. Das Schaufenster war so mit alten, staubigen Büchern zugestellt, dass einem der Blick auf das Innere verwehrt blieb. Es wirkte unscheinbar, als ob der Laden geschlossen hätte, um normale Menschen fernzuhalten, vermutete David.

Beim Blick auf den Türknauf, der eine gusseiserne Schlange zeigte, die sich in den Schwanz biss, wusste er: Hier war er richtig.

Ein Glöckchen bimmelte, als er in den düsteren Laden trat. Sofort schlug ihm der Geruch von Papier, Leder und Druckerschwärze entgegen. David liebte diesen Duft. Gleich fühlte er sich wohl. Zu beiden Seiten erstreckten sich eng stehende Regalreihen voller Bücher, während vor ihm der Tresen lag. Dahinter hockte ein älterer Herr. Eine große Brille saß auf seiner Nasenspitze. Er schob sie nach oben, strich die wenigen grauen Strähnen seines Haares glatt und erhob sich.

»Guten Tag«, sagte David auf Französisch und musste nach unten sehen, weil der Mann so klein war. »Ich suche ein Buch über Heilkräuter und ihre Verwendung bei Vergiftungen und Krankheiten aller Art.«

Der Alte nickte und schlurfte um den Tresen herum. David folgte ihm zu einem Regal, aus dem er ein in blaues Leder gebundenes Büchlein zog. »Kräuterzauber für alle Lebenslagen von Leonora Minx«, sagte der Buchhändler mit leicht krächzender Stimme. »Allerdings kann ich Ihnen nur die französische Ausgabe anbieten.«

»Das ist kein Problem.« David schmunzelte. Sein englischer Akzent war dem alten Mann nicht entgangen.

Wenn er schon hier war, konnte er sich gleich mit weiteren Büchern eindecken. Es wurde Zeit, seine wenigen Zauberkenntnisse aufzufrischen. Solange Zahar den Steinschlaf hielt und David nicht mehr ruhen wollte, hätte er Beschäftigung. Wer wusste, wie lange er nicht nach Hause kommen würde.

»Haben Sie auch das Buch von Joseph Schachtelhalm? Grundlagen der Zauberei?«

Der Verkäufer schlurfte eine Reihe weiter und holte ein grünes Buch aus dem Regal. »Sie haben Glück, ist meine letzte englische Ausgabe.« Er drückte beide Bücher an seine Brust. »Darf es noch etwas sein? Ein Verschleierungszauber vielleicht?«

»Wie viel würde der kosten?« David folgte dem Mann zum Tresen. Da er diesen Zauber nicht beherrschte, er aber durchaus nützlich war, klang das Angebot verlockend. Falls ihn jemand mit diesen Büchern erwischte, hätte er keine Konsequenzen zu fürchten, da für normale Menschen ein anderer Text auf und in den Büchern zu lesen wäre. Zu schnell geriet man in Verruf.

»Der Zauber kostet Sie einen Franc pro Buch«, sagte der Händler lächelnd und entblößte eine Zahnlücke. Er machte keinen Hehl daraus, Davids Unfähigkeit schamlos auszunutzen.

Das ist Wucher!, wollte er antworten, biss sich jedoch auf die Zunge und nickte stattdessen. Ihm war es peinlich genug nach einem Buch gefragt zu haben, das bereits siebenjährige Hexen und Zauberer auswendig kannten. Natürlich hatte er das Werk ebenfalls zuhause, irgendwo zwischen seinen nicht-magischen Büchern, nur brauchte er es jetzt. Er hätte das Werk für jemand anderen besorgen können, aber seine Unkenntnisse waren für den Alten anscheinend offensichtlich. Weil David den Uroboros-Ring nicht trug?

Er holte die Centimes und Francs, die Granny ihm mitgegeben hatte, aus der Tasche und bezahlte.

Der Händler ließ das Geld in eine Schublade fallen, schlug die Bücher auf und murmelte den Zauber. Die Buchstaben verschoben sich wie von Geisterhand und bildeten einen anderen Text. Wenn David das Buch lesen wollte, musste er »acclarare« sagen. Schlug er es zu, verschoben sich die Lettern erneut. Die meisten von Vaters wissenschaftlichen Aufzeichnungen waren auch mit dem Zauber geschützt gewesen. Nur nicht die in seinem Notizbuch, da er das den Unternehmern gezeigt und sicherheitshalber den Zauber zuvor gelöst hatte. Wegen des Trubels der Ausstellung hatte Vater wohl vergessen, den Zauber wieder zu aktivieren.

Nachdem der Alte fertig war, wickelte er die Bücher in braunes Papier ein und band einen dicken Faden darum.

»Vielen Dank.« David nahm das Paket an sich. »Ich werde mich noch ein wenig umsehen.« Er hielt sich gerne in Buchhandlungen auf und im Moment fühlte er sich nicht müde genug, um ins Hotel zurückzugehen. Zahar schlief ohnehin im Schutz der Kristalle. Er würde ihn nicht vermissen. Wenn David schon hier war, konnte er gleich ein Buch von Jules Verne kaufen, das er sich auf der Weltausstellung signieren lassen wollte, sofern er dem Schriftsteller über den Weg lief. David fragte den Buchhändler nach dem neusten Roman.

»Reihe fünf, Regal elf«, sagte er und deutete auf die gegenüberliegende Seite.

»Merci.« Als David die schmale Passage betrat, links und rechts Bücherborde bis zur Decke, entdeckte er einen Herrn ganz hinten zwischen den Regalen. David hatte ihn zuvor nicht gesehen und gedacht, er wäre allein im Laden. Er schätzte den Mann auf vierzig Jahre. Er war ordentlich gekleidet und trug einen Vollbart, der beinahe ganz ergraut war. Zufällig stand der Herr genau vor Regal elf.

David grüßte, als er sich neben ihn begab, und die Romane von Jules Verne suchte. Da schob der Mann ein Buch zurück ins Regal und zog ein weiteres heraus, das er aufschlug und ... hineinschrieb!

Ungläubig starrte David ihn an, aber der Herr ließ sich nicht beirren und machte weiter. Dabei benutzte er eine Feder, deren Tinte nie versiegte. So eine brauchte er auch! Der Mann war unverkennbar ein Magier, denn er trug einen Uroboros-Ring. David wollte den Herrn gerade fragen, wo er dieses magische Schreibutensil bezogen hatte, als ihm erneut bewusst wurde, was dieser tat. Ein weiteres Buch wanderte aus dem Regal. Es sah sehr hochwertig aus, in rotes Leder gebunden, mit goldenen und schwarzen Aufdrucken.

Voyages Extraordinaires
par
Jules Verne

stand in einer Art Fächer und darunter:

Aventures du Capitaine Hatteras.

Es zeigte Palmen und Bambus sowie zahlreiche Bildchen von Elefantenköpfen, einen Heißluftballon, Dinosaurier und gekenterte Schiffe.

»Monsieur, das dürfen Sie nicht!« Der Mann kritzelte in all die teuren Bücher!

Plötzlicher Zorn, den David sonst nicht kannte, wallte in ihm auf. Er ballte die Hände zu Fäusten, versucht, den Kerl zu schlagen. Was war los mit ihm?

Der Herr hielt ihm das Buch vor die Nase, damit er lesen konnte, was dort auf Französisch geschrieben stand: *Eine wunderbare Reise mit Kapitän Hatteras wünscht Ihnen Ihr Jules Verne.*

David hielt die Luft an und zwinkerte, weil er seinen Augen nicht traute. »S-sie sind ...« Da stand sein Lieblingsschriftsteller leibhaftig vor ihm und er hatte ihn nicht erkannt! »Monsieur Verne!« David streckte ihm die Hand hin. »Es ist mir eine Ehre, Sie kennenzulernen.«

Lächelnd reichte ihm der Mann die Hand, woraufhin David erneut den Ring bemerkte.

»Sie sind ...« Ihm blieb der Mund offen stehen, während sie die Hände schüttelten. Sein Vorbild war ein Magier!

»Sie auch, wie ich spüre«, sagte Jules Verne schmunzelnd.

»Spüren?« David senkte die Stimme. »Ich bin nur ein Halbmagier ohne besondere Talente.«

»Sie scherzen, wo Sie eines der außergewöhnlichsten und seltensten Talente besitzen, Herr Kollege.«

»Ich verstehe nicht ...« David runzelte die Stirn. »Herr Kollege? Woher wissen Sie, dass ich ebenfalls schreibe?«

»Auch ich bin im Besitz einer seltenen Gabe, aber Ihre Kraft ist besonders beeindruckend, weil sie wirklich sehr selten ist.« Monsieur Verne stellte lächelnd das signierte Buch zurück. »Ich freue mich, dass einen Engländer meine Bücher begeistern.«

»Ich liebe Ihre Geschichten«, wisperte David, dem das Herz bis zum Hals schlug. Der Mann schien alles über ihn zu wissen, so durchdringend wie er ihn ansah. Offensichtlich besaß er hellseherische Fähigkeiten.

Jules Verne schmunzelte. »Da haben wir wohl einige Gemeinsamkeiten.«

»Was besitze ich denn für eine Gabe?« David begriff immer noch nicht, wen er hier getroffen hatte. »Sie kann nicht großartig sein, wenn ich selbst nichts davon bemerke.«

»Sie können negative Energien absorbieren, auch die von Flüchen. Andere brauchen dazu starke Zauber und Quarze, in denen sie diese negativen Kräfte leiten. Sie hingegen sind selbst das Medium.«

David schluckte. Was hatte der Mann alles gesehen? Wusste er, was David und Zahar getan hatten? Ihm wurde heiß und kalt. Falls es so war, ließ sich Monsieur Verne nichts anmerken; er sprach normal weiter.

»Allerdings fühle ich Reste dunkler Magie in Ihnen. Anscheinend baut Ihr Körper diese nicht vollständig ab. Die sollten Sie schnell ausleiten, bevor sich noch mehr ansammeln und Ihren Charakter verderben sowie Ihren Geist schädigen.«

»Wie?«, fragte er verblüfft.

»Mittels eines Kristalls. Ich denke, Rosenquarz ist bestens geeignet.« Monsieur Verne deutete in Richtung Tresen. »Hinter der Buchhandlung finden Sie im Innenhof den Laden von Madame Esmeralda. Sie führt alles, was das Magierherz begehrt. Von ihr habe ich übrigens diese Feder.« Jules Verne hielt sie ihm vor die Nase.

»Sie sind wirklich gut.« Ihm wurde noch heißer. Der Mann wusste tatsächlich alles.

David hatte sich so sehr Hilfe gewünscht und hier war jemand, der ihm viele Fragen beantworten konnte. Hatte sein Suchzauber ihm hierbei geholfen?

Als ob Monsieur Verne auch Gedanken lesen konnte, sagte er: »Manches im Leben ist vorherbestimmt, unser Treffen war womöglich kein Zufall.«

»Das würde ja bedeuten, ich bin nur Schriftsteller geworden, damit eine höhere Macht uns zusammenführen konnte?«

Jules Verne zwinkerte vergnügt. »Vielleicht? Es soll da einen Tempel in Indien geben mit Palmblättern, auf denen all unsere Schicksale aufgeschrieben stehen.«

»Ich glaube, davon habe ich gehört …«

Sie sprachen über alles Mögliche, das Schreiben, die schöpferische Kraft ihres Geistes und die Weltausstellung, bis Davids Neugier überwog und er auf das eigentliche Thema zurückkam: »Wieso habe ich nichts von meiner Gabe gewusst?«

»Da Sie sich unserer Welt ferngehalten haben, sind Sie wohl nie mit solchen Kräften in Kontakt gekommen. Außerdem zeigt sich solch eine Fähigkeit meist nur bei direktem Körperkontakt und Erwachsenen. Ein Kind wäre überfordert mit dieser Gabe.«

Da Jules Verne ohnehin über alles Bescheid zu wissen schien, fragte David frei heraus: »Kann ich damit den Fluch von meinem Freund nehmen?«

Der Schriftsteller zuckte mit den Schultern. »Dazu müsste ich Ihren Freund kennenlernen. Warum treffen wir uns morgen nicht einfach alle auf der Ausstellung? Sie finden mich bei den Aquarien.«

»Sehr gerne, Monsieur Verne. Nur weiß ich nicht, wie ich meinen Begleiter tagsüber auf die Exposition bringen soll.«

Jules Verne grinste verschmitzt und erwiderte, ohne rot zu werden: »Sie wissen genau, wie dieses Problem zu lösen ist, und mit den Kristallen kann Ihnen nichts geschehen.« Als er den Arm ausstreckte und Davids Handgelenk berührte, sah er lebendige Bilder vor Augen, sich und Zahar nackt, in inniger Umarmung. Sie liebten sich und David hielt dabei einen rosafarbenen Quarz in der Hand, der sich schwarz verfärbte. Dann flackerte das Bild und ein neues zeigte sich: Zahar, der ein Mensch war und erschrocken wirkte. Er berührte den schwarzen Stein und verwandelte sich in einen Gargoyle ... Diese dunkle Energie konnte also wieder in Zahar zurückfließen und ihn auf der Stelle wandeln! Wenn David das früher gewusst hätte! All die Sorgen, all der Kummer um das Leben seines Freundes wären halb so schlimm gewesen.

Die Verbindung brach ab, Monsieur Verne ließ ihn los.

Vor Scham wollte David sich am liebsten in Luft auflösen. »Ich bin Ihnen so dankbar für Ihre Hilfe und wünschte, ich könnte mich revanchieren.«

»Das haben Sie schon, indem Sie mir Zugriff auf Ihren Geist und ein Stück Ihrer Zukunft gewährten, wenn auch ungewollt. Was ich mit meiner Gabe sehe, nährt meine Muse. In meinem Kopf spuken bereits neue Ideen für viele Romane umher, aber das hält mich nicht ab, morgen erneut die Ausstellung zu besuchen. Wenn ich Wissenschaftlern die Hände schüttle, kann ich manchmal sehen, welche Wunder sie hervorbringen werden. Oder sogar ihre Enkel.«

»Darüber schreiben Sie in Ihren Büchern ...« David kam aus dem Staunen nicht mehr heraus. Plötzlich hatte er so viele Fragen. »In Ihrem Buch *Von der Erde zum Mond* berichten Sie über die Vorbereitung zur Mondfahrt!«

Monsieur Verne nickte. »Und in der Fortsetzung, an der ich bereits arbeite, werden die Menschen auch zum Mond fliegen. Nur braucht keiner zu wissen, womit ich meine Muse fütterte und dass ich tatsächlich zeige, was in der Zukunft möglich ist. Das würde die meisten überfordern.« Er machte vor Davids Gesicht eine Handbewegung und murmelte: »Oblivisci – Vergesse«.

David kratzte sich an der Stirn und fühlte dem seltsamen Pochen in seinem Schädel nach. »Wo waren wir eben stehen geblieben?«, fragte er und hoffte, es würden sich keine Kopfschmerzen ankündigen, doch der Druck in seinem Kopf verschwand.

»Dass wir uns morgen auf der Ausstellung treffen«, erwiderte Monsieur Verne und zog ein weiteres Buch aus dem Regal. *Für meinen Kollegen David Elwood. Mögen all Ihre Wünsche in Erfüllung gehen. Ergebenst, Ihr Jules Verne*, schrieb er in den Roman und drückte ihn David in die Hand.

Wegen seiner außergewöhnlichen Begegnung, der Erkenntnis, eine seltene Begabung zu besitzen, und des wertvollen Geschenkes fühlte sich David derart durcheinander, dass er wie in Trance zu Madame Esmeraldas Geschäft gegangen war und sich einen Beutel voller hühnereigroßer Rosenquarze gekauft hatte. Die Verkäuferin, deren Gesicht hinter einem schwarzen Schleier verborgen lag, fasste die Steine mit Handschuhen an, um ihre Reinheit nicht zu beflecken. Nachdem David den Laden verlassen hatte, nahm er einen Quarz aus dem Sack. Erleichtert atmete er auf, als die dunkle Magie heiß und kribbelnd durch seinen Arm floss, direkt in den Stein hinein, der sich daraufhin schwarz verfärbte. Jules Verne hatte recht. Sofort fühlte sich David befreit. Jetzt wusste er, woher der Druck auf seiner Brust gekommen war: von den Resten böser Magie. David wollte sich nicht ausmalen, was sie mit seiner Seele angestellt hätte, wäre sie länger in ihm verblieben.

Eine magische Feder hatte er ebenfalls besorgt und in einem anderen Laden neue Schuhe für Zahar, in einer Größe, die ihm hoffentlich passte. Danach war er auf kürzestem Weg ins Hotel marschiert, wo er sich, mit neuer Hoffnung erfüllt, niederlegte.

Beim Abendessen in ihrer Suite erzählte David von seinem Tag und zeigte Zahar den signierten Roman.

»Das ist ja ein unglaublicher Zufall!« Vorsichtig schlug Zahar das teure Buch auf, um es mit seinen Krallen nicht zu beschädigen.

»Oder Bestimmung«, sagte David und schob sich die Gabel in den Mund.

Er hatte das Essen auf ihr Zimmer bringen lassen und für Zahar riesige Portionen Tatar bestellt. Das rohe Fleisch schmeckte vorzüglich. David war so gut zu ihm, hatte sogar vor, seine Zauberkenntnisse aufzufrischen – alles seinetwegen. Könnte es einen schöneren Beweis ihrer Freundschaft geben?

Nur eines nagte an Zahar: Er wäre gern dabei gewesen, als David den Schriftsteller-Magier getroffen hatte, der mit seiner außergewöhnlichen Fähigkeit Davids Gabe erkannt hatte.

»Und du absorbierst tatsächlich die negativen Energien des Fluchs, wenn wir uns ... sehr nahe sind?«, fragte Zahar, wobei sich seine Wangen erwärmten. Ein Prickeln lief über seinen Körper, als er sich ihr letztes inniges Beisammensein ins Gedächtnis rief. Es war ein schönes Gefühl.

Auch Davids Gesicht rötete sich. Er schaute in seinen Teller, auf dem Kartoffeln und ein halbes Steak lagen, und stocherte mit der Gabel darin herum. »Monsieur Verne meinte, wenn ich diese Energien in einen Kristall ableite, schadet der Fluch mir nicht.«

Wie sollte Zahar dem Mann, der anscheinend alles über sie wusste, je unter die Augen treten? Dennoch konnte er es kaum erwarten, mit David die Weltausstellung zu besuchen, so richtig mittendrin, zwischen den Menschen und ihren Erfindungen, statt nur vom Dach aus zusehen zu müssen. Vor Aufregung brachte er kaum noch etwas von dem köstlichen rohen Fleisch herunter und starrte die Blümchentapete an. Helle Möbel standen in der Suite, alles wirkte sehr ordentlich und sauber. Er war daran nicht gewöhnt und vermisste irgendwie Davids leicht chaotisches Heim.

»Ich möchte so gerne noch einmal die Sonne sehen«, sagte Zahar. »Mit dir auf die Exposition gehen. Nur ...« Er schaute David zögerlich an. »Willst du es auch?« Was, wenn es David doch schadete? »Damit ich lange genug ein Mensch bleibe, müssten wir uns inniger vereinen als jemals zuvor.« Seine Stimme klang heiser vor Scham und unterdrückter Lust.

»Das weiß ich«, erwiderte David. »Sollte Monsieur Verne dir helfen können, will ich alles dafür tun. Er kann uns vielleicht sagen, ob wir den Fluch brechen können und ob es negative Auswirkungen auf dich hätte. Er hat wohl die Gabe, Vergangenes zu sehen oder einfach zu wissen, was richtig ist.« Er rieb sich über die Stirn und kniff die Lider zusammen.

»Geht's dir nicht gut? Kommt das vom Fluch?« Zahar würde es sich niemals verzeihen, wenn David seinetwegen Schaden nahm.

David schüttelte den Kopf. »Ich versuche mich nur an das Gespräch zu erinnern. Monsieur Verne hat mir viel mehr erzählt, aber ich habe es vergessen. In letzter Zeit ist viel passiert. Ich fühle mich durcheinander.«

David würde wohl wirklich alles für ihn tun. »Ich möchte nicht, dass du dich dazu zwingst«, sagte Zahar leise und starrte ebenfalls auf seinen Teller.

»Das muss ich nicht.« Hektisch kratzte David sich an einer Braue. »Wir werden jetzt einen langen Nachtspaziergang durch Paris machen und später hier, bei Kerzenschein …« Er räusperte sich. »Wir lassen es einfach auf uns zukommen, in Ordnung?«

»In Ordnung.« Offensichtlich hatte er bereits alles geplant. Zahar konnte es kaum erwarten.

༄

Auf einem Ausflugsboot schipperten sie über die nachtschwarze Seine auf die Insel »Île de la Cité«, dem ältesten Teil der Stadt. Zahar wollte einen Blick auf das Zuhause seiner französischen Brüder und Schwestern werfen, die unter der Kathedrale Notre Dame in Katakomben hausten. Als sie vor der gewaltigen Kirche standen, bewunderte David die zahlreichen Figuren und Wasserspeier. »Sie sehen anders aus als die in London. Mehr wie Fabeltiere. Das sind doch Gargoyles?«

»Du hast recht«, sagte Zahar. »Der Pariser Klan stammt nicht nur von Drachen ab, sondern auch von Einhörnern, Harpyien, Chimären und anderen Wesen.«

»Faszinierend«, murmelte David. »Hast du gewusst, dass Notre Dame erst vor drei Jahren fertig restauriert wurde und neue Wasserspeier bekam, die denen aus Victor Hugos Roman *Der Glöckner von Notre-Dame* ähneln? Welche sind denn nun echt und welche nicht?«

Zahar grinste. »Wenn du so gute Augen hättest wie ich, würdest du sehen, dass die Chimären auf der oberen Balustrade eine andere Farbe haben. Der Zement ist heller. Nur ist das kein Zement, sondern dort hocken richtige Gargoyles. Victor hat sich dafür eingesetzt. Er ist ein Freund des Klans. So können einige Gargoyles von oben die Stadt überwachen.«

David starrte ihn aus großen Augen an. »Victor Hugo ist ein Freund der Gargoyles?«

Zahar nickte. »Victor hat sich beim Klan zuerst Feinde gemacht, weil er in dem Buch schreibt, wie Quasimodo sich mit lebendigen Wasserspeiern unterhält. Allerdings hat Victor auch an die Öffentlichkeit appelliert, den Zustand des Verfalls nicht länger hinzunehmen. Notre Dame war schon sehr marode. So hat er das Zuhause des Klans bewahrt. Jetzt ist ihm niemand mehr böse.«

»Können deine Brüder dich wittern?«, fragte David leise und schaute nach oben.

»Im Moment nicht, der Wind steht günstig. Lass uns lieber weitergehen. Ich möchte nicht, dass sie vielleicht melden, hier einen fremden Gargoyle gesehen zu haben. Unsere Klans sind zwar befreundet, aber Nuriel braucht nicht zu wissen, wo ich bin.«

»Dieser Nuriel scheint wirklich anstrengend zu sein«, sagte David. Gemeinsam marschierten sie zu einer steinernen Brücke, die über die Seine führte. »Wie wollen sie das überhaupt melden?«

»Durch Läufergargoyles. Das funktioniert wie bei einem Staffellauf. Melder bringen Nachrichten zu bestimmten Posten, die auf dem ganzen Kontinent verteilt sind. Oder sie lassen über einen menschlichen Mittelsmann ein Telegramm schicken.«

»Ihr seid wirklich gut organisiert.«

Nach dieser Geschichtsstunde der besonderen Art ging es zu Fuß zurück ins Hotel. Es war ein weiter Weg, doch sie hatten noch so viel Zeit bis zum Morgen. Allerdings hatte Zahar plötzlich das Gefühl, beobachtet zu werden. Er witterte den elektrischen Duft, den Dämonentore verursachen. In der Nähe des Pariser Klans hatten sich keine Unterweltler aufgehalten. Das war ihnen wohl zu gefährlich.

»Dämonen?«, wisperte David, der sein ständiges Umschauen bemerkt hatte.

»Ja. Sie lauern auf irgendwas und warten ab, sonst hätten sie bestimmt schon angegriffen.«

»Ich trage den Stein. Vielleicht kommen sie deshalb nicht näher.« David zog die Kette aus dem Kragen.

Der Kristall war blasser geworden. Das registrierte Zahar mit Schrecken. Ob sich dessen Energie ebenfalls verbrauchte, wenn sie … Als er daran dachte, überschlug sich sein Herz. »Wir sollten schnell zurück. Im Hotel sind wir am sichersten.«

David rief nach einem Kutscher, der am Ufer der Seine auf Kundschaft wartete, und verteilte im Wageninneren sofort vier Kristalle seiner Großmutter, die er in den Manteltaschen mitgeführt hatte.

❦

In ihrer luxuriösen Suite angekommen, gab es für sie kein Aufatmen. Zahar packte ihn am Arm und hielt ihn zurück. »Hier ist jemand!«

David erstarrte. »Wo?«

Zahar sog tief die Luft ein. Der typische Geruch eines Dämonentores lag im Raum. Nur konnte hier kein Unterweltler eindringen, das Zimmer war mit den vier übrigen Kristallen gesichert. Die anderen aus der Kutsche trug David wieder bei sich.

»Im Badezimmer«, flüsterte Zahar, woraufhin David zwei Steine aus der Tasche holte.

Langsam öffnete Zahar die Tür. Der marmorne Raum wirkte verlassen. In der Mitte stand die pompöse Wanne, die Platz für mindestens vier Menschen bot. Dahinter konnte sich der Dämon verstecken.

David blieb dicht bei ihm, damit das Amulett sie beide schützte, und ließ je einen Stein links und rechts in die Ecken rollen. »Wenn sich das Kraftfeld aufbaut und sich ein Dämon darin befindet, ist er gebannt und wir können ihn vernichten«, sagte er betont laut.

Plötzlich erklang ein Knurren, dann erschien an der gegenüberliegenden Wand ein blauer Feuerkreis. Ein Portal! Es zeigte ein schwarzes Loch und es war nicht zu erkennen, ob es sich darin um die Unterwelt handelte.

Sie hörten eilige Schritte – das Tor schloss sich.

»Er war unsichtbar!« Schnell verteilte David die restlichen Steine und atmete auf. Auch Zahars Anspannung wich.

Davids Augen waren immer noch groß vor Schreck. »Was wollen sie von uns? Ich muss Monsieur Verne das unbedingt fragen! Vielleicht weiß er Rat.«

Das Treffen mit dem Schriftsteller! Zahar hatte es beinahe vergessen. Damit er auf die Ausstellung konnte, musste er jedoch mit David … »Ähm, hast du Lust auf ein heißes Bad? Ich könnte nach all der Aufregung ein wenig Entspannung vertragen.« Heiß war ihm allerdings jetzt schon. Er brauchte nur an die nackte Gestalt seines Liebsten denken und sein Körper stand in Flammen. Um sich abzulenken, drückte er den Stöpsel in die Wanne und drehte die goldenen Hähne auf. Sofort sprudelte das warme Nass heraus. Auf dem breiten Wannenrand standen diverse Flaschen. Zahar nahm die mit der orangeroten Flüssigkeit und gab einen Schwall davon ins Wasser. Es schäumte und roch nach fernen Ländern.

David lächelte scheu und brachte Zahars Herz wild zum Klopfen. »Ich hole die Kerzen.«

Als im Badezimmer viele kleine Lichter flackerten, feuchtwarme Nebelschwaden hindurchgeisterten und ein Rosenquarz auf dem Wannenrand bereitlag, begannen sich Zahar und David zögerlich zu entkleiden.

»Hilfst du mir?«, fragte Zahar und drehte sich um, damit David die Knöpfe des Hemds öffnen konnte.

Dessen Finger streiften seine Schwingen. Zahar erschauderte vor Wonne. Er freute sich darauf, Davids Hände überall auf sich zu spüren.

Als ihre Hosen fielen, stieg David hastig über den hohen Rand der Wanne und setzte sich seufzend hinein.

Zahar hingegen ließ sich Zeit, ins Wasser zu kommen, denn er genoss die glühenden Blicke seines Freundes auf seinem nackten Körper. Sein Geschlecht zuckte. Es war längst hart und pochte im erregten Takt seines Herzens.

David sank tiefer in den Schaum, bis nur sein Kopf herausschaute. »Herrlich«, sagte er leise.

»Das Bad oder ich?«, fragte Zahar und grinste, als David mit

Schaum nach ihm warf. Sofort war er bei ihm in der Wanne, wobei Wasser herausschwappte.

»Das darfst du aufwischen.« David warf einen Schwamm nach ihm.

Zahar fing ihn auf und beugte sich vor. Unter Wasser zog er Davids Füße auseinander und kniete sich dazwischen. »Genau das, was ich gebraucht habe.« Er wrang den Schwamm aus und strich damit über Davids Hals. Dabei fiel sein Blick auf die Kette.

»Du solltest das Amulett ablegen«, sagte er. »Der Stein ist blasser geworden. Offenbar schadet der Fluch ihm.«

David nickte und öffnete den Verschluss. »Ich möchte dieses wertvolle Artefakt nicht mehr missen. Es schützt uns beide.«

»Das Amulett und ich beschützen dich«, raunte Zahar und ließ den Schwamm erneut über Davids Hals gleiten, während dieser die Hand ausstreckte und die Kette auf dem Wannenrand platzierte.

Den Kopf zurückgelegt und die Augen geschlossen, genoss David sichtlich die Streicheleinheiten. Zahar wollte ihn verwöhnen, ihn die Aufregung vergessen lassen. Er fuhr tiefer, über Arme und Brust, und als er beim Bauchnabel ankam, fühlte er, dass David ebenso bereit war wie er.

Vorsichtig umschloss Zahar das harte Geschlecht und rieb den Schwamm darüber. Davids Schenkel zuckten, er stöhnte verhalten, die Lider weiterhin geschlossen. Seine Wangen waren gerötet, wohl von der Wärme des Wassers und seiner Erregung. Zahar hatte nie einen schöneren Mann gesehen als seinen Liebsten. Seine Lippen waren leicht geöffnet und glänzten; der Bartschatten machte ihn doppelt attraktiv.

Davids Schaft zuckte in seiner Hand. Schnell ließ Zahar ihn los und wusch die Beine, bis zu den Zehen, woraufhin David lachte; danach fuhr er wieder über Bauch und Brust hinauf zu seinem Hals.

»Jetzt ist deine Rückseite dran«, sagte Zahar mit rauer Stimme. »Dreh dich bitte um.«

David gehorchte und kniete sich verkehrt herum hin. Sein Rücken und die Hälfte des Gesäßes schauten aus dem Wasser, während er sich mit den Ellbogen am Wannenrand abstützte. Beim Anblick der strammen Pobacken schluckte Zahar. Er konnte es kaum erwarten, mit David zu verschmelzen, hatte jedoch Angst, ihm wehzutun. Wenn er ihm auch nur einen Kratzer zufügte! Er wollte nicht daran denken.

Zahar begann bei den Schultern, rieb sie mit dem Schwamm ab und bewunderte die makellose Haut. Alles an David wirkte unschuldig und rein. Kräftig schrubbte Zahar seinen Rücken, wobei sich ihm Davids Gesäß entgegendrückte. Zahar konnte nicht länger widerstehen. Er warf den Schwamm zur Seite und fuhr mit der flachen Hand zwischen Davids Schenkel.

David zuckte und keuchte auf, stellte allerdings die Beine weiter auseinander, sodass Zahar vorsichtig an seinen Hoden spielen konnte. Wie kleine Bälle lagen sie in dem weichen Hautsack. Schutzlos präsentierten sie sich ihm. David schien ihm wirklich zu vertrauen. Zahar hatte zwar die Krallen eingezogen, doch er musste sich beherrschen. Erregung war ein ähnliches Gefühl, wie er es im Kampf oder auf der Jagd verspürte. Er hatte den Drang, David als seinen Besitz zu markieren, die Fänge in den Nacken zu schlagen, damit er ihm nicht entkam, um ihn dann von hinten zu nehmen.

Zahars Geschlecht pochte hart vor unterdrückter Lust. Am liebsten wollte er einen Finger in David schieben, um ihn sanft auf das vorzubereiten, was bald folgen würde. Aber die Gefahr, ihn zu verletzen, war übermächtig. Daher fuhr er noch einmal über Hoden und Schaft, bevor er begann, David abzulecken, angefangen vom Schulterblatt, über die Wirbelsäule bis zu den Pobacken. Dabei streichelte er Davids Seiten und legte die Arme um ihn, damit er seine Brustwarzen zwirbeln konnte.

Keuchend warf David den Kopf zurück. Seine Augen glänzten wie im Fieber, die Lippen waren geöffnet. Wie sollte Zahar da widerstehen können? Er beugte sich über ihn, leckte den sündhaften Mund ab und genoss die erregten Atemzüge, nahm David mit allen Sinnen wahr, glitt mit einer Hand tiefer und rieb an dem prallen Schaft. Dabei presste sich sein Geschlecht an Davids Hintern.

»Hast du Angst?«, fragte Zahar. Davids Herz schlug hart gegen seine Handfläche.

»Ein bisschen.«

David sollte keine Angst verspüren. Zahar würde ihn so sehr erregen, dass er alle Furcht vergaß.

Er zog sich zurück, um erneut Davids Gestalt zu betrachten. »Ich möchte alles von dir kosten.« Mit der flachen Hand zog er die strammen Pobacken auseinander und versenkte die Zunge dazwischen.

»Was tust du?« David wollte zurückweichen, aber Zahar führte erneut einen Arm an der Hüfte vorbei, um sein Geschlecht zu umschließen.

»Ich verwöhne dich«, erwiderte er mit dunkler Stimme, packte noch ein wenig fester zu und drückte sein Gesicht an Davids Gesäß. Als er über den zuckenden Eingang leckte, stöhnte sein Liebster laut auf. Wenn er ihn schon nicht mit den Fingern lockern konnte, dann mit der Zunge. Zahar kitzelte den Ringmuskel und stupste seine Zunge in die Mitte. Dabei vergaß er nie, Davids Männlichkeit zu verwöhnen, mal mit mehr, mal mit weniger Druck.

»Ich ... Zahar!«

Sofort ließ er von ihm ab.

David drehte sich herum und umarmte ihn, küsste ihn leidenschaftlich, sodass Zahar nach hinten kippte und David halb auf ihm lag. Da war sie wieder, diese dunkle Gier, diese entfesselte Lust, die David wohl wegen des Fluches befiel.

»Der Stein«, flüsterte Zahar zwischen ihren Küssen und setzte sich bequemer hin. Er lehnte sich gegen den Rand und zog seinen Liebsten auf den Schoß.

»Später«, antwortete David, dessen Berührungen wagemutiger wurden. Er küsste Zahars Lippen, seinen Hals und die Brust, wobei er lasziv die Hüften auf seinem Schaft kreisen ließ.

Jetzt war es Zahar, der genüsslich die Augen schloss. Davids Gewicht auf seinem Geschlecht brachte ihn schnell höher, aber sein Liebster überraschte ihn. Er rutschte von seinem Schoß und tauchte mit dem Kopf unter. Schon spürte Zahar, wie die Spitze seines Gliedes umschlossen wurde. David saugte daran und nahm ihn tiefer in den Mund.

Zahar knurrte vor Überraschung und Lust. Glühende Funken schossen durch seinen Unterleib; das Ziehen in seinen Lenden steigerte sich zu einem gewaltigen Pochen. David war sehr geschickt mit der Zunge. So geschickt, dass Zahar eingreifen musste, oder er würde sich ergießen. Er zog David nach oben, bevor er keine Luft mehr bekam. Wasser lief ihm über das Gesicht. Er blinzelte und grinste frech.

»Setz dich wieder auf mich«, bat Zahar, dem so heiß wurde, dass er den Drang verspürte, kaltes Wasser einzulassen. Es würde das erste

Mal für sie beide sein und es sollte etwas Besonderes werden. David sollte bestimmen dürfen, wie schnell alles geschah.

Zahar hielt seinen Schaft fest und David positionierte sich auf ihm. Die Spitze teilte die Pobacken und drängte gegen den Muskel. David schloss die Augen, wobei er sich auf die Unterlippe biss. Leicht kniff er die Lider zusammen, als Zahar die Enge des Muskels aufbrach und langsam hineinrutschte. Das Wasser erleichterte das Eindringen.

David gab ein Stöhnen von sich und senkte sich weiter herab. Zahar konnte nur fasziniert zusehen. Wie sehr er diesen Menschen liebte. David gab alles, damit er ihn auf die Ausstellung begleiten konnte. Was für ein ... Liebesbeweis. Ob David ihn liebte? Mit ganzem Herzen, so wie es Zahar tat?

Die Frage verschwamm, denn sein Geschlecht pochte wie verrückt. In seinem Inneren war David heißer als das Wasser. Heiß und eng.

David stützte sich an seiner Brust ab und keuchte, als er sich weiter herabsenkte, während Zahar seine Oberschenkel streichelte.

Als Zahar tief in ihm war, fühlte er sich nicht nur körperlich mit ihm verbunden. Dieses innige Beisammensein reichte weiter.

Sie verharrten und schauten sich schwer atmend in die Augen. Sanft fuhr David über seine Wangen, doch in seinen Augen blitzte es.

»Nimm bitte den Stein.« Zahar deutete auf den Wannenrand, wo der Rosenquarz noch immer unberührt lag.

»Noch nicht.« David begann einen sanften Ritt, der Zahar fast um den Verstand brachte. Er knurrte auf und umschloss Davids Schaft, den er mit festen Strichen massierte. David wurde wilder, ritt ihn härter, wobei auch Zahars Sanftheit weiter schwand.

»Du bist unglaublich.« Er konnte kaum begreifen, wie sein Liebster sich gab, wusste jedoch, dass die dunkle Magie des Fluches seinen Teil dazutat.

Als David sich zu ihm beugte und ihn hart küsste, konnte sich Zahar nicht mehr beherrschen. Er packte mit einer Hand Davids Pobacke und bäumte sich auf, um tief in ihn zu stoßen, in diese wundervolle, heiße Enge, während er mit der anderen Hand David weiterhin verwöhnte. Beinahe schmerzhaft schoss Zahars Samen hervor, so hart war sein Geschlecht, und er pumpte alles in seinen Partner, während dieser um ihn herum zuckte und zur selben Zeit kam. Erschöpft sank David auf seine Brust und behielt Zahar so lange in sich, bis er seine Standfestigkeit verloren hatte.

Erst als sich Davids Atem beruhigt hatte, griff er nach dem Kristall. Sofort färbte er sich schwarz. Dabei stieß David die Luft aus, als wäre er erleichtert, eine Bürde losgeworden zu sein. Vorsichtig legte er den Stein auf den Rand zurück.

Zahar zog David an sich. »Wie fühlst du dich?« Sein Puls hatte sich immer noch nicht beruhigt. Sie hatten es getan! Und es war wunderschön gewesen, besser als in seinen Vorstellungen.

»Müde«, wisperte David und gähnte. »Aber glücklich und sehr wohl.«

Zahar half ihm aus der Wanne. Gegenseitig trockneten sie sich ab und kuschelten sich ins Bett, um auf den Morgen zu warten. Davids Lider wurden schwerer und schließlich war er eingeschlafen. Zahar würde ihn wecken, sobald er sich verwandelt hatte.

～∽～

David streckte sich und gähnte. Sonnenstrahlen kitzelten seine Nase. Er fühlte sich angenehm träge und wollte noch ein wenig schlummern, doch die streichelnden Hände auf seinem Körper ließen sein Geschlecht anschwellen.

»Endlich kann ich dich berühren, ohne Angst haben zu müssen, dir wehzutun«, hörte er Zahar sagen. Seine Stimme klang nicht dunkel oder rau, sondern normal.

David riss die Augen auf. Neben ihm auf der Matratze hockte sein Märchenprinz. Zahar, verwandelt und auf andere Weise anziehend. Während er als Gargoyle eine attraktive Wildheit ausstrahlte, die ihn für David unwiderstehlich machte, wirkte er als Mensch wie ein verwegener Pirat aus einem Abenteuerbuch. Er war ein großer Mann, ein richtiger Kerl, mit genau der passenden Muskelmasse, einer breiten Brust, schmalen Hüften und … einer Erektion, die sich ihm zuckend entgegenreckte.

Zahar legte sich halb auf ihn, fuhr mit beiden Händen in Davids Haar und küsste ihn lange und tief. »Wann müssen wir los?«, fragte er atemlos.

»Gegen neun«, erwiderte David und legte die Arme um ihn. Es war so schön, einem anderen nahe zu sein, ihn zu riechen, zu spüren und zu schmecken. Es war wie eine Sucht. Sie mussten vorsichtig sein, als Männer nicht entdeckt zu werden, doch die Tür war abgesperrt und David fühlte sich sicher. Auch durch das hohe Fenster, durch das die Morgensonne fiel, konnte sie keiner sehen, da sich die Suite weit oben befand und auf der gegenüberliegenden Seite des Gebäudes ein Park lag.

»Wir haben noch zwei Stunden.« Zahar leckte über seine Brustwarzen. »Was machen wir so lange?«

David gab ihm keine Antwort, stattdessen zog er Zahars Kopf zu sich und hörte nicht auf mit den Küssen.

Sie umschlangen sich und streichelten sich überall. Ohne Scheu konnten sie sich erforschen und neu entdecken.

Zahars Zunge drang tief in seinen Mund. Pure Lust schoss zwischen Davids Beine.

»Spürst du jetzt diese dunkle Macht?«, fragte Zahar.

»Nein.« Dafür spürte er eine tiefe Verbundenheit zu seinem Freund. »Ich fühle sie auch nicht.«

Anscheinend baute sie sich nur langsam wieder auf oder war unwiderruflich mit der Gargoyle-Gestalt verknüpft.

Zahar wurde fordernder, rieb seinen Unterleib an ihm. »Am liebsten möchte ich schon wieder in dir sein.«

Hitze schoss in sein Gesicht. »Ich würde dich auch gerne so innig fühlen, aber ich befürchte, dann kann ich nicht mehr laufen.«

Zahar erstarrte. »Habe ich dir wehgetan?«

Kopfschüttelnd erwiderte er: »Es war wundervoll. Ich fühle mich nur ein wenig ... aufgerieben.«

Sein Liebster sprang auf. »Wo ist dein Koffer?«

»Unter dem Bett.« Was hatte er plötzlich?

Zahar zog ihn hervor und holte den Tiegel mit Grannys Heilpaste heraus. Danach forderte er David auf, sich auf den Rücken zu legen.

Er hatte doch nicht wirklich vor ...

Zahar drückte ihn einfach zurück auf den Rücken und hob ungeniert Davids Beine an. »Bleib so.«

Das war nicht sein Ernst! Zahar würde alles sehen können. Es war helllichter Tag!

Vor Scham glühte sein Gesicht, dennoch schoss ein lustvolles Kribbeln durch seinen Körper, als Zahar die fettige Paste auf seinem

Muskel verteilte und vorsichtig mit der Fingerkuppe in ihn eindrang.

Davids Geschlecht zuckte. Diese verbotenen und verdorbenen Dinge zu tun, gefiel ihm. Er stöhnte laut auf, als Zahar begann, die Paste auf seine Männlichkeit zu massieren.

Plötzlich krabbelte Zahar auf allen vieren neben ihn und drückte seinen Po heraus. »Jetzt bist du an der Reihe«, raunte er, als wollte er damit sagen: Du hast mir vertraut – nun vertraue ich dir.

David schluckte.

»Hab keine Scheu.«

»Möchtest du wirklich?« Seine Stimme klang wie ein Reibeisen.

Zahar nickte und lächelte verlegen. »Ich möchte dasselbe fühlen wie du. Ich möchte dich in mir spüren, möchte mit dir verbunden sein.«

Sein Geschlecht zuckte. David ergoss sich beinahe, nur weil sein Freund auf diese Art mit ihm sprach. Zudem erregte ihn die Aussicht. David sah die Hoden, die dick und schwer zwischen Zahars Schenkeln hingen, sowie die strammen Pobacken.

Sein Herz raste, als er sich hinter ihn hockte und die Hände an die festen Muskeln seines Gesäßes legte. Davids Geschlecht glänzte von der Heilpaste. Die Kräutermischung kribbelte auf seiner Eichel.

Er zog die Pobacken auseinander und entdeckte die zartrosa Öffnung, die sich ihm willig und schutzlos präsentierte.

Der Tiegel lag noch auf dem Bett. David tauchte den Zeigefinger in die fettige Paste und strich vorsichtig über den Muskelring. Er fühlte sich warm an.

Zahar drückte sich ihm entgegen und David wurde mutiger. Er verrieb die Salbe in der Spalte und verteilte sie auf Zahars Hoden und seinem Schaft.

»Das prickelt«, sagte er und schaute über seine Schulter. Ihre Blicke verhakten sich.

David rutschte näher; sein Herz sprang fast aus seiner Brust. Vorsichtig drückte er die Spitze seiner Männlichkeit an die kleine Öffnung. Der Muskel weitete sich, David drang ein.

Heiß und fest wurde seine Eichel umschlossen. Das Gefühl war gigantisch.

Zahar zitterte und stöhnte, während sich David behutsam in ihn schob. Er legte den Kopf auf Zahars Rücken und fasste an seinen

Schaft. Er zuckte in seiner Hand.

»David«, wisperte Zahar.

»Tu ich dir weh?«

»Nein«, hauchte er. »Es ist nur ungewohnt. Aber schön.«

Und wie schön! Es war sanfte Leidenschaft, Lust und ... Geborgenheit. Ja, David fühlte sich geborgen, während er gleichzeitig Geborgenheit gab, wie er so eng mit seinem außergewöhnlichem Freund verbunden war. Er wollte ihn nie wieder missen, ihn immer um sich haben und ihn noch oft auf diese Art lieben.

Vorsichtig begann er sich zu bewegen. Wegen der Paste glitt er geschmeidig vor und zurück. Die Enge des Muskels massierte ihn schnell zum Höhepunkt. Zahars Schaft in seiner Hand wurde härter; David spürte seine Lusttropfen und verteilte sie auf der Spitze. Er pumpte schneller, küsste Zahars Rücken und klammerte sich mit einem Arm an ihn, während er mit der anderen Hand das zuckende Geschlecht regelrecht molk. Zahar ergoss sich über seine Finger, wobei er laut stöhnte und sein Körper bebte. Sein Muskel weitete sich und zog sich hart um Davids Schaft, weitete sich und zog sich zu. Das Gefühl war unbeschreiblich. Davids Samen schoss hervor, tief in die heiße Enge. Das hatte etwas Primitives, Ursprüngliches an sich und fühlte sich einfach richtig an. Dabei war es David egal, dass er laut Öffentlichkeit etwas Widernatürliches tat, weil er mit einem Mann verkehrte. Sie schadeten niemandem; keiner störte sich an ihrem Liebesspiel. Auch wenn er Zahar vor anderen nie seine Zuneigung zeigen konnte, da darauf eine Gefängnisstrafe stand, wollte David keinen anderen Partner an seiner Seite haben.

Zahar wurde von der Flut an Eindrücken, Gerüchen und dem Stimmengewirr förmlich erschlagen. Alle redeten in den verschiedensten Sprachen durcheinander, lachten, staunten und deuteten in diverse Richtungen. Und erst diese Farben! Die Umgebung war bunt und lebendig. Am liebsten wollte Zahar David die Hand reichen, um Halt zu finden in dieser turbulenten Welt. Er beneidete die Pärchen, die Hand in Hand mit ihnen in der Menschenschlange standen. Sie befanden sich vor einer dieser modernen Eisendrehtüren am Haupttor des

Ausstellungspalastes, hinter ihnen die Seine, an deren Ufer aus Dampfern und Booten weitere Leute strömten. Andere kamen mit der Eisenbahn, in Wagen oder wie David und er zu Fuß.

Nachdem sie endlich das Ausstellungsgelände betreten hatten, liefen ihnen Verkäufer entgegen, die ihnen Uhren, Lorgnons, Stereoskope, Nadelbüchsen, Zündhölzer, Zeitungen, Kataloge, Pläne und allerlei andere Dinge aufdrängen wollten. Alle machten sie dabei einen Höllenlärm.

Woher wussten die Händler, dass sie Engländer waren? Fast alle sprachen sie in gebrochenem Englisch an. Einer wedelte vor ihrer Nase mit einem Lorgnon herum, das aus feinstem Silber bestand und mit allerlei Schnörkeln verziert war. Davids Großmutter hatte solch eine Lesehilfe. Mittels eines Stiels wurden die Gläser vor die Augen gehalten.

Während David die Händler freundlich abwehrte, fragte Zahar: »Was ist ein Stereoskop, David?« Dieses schuhgroße Gestell mit den Bildchen interessierte ihn.

»Damit kannst du Raumbilder ansehen. Du blickst durch diese Vorrichtung, die zwei leicht versetzte Fotografien voneinander abtrennt, und denkst, sie wären plastisch.«

»Was es nicht alles gibt!« Zahar wusste nicht, wohin er zuerst schauen sollte. Er starrte nach vorn und bewunderte die lange Allee, zu deren Seiten sich grüne Baldachine erstreckten, die mit goldenen Sternchen verziert waren. Getragen wurden sie von Fahnenstangen, die hoch in den blauen Himmel ragten und die Banner aller Nationen der Welt zeigten. Was für eine Pracht!

Wie Ameisen wuselten die Besucher über das Gelände. Manche ließen sich von dampfbetriebenen Bussen fahren, andere in einer Art Rollstuhl schieben. Bei all dem Trubel spürte Zahar kaum, dass er Schuhe trug und zwar solche, deren Sohle er an den Zehen nicht herausgeschnitten hatte. Das wäre tagsüber zu auffällig. Außerdem besaß er menschliche Gestalt und keine Krallen – dennoch war es ungewohnt.

Ein sommersprossiger Junge drückte ihm einen Zettel in die Hand, auf dem für Ballonfahrten und Panoramaausflüge auf der Seine geworben wurde, um von dort einen einzigartigen Blick auf das Gelände zu werfen. Eine Ballonfahrt würde ihn durchaus reizen.

Der warme Sommerwind brachte die Flaggen über ihren Köpfen zum Flattern, während sie auf den Ausstellungspalast zugingen. Er erinnerte Zahar an das römische Kolosseum, das er aus Davids Büchern kannte. Das Grundgerüst bestand aus gusseisernen Säulen und schmiedeeisernen Pfeilern, die ein Dach aus Glas und Wellblech trugen.

Zahar folgte einfach seinem Freund, der genau zu wissen schien, wohin er musste. David hielt einen Plan in der Hand, auf dem der Grundriss des gewaltigen Gebäudes aufgezeichnet war, das sie eben betraten. Sieben konzentrische Ringe waren darin zu erkennen, die wiederum wie Tortenstücke aufgeteilt waren. Jeder Teil war einer Nation zugedacht.

Staunend schaute Zahar auf die Hallendecke, dessen Glas viel Licht durchließ. Er blinzelte. Die Helligkeit machte ihm zu schaffen. Seine Augen tränten bereits, doch er wollte sie nicht schließen, musste alles ansehen.

»Monsieur? Eine Sonnenschutzbrille?« Ein Junge mit einem Bauchladen versperrte ihnen den Weg. In der Kiste, die mit einem Gurt an seinem Nacken befestigt war, befanden sich zahlreiche Brillen.

David wollte ihn zuerst sanft auf die Seite schieben, aber dann sagte er zu Zahar: »Möchtest du eine probieren?«

»Oui, bien sûr, probieren Sie!«, rief der Junge aufgeregt und grinste bis über seine sommersprossigen Wangen hinaus. »Isochromatische Gläser, gut, gut!« Er zeigte ihnen Gestelle mit gelb, blau und grün getönten Glasschichten sowie die Weltneuheit: braun gefärbte Gläser.

Zahar probierte alle durch und entschied sich für die braunen. Sie sorgten tatsächlich dafür, dass seine Augen weniger schmerzten. Was für eine Wohltat.

David bezahlte und der Junge zog glücklich weiter.

»Vielen Dank.« Zahar rückte die Brille auf seiner Nase zurecht. Das Gestell fühlte sich ungewohnt an.

»Gern geschehen«, erwiderte David und beugte sich nah zu ihm. »Die Brille steht dir außerordentlich gut.« In seinem Blick lag ein Funkeln, das Zahars Inneres wärmte.

Weiter ging es in einem hydraulischen Aufzug auf das fünfundzwanzig Meter hohe Dach. Von dort hatten sie einen herrlichen Überblick auf Ausstellungen, Grünanlagen, Cafés und exotische Gaststätten, wie eine österreichische Weinstube, einen englischen Pub oder ein tunesisches Kaffeehaus.

Danach marschierten sie ins Zentrum des Gebäudes – zur Ruheoase. Sie bestand aus einem gigantischen offenen Innenhof mit Palmen, Springbrunnen und Skulpturen. In einem Gartenpavillon wurden internationale Währungen und Maßeinheiten präsentiert. Überall gab es so viel zu sehen, dass Zahar befürchtete, alle Eindrücke wieder zu vergessen.

Die Geschichte der Arbeit wurde vorgestellt; es folgte die Abteilung der Bildenden Künste. Hausgeräte und Möbel waren die Themen der nächsten beiden Hallen, dahinter gelangte man zur Maschinenhalle, die alle anderen Ringe an Größe übertraf. Hier war alles gewaltig.

Fasziniert folgten sie einer Vorführung des Amerikaners Samuel Morse und der neusten Telegrafentechnik, anschließend hörten sie einen Vortrag der Firma Krupp über das modernste Verfahren der Stahlbearbeitung. Natürlich mussten sie auch die »Dicke Berta« besichtigen, die mit fünfzig Tonnen größte und schwerste Kanone, die tausend Pfund schwere Kugeln abfeuern konnte.

Da Mr. Jonathan Bannister, ihr Verdächtiger, erst gegen Abend eine Vorstellung hatte, bei der er persönlich anwesend war, um »seinen« ammoniakfreien Kühlschrank vorzuführen, wollten sie später erneut herkommen und erst zu den Aquarien gehen, um Jules Verne aufzusuchen. Schade, dass die Gebrüder Otis nicht hier waren, von denen er die Pläne zu Grannys Fahrstuhl bekommen hatte. David hätte sich gerne einmal persönlich mit ihnen unterhalten.

Sie verließen die Hallen und begaben sich in den riesigen Park, der zwei Drittel des Marsfeldes beanspruchte. Wer sich erholen wollte, fand hier Gärten, Alleen, Seen und Wasserspiele. Große Exponate, die in den Hallen keinen Platz gefunden hatten, wurden hier ebenfalls gezeigt.

Zahar faszinierte die künstliche, von Menschenhand geschaffene Landschaft. In Gewächshäusern bestaunte er Pflanzen, die er noch nie gesehen hatte, sowie Schmetterlinge und andere seltsame Insekten. Sogar ein Zoo fand sich hier mit großen Volieren für Vogelarten aus aller Welt und Gärten sowie Themenpavillons, die die Flora und Fauna verschiedener Klimazonen der Erde beherbergten.

Sie kauften sich bei einem fahrenden Händler Schokolade von

Menier, weil dieser behauptete, sie wäre die beste, und folgten den Beschilderungen, bis sie eine künstliche Grotte betraten. In ihr war es dunkel, angenehm kühl und herrlich ruhig. Zahar schob seine Brille ins Haar und atmete tief durch. Eine Wohltat für seine strapazierten Sinnesorgane.

Sie schlenderten durch begehbare Aquarien und waren von der Unterwasserlandschaft eingeschlossen. Zahar kam sich vor wie in einer anderen Welt. Das blaue Licht, das durch die riesigen Scheiben auf sie fiel, spiegelte sich auf ihren Gesichtern. Es gab Süß- und Salzwasserbecken, in denen man exotische Pflanzen, Fische und andere Wassertiere beobachten konnte. So etwas hatte die Welt noch nicht gesehen! Dagegen verblassten die fünfzig Meter hohen Leuchttürme mit elektrischem Licht, die sie zuvor inspiziert hatten, sowie die anderen riesigen Konstruktionen, von denen mutige Besucher mit Fallschirmen sprangen.

»Wie spät ist es?«, fragte Zahar und schaute zwei Krebsen zu, die sich auf dem sandigen Grund um ihr Revier stritten.

David stellte sich neben ihn an die Scheibe. »Fünfzehn Uhr vorbei.«

»Hast du ihn schon entdeckt?«

David schüttelte den Kopf und schaute sich um. Viele Menschen befanden sich hier, die sich wispernd unterhielten, um die Tiere nicht zu verschrecken. Am meisten Respekt hatten sie vor den kleinen Haien mit den scharfen Zähnen, die majestätisch ihre Runden zogen. Kinder klebten mit Händen und Nasen am Glas, die Augen aufgerissen, während ihre Eltern die Tafeln studierten, um die Kleinen zu belehren, welches Wesen gerade an ihnen vorbeischwamm.

»Dort ist er«, sagte David plötzlich und gab ihm einen Stups.

Zahar sah den bärtigen Mann, der am Ende der Grotte stand, einen Block in der Hand. Beim Näherkommen erkannte Zahar, dass er ein seltsames Gebilde skizzierte, das auf der Lehrtafel als »Koralle« bezeichnet wurde. Zum Glück waren die Tier- und Pflanzenarten in mehreren Sprachen angeschrieben; ansonsten übersetzte David für ihn.

»Monsieur Verne!« David eilte auf den Herrn zu, der den Stift in sein Sakko steckte und sich zu ihnen umdrehte.

»Monsieur Elwood!« Sie schüttelten sich die Hände. »Und nennen

Sie mich doch Jules.«

David stellte auf Französisch Zahar vor. » C`est mon ami, Zahar. Das ist mein Freund.«

Jules wandte sich ihm lächelnd zu, reichte ihm die Hand und antwortete in gebrochenem Englisch: »Sehr erfreut, Sie kennenzulernen.« Dann wurden seine Augen groß.

Zahars Sicht verschwamm. Während er Monsieur Verne berührte, flackerten erschreckende Bilder in seinem Kopf auf, die so lebendig waren, als würde er das Gesehene erleben. Er lag festgebunden auf einem Felsen, um ihn herum standen Männer mit grausamen Masken. Ihre toten, verzerrten Gesichter starrten auf ihn herab; ein unheimliches Lied erklang. Sie rückten näher, indes er sich in den Fesseln wand und versuchte, sich zu befreien. Sie hatten ihm die Hände auf die Brust gebunden, sodass er sich selbst verletzen würde, falls er seine Krallen ausfuhr.

Da riss die Verbindung ab.

»Zahar!« David zog ihn mit sich, irgendwo in die Dunkelheit der Grotte. Er hatte immer noch die Bilder vor Augen.

»Was hast du gesehen?« David klang alarmiert. »Du hast geschrien!«

»Hab ich das?«, flüsterte er und fasste sich an die Brust. Er hatte sein Hemd nicht zerfetzt. Auch besaß er keine Krallen. Er war ein Mensch. Nur für wie lange noch? Sie waren schon den ganzen Tag unterwegs. Was, wenn er sich hier verwandelte? Sie hatten keine Erfahrung, wie lange sein Körper in diesem Stadium blieb.

Monsieur Verne öffnete eine verborgene Tür in der künstlichen Felswand, die ins Freie führte. Das Licht blendete Zahar, weshalb er wieder die Brille aufsetzte.

Der Ort war sicher nicht für Besucher gedacht, denn sie befanden sich hinter den Aquarien, wo riesige Pumpen das Wasser aufbereiteten und geschäftig vor sich hinschnauften. Sie gingen ein Stück weiter bis zu einem kleinen Pavillon, in dem ein einfacher Holztisch und vier Stühle standen. Seufzend ließ Zahar sich nieder. Ihm zitterten die Knie.

»Hier sind wir ungestört«, sagte der Schriftsteller und hockte sich ihm gegenüber. »Ich darf mich an diesen Platz zurückziehen, wenn ich arbeite. Außer einigen Angestellten, die Mittagspause machen, kommt sonst niemand vorbei.«

David setzte sich neben Zahar. »Was hast du gesehen?«

»Ein Ritual. Es war furchtbar, weil ich dachte, ich wäre das Opfer.«

Kurz berührte David seine Hand. »Du musst das nicht tun.«

Er schüttelte den Kopf. »Deswegen sind wir doch hergekommen. Außerdem will ich wissen, wie dieser Fluch zu brechen ist.« Tief schaute er David in die Augen und wollte ihm sagen: *Ich mache das für dich. Für uns und eine gemeinsame Zukunft, auch wenn wir unsere wahren Gefühle verstecken müssen. Aber ich werde ein Teil deiner Welt sein. Ein Teil von dir.*

»Ich wünschte, ich könnte sehen, was du siehst«, sagte David.

Jules Verne streckte den Arm aus. »Das können Sie. Geben Sie mir die Hand.«

Sie reichten sich über der Tischplatte die Hände, sodass sie einen geschlossenen Kreis bildeten. Erneut sah Zahar sich auf dem Altar gefesselt.

»Das sind nicht Sie, sondern einer Ihrer Vorfahren«, hörte er Monsieur Verne. »Dämonenpriester. Sie fürchten die neue Rasse, die die Menschen beschützt. Die Unterweltler haben Angst, keine Seelen mehr zu bekommen. Es hat Krieg gegeben, die Dämonen haben versucht, die Gargoyles zu bekämpfen, aber sie waren zu schlau und zu stark und hatten Hilfe von Drachen, die mit ihrem Feueratem die Heerscharen des Bösen aus der Luft angriffen. Nun haben sich aus allen Teilen der Unterwelt die mächtigsten Dämonenpriester versammelt, auch wenn ihre Fürsten sonst Feinde sind, um ihren gemeinsamen Gegner mittels Magie zu schlagen.«

Zahar erblickte alles durch die Augen des gefesselten Gargoyles. Er lag auf dem Felsen. Es war Nacht, Sterne funkelten, doch erste Grauschleier kündigten den Morgen an.

»Ich hab das schon einmal gesehen«, wisperte David. »In meinen Träumen.«

»Gut möglich«, meinte der Schriftsteller. »Das hat bestimmt etwas damit zu tun, dass Sie einen Teil des Fluches absorbiert haben.«

Obwohl Zahar wusste, dass nicht er das Opfer war, sondern einer seiner frühesten Vorfahren, hatte er das Gefühl, dabei gewesen zu sein.

»Das ist das genetische Gedächtnis«, erklärte Monsieur Verne. »Und bitte sagen Sie ebenfalls Jules zu mir.«

Zahar erschrak, wie weit der Mann in seinen Kopf vordringen konnte.

Jules schickte ihm einen deutlich vernehmbaren Gedanken: *Ich wäre auch verängstigt, wäre ich an Ihrer Stelle. Aber haben Sie keine Angst vor mir. Ich möchte Ihnen wirklich helfen.*

»Was ist das genetische Gedächtnis?«, fragte David.

»Die vererbte Übertragung von Wissen, das in den kleinsten Bausteinen unserer Zellen gespeichert ist.«

Der Singsang wurde lauter und dröhnte in Zahars Ohren. Die Vibrationen durchdrangen seinen Körper; es kribbelte und zog in seinen Eingeweiden, die Muskeln schmerzten und er hatte das Bedürfnis, sich zu übergeben. Vor seinen Augen drehte sich alles. Das scheußliche Gefühl nahm zu, je näher der Tag rückte, und als die Sonne die schrecklichen Masken der Priester beleuchtete, versteiften sich Zahars Muskeln. Er hörte auf zu atmen und hatte Angst, zu ersticken – es wurde dunkel, als würde er in einen traumlosen Schlaf fallen. Dann holte er tief Luft und war plötzlich frei. Er konnte sich bewegen; keine Fesseln hielten ihn, keine Dämonen waren in der Nähe. Aber es war nicht Morgen, denn die Sonne war bereits untergegangen.

»Der Steinfluch«, flüsterte David ehrfürchtig.

»Nur war er anders geplant«, erwiderte Jules. »Die Gargoyles sollten alle versteinern und nie wieder aufwachen. Doch ein Magier hatte sich unter den Priestern versteckt, ein guter Zauberer, der den Fluch abmilderte. Ansonsten würde es heute vielleicht keine Gargoyles mehr geben.«

»Das klingt wie in einem Märchen. Und sehr kompliziert«, sagte David. »So viel unterschiedliche Magie war am Werk.«

»Wenn Sie diese dunklen Kräfte aus Ihrem Freund aufsaugen, wird er so schwach wie ein Mensch. Daher nimmt er auch unsere Gestalt an. Das habe ich verstanden, leider nicht mehr.«

Sie ließen sich los und Zahar lehnte sich zurück. Ihm war schwindlig. Also deshalb wurde er ein Mensch! Es war so eine Art Fluchbrecher-Schutzfunktion, wohl um die Gargoyles zu warnen: *Seht, das passiert mit euch, wenn ihr den Fluch brecht, ihr werdet so schwach wie die Wesen, die ihr beschützt.* »Die Priester haben nur einen von unserer Rasse verzaubert, wieso versteinern wir alle?«

»Die Kraft der Priester reichte nicht aus, um alle Gargoyles zu vernichten. Aber sie waren so mächtig, um einen Fluch auf einen einzigen Gargoyle zu legen, der auf alle übergehen sollte. Dank des weisen Magiers unter ihnen kam es nicht dazu. Leider übertrug sich der abgeschwächte Fluch trotzdem auf all diejenigen, die den verzauberten Gargoyle berührten oder mit denen er in Kontakt kam, und die infizierten Wächter steckten weitere an. So wurden recht schnell alle von dem Fluch befallen, bevor sie etwas dagegen unternehmen konnten.«

David beugte sich über den Tisch. Sein Gesicht wirkte starr und farblos. »Wie kann der Fluch gebrochen werden? Ich kenne diese Sprache nicht und weiß nicht, welchen Zauber die Priester angewendet haben.«

»Das weiß ich auch nicht«, sagte Jules. »Aber eines kann ich Ihnen sagen: Wir sind heute noch nicht so weit, David, es wird Ihnen ohnehin nicht gelingen.«

»Was können Sie noch sehen?« Zahar wollte alles wissen. Alles!

Erneut reichten sie sich die Hände. Er erblickte sich im Fieber und David, der sich um ihn kümmerte, ihm einen Tee zu trinken gab. Zahar war ein Mensch, doch er wurde schwächer, je länger er in diesem Zustand verharrte. Er schlief nicht und sein Körper konnte sich nicht erholen.

»Wir dürfen uns nicht mehr so oft lieben«, sagte David in seinem Traumbild und streichelte ihm über die fiebrige Stirn.

Ihre Zuneigung fand mehr und mehr auf geistiger Ebene statt, sie unternahmen viele Reisen, lasen sich vor und Zahar sah sich und David als alte Männer, die nebeneinander im Bett lagen und sich an den Händen hielten. Sie waren glücklich, zusammen sein zu dürfen. Sie hatten sich mit dem, was sie besaßen, arrangiert.

Als die Verbindung erneut abbrach, zwinkerte sich Zahar eine Träne weg und schielte zu David, der sich in ein Taschentuch schnäuzte.

»Wir können also nichts tun?«, fragte David. »Der Schlüssel liegt anscheinend im Schlaf. Die Gargoyles haben verlernt, zu schlafen.«

»Nicht verlernt. Es ist ihnen nicht möglich. Da sie über die Jahrtausende keinen natürlichen Schlaf finden mussten, hat der Körper diese unnütze Eigenschaft deaktiviert und nicht mehr weitervererbt.«

»Vielleicht kann ein Arzt helfen?« Zahar wollte nicht aufgeben. Das Gesehene hatte ihn zutiefst erschüttert.

»Die Medizin ist noch nicht so weit. Erst, wenn das neue Jahrtausend anbricht, wird es technische Errungenschaften geben, um in die kleinsten Bausteine unseres Körpers eingreifen zu können.« Jules atmete tief ein. »Aber ich will Ihnen nicht den Mut nehmen. Was Sie gesehen haben, muss nicht eintreffen. Zukünftige Ereignisse sind einem ständigen Wandel unterworfen. Je nachdem, wie wir uns im Leben entscheiden, kann die Zukunft eine andere Wendung nehmen, außer, es handelt sich um ein fest bestimmtes Schicksal. Das ist wohl unausweichlich.«

»Sie können in die Zukunft schauen!« David klang aufgeregt.

Jules nickte. »Das soll aber niemand erfahren.«

»Wir werden bestimmt nichts sagen.«

Zahar schöpfte Hoffnung. »Dann wissen Sie vielleicht, ob ich bis abends meine menschliche Gestalt habe?«

Jules berührte ihn kurz an der Hand und nickte.

Erleichtert atmete Zahar auf.

»Darf ich Sie auch noch einmal um einen Gefallen bitten?«, fragte David.

Lächelnd hielt ihm Jules die Hand hin. »Was wollen Sie wissen?«

»Ob Sie doch noch irgendetwas finden, was uns weiterhelfen kann. Vielleicht haben Sie etwas übersehen?«

»Darf ich ebenfalls?« Zahar schaute zwischen ihnen hin und her.

»Natürlich.«

Schließlich reichten sie sich alle wieder die Hände.

Wahllose Bilder flackerten vor Zahars geistigem Auge auf. Diesmal sah er Davids Erinnerungen: Granny, um Jahrzehnte jünger, die David vorlas, seine Eltern, David am Schreibtisch, vertieft in seine erschaffenen Welten, im stillen Gespräch mit seinen fiktiven Charakteren. Zahar spürte Davids Verzweiflung, als er mit Fieber in seinem Schoß gelegen hatte und beinahe gestorben wäre.

»Ich kann nicht sehen, was heute Nacht geschieht«, sagte Jules. »Das ist seltsam, alles ist verschwommen. Ich erkenne Zahars Gesicht, sonst liegt alles im Dunkeln.«

Zahar erkannte es ebenfalls und plötzlich sah er sich – im Spiegel des Badezimmers! Er war erzürnt, hatte die Fänge gefletscht. Wieso knurrte er David an?

»Was könnte das bedeuten? Werde ich sterben?«, fragte David aufgeregt.

Ein Stich durchzuckte Zahars Brust. »Das kann nicht sein, ich habe dich als alten Mann gesehen!«

»Ich bin nun in Ihrem Kopf, Zahar«, sagte Jules. »David hat Ihre Gefühle verletzt, Sie wütend gemacht.«

»Ich würde nichts machen, was Zahar verletzt!«, rief David. »Was habe ich getan?«

»Ich weiß nicht, was in Kürze passiert. Ich habe keinen Zugang zu Ihrem Geist.« Jules holte tief Luft. »Ich beginne noch einmal bei Ihrer Kindheit, David, das hilft mir meine Gabe zu koordinieren und mich auf Ihren Geist zu konzentrieren.«

Zahar beneidete David beinahe für seine Vergangenheit. Er hatte Eltern besessen, die sich um ihn kümmerten, ihn liebten und ihm viel beibrachten.

Plötzlich erkannte er Zuhra, ihr langes schwarzes Haar und ihr herzförmiges Gesicht, dann Nuriel, der auf einer Liege lag. David, noch ein halbes Kind, schabte mit einer scharfen Klinge an seinem Horn und verpackte das Pulver in einem Papiertütchen. Danach schnitt er Nuriel eine Strähne seines zotteligen Haares ab. Davids Vater nahm ihm Blut mit einer Spritze ab.

»Halt!«, rief Zahar. »Was ist das für eine Erinnerung? Ich dachte, du kennst Nuriel nicht?«

»D-das tu ich auch nicht.« David klang atemlos. »Ich kann mich daran nicht erinnern!«

Zahar gefiel das nicht, denn Nuriels Warnung war sehr präsent. »Was habt ihr mit ihm gemacht?«

»Ich weiß es nicht!«

»Hier bricht der Gedanke ab«, sagte Jules und ließ ihre Hände los. Schweiß glänzte auf seiner Stirn und er atmete schwer. »Tut mir leid, ich kann mich kaum noch konzentrieren. So lange habe ich meine Gabe noch nie eingesetzt. Sie kostet sehr viel Kraft und saugt mich völlig aus. Deshalb soll auch keiner davon wissen; jeder würde davon profitieren wollen.«

Zahars Herz raste. »Bitte lüg mich nicht an, David!«

Vehement schüttelte er den Kopf. »Ich habe außer dir nie einen Gargoyle getroffen. Wirklich!«

»Waren es vielleicht Erinnerungen deines Vaters?« Dafür musste es eine vernünftige Erklärung geben.

»Nein.« Jules tupfte sich mit einem Taschentuch über die Stirn. »Es waren Davids Erinnerungen. Allerdings waren sie sehr schwer greifbar, daher gehe ich davon aus, dass man Sie vergessen ließ.«

David riss die Augen auf. »Sie glauben, mein Vater hätte meine Erinnerungen gelöscht?«

Jules nickte. »Er oder jemand anderes.«

»Sobald wir zurück in London sind, muss ich dringend mit Nuriel reden«, sagte Zahar. Vor Aufregung krallte er die Finger in seine Hose. »Ich muss endlich wissen, was er mir verschweigt!«

※

David stand am Rand der Menge und schaute in einer der technischen Hallen auf ein Podest, auf dem der Kühlschrank präsentiert wurde. Der Kasten aus dunklem Holz starrte ihn anklagend an. Wie ein Mahnmal. Vater könnte derjenige sein, der heute diese Vorführung hielt.

Nervös kaute David an der Unterlippe und wippte mit den Füßen. Jules war mit ihnen gekommen, weil er ihnen weiterhin helfen wollte. Zahars und Davids Geschichte fand er sehr interessant.

In einem Bistro hatten sie eine Kleinigkeit gegessen, da Jules' Gabe wie alle Fähigkeiten viel Energie verbrauchte. David hatte sich tausend Mal bei ihm bedankt. Er wusste, wie viel sie von dem Schriftsteller verlangten. Anschließend hatten sie sich zur Vorstellung begeben. Von Bannister war allerdings nichts zu sehen.

David war immer noch sehr aufgewühlt wegen seiner Erinnerungen, zu denen er keinerlei Zugang besaß. Wieso hatte jemand sein Gedächtnis manipuliert? War es Vater gewesen? Was hatte er mit dem Gargoyle Nuriel gemacht? Und welche Rolle hatte er, David, dabei gespielt?

Nuriel hatte Zahar vor ihm und Vater gewarnt. Was hatten sie nur getan, was einen Gargoyle so sehr erschreckte?

Plötzlich schnappte Zahar neben ihm nach Luft. Seine Nasenflügel blähten sich.

»Was ist?« Davids Anspannung wuchs und das Herz drohte ihm aus der Brust zu springen.

»Er ist in der Nähe! Der hagere Kerl vom Boot, der damals mit dem Buch verschwand; ich wittere ihn.«

In diesem Augenblick betrat ein großer Mann die Bühne und das Gemurmel der umstehenden Leute wurde leiser.

David reckte den Kopf, weil eine Frau mit einem ausladenden Hut vor ihm stand und ihm die Sicht versperrte. »Das muss Bannister sein!«

Der dünne Mann trug einen hellgrauen Anzug und verbeugte sich kurz. Sein weißes, schütteres Haar bewegte sich dabei nicht. Dafür sorgte wohl eine halbe Tube Pomade. Sein faltiges Gesicht zeigte kaum eine Regung und während er die Zuschauer begrüßte, erreichte sein kühles Lächeln nicht die Augen.

David hatte sich über Bannister informiert; so alt wie er aussah war er nicht. Allerdings hatte er mit »seiner« Erfindung bereits so viel verdient, dass er sich nie wieder um Geld sorgen musste.

Am liebsten wäre David sofort auf die Bühne gestürmt und hätte den Mann geschüttelt, um zu erfahren, ob er seine Eltern ermorden ließ. Wobei David sich längst sicher war, dass er den Mörder vor sich hatte, immerhin hatte Bannister nicht gezögert und den Mann getötet, der Vater das Buch entwendete. Sein Puls klopfte hart gegen die Schläfen und er bekam kaum Luft. Seine Fingernägel gruben sich in die Handflächen.

»Ja, das ist er«, sagte Zahar. David spürte seine Hand auf der Schulter. »Ich weiß, dass du ihm am liebsten den Hals umdrehen würdest, glaub mir, es geht mir ebenso.«

David musste sich zurückhalten. Zuerst würde Jules sehen, was er herausfinden konnte. David hatte ihm gesagt, wonach er suchen musste: nach allem, was mit dem Mord zusammenhing und nach dem Notizbuch mit den Plänen sowie dem Schlüsselwort.

Ob David sich deshalb daran erinnern konnte, dass das Codewort in dem gestohlenen Buch stand, weil es tief in seinem Unterbewusstsein verankert war, obwohl jemand seine Erinnerungen gelöscht hatte?

Während Bannister sprach und ein Assistent alles ins Französische übersetzte, tanzten schwarze Flecken vor Davids Augen. Er wollte so gerne Zahars Hand ergreifen. Um sich wohler zu fühlen und um nicht auf die Bühne zu stürzen. Sein Schädel pochte. Der Mörder war zum

Greifen nah! Doch sie hatten keine Beweise. Noch nicht. David würde dafür sorgen, dass Bannister ins finsterste Loch gesperrt wurde und bis an sein Lebensende nie wieder die Sonne sah.

Nach gefühlten Stunden war die Demonstration zu Ende. Interessierte Besucher wechselten Worte mit Bannister und auch Jules trat zu ihm auf die Bühne. David ließ die beiden nie aus den Augen und hielt die Luft an, als Jules dem Erfinder die Hand reichte. Er schüttelte sie besonders lange und redete dabei auf Bannister ein. Der schaute irritiert und versuchte, die Hand zurückzuziehen, bis Jules sie endlich losließ.

David zersprang beinahe vor Nervosität und konnte es kaum erwarten, alles zu erfahren. Jules sprach eine Weile mit Bannister und ließ sich den Kühlschrank zeigen, danach trat er zu ihnen und begleitete sie zum Rand der Halle, wo sie sich in einer Nische in Ruhe unterhalten konnten.

Jules wirkte erschöpft. Sein Gesicht glänzte und David reichte ihm ein frisches Taschentuch. »Was haben Sie gesehen?«

Er atmete tief durch. »Bannister hat etwas mit dem Mord zu tun, aber er war nur ein Lakai der Dämonen. Sie haben ihm Ruhm und Reichtum versprochen, wenn er Thomas Elwood tötet und seine Unterlagen entwendet. Sie selbst konnten es nicht tun, da sie weder an ihn herankamen noch ins Haus gelangen konnten.«

Das Amulett, es hatte Vater beschützt so wie es ihn schützte. Und ihr Haus war mit Kristallen gesichert. David griff sich an die Brust, um durch den Stoff des Hemdes das Medaillon zu befühlen. Sein Atem stockte. Es war nicht da! Verdammt, nach dem Liebesspiel in der Badewanne hatte er vergessen, es wieder anzulegen!

Hektisch schaute er sich um. Nun waren sie leichte Beute für Dämonen. Wurden sie bereits beobachtet? Warteten die Unterweltler auf einen günstigen Augenblick? Auf der Ausstellung hielten sich zu viele Menschen auf. Hier würden diese Kreaturen bestimmt nicht auffallen wollen. Doch vor dem Heimweg graute es ihm.

David versuchte sich zu beruhigen und Jules zuzuhören. Um das Amulett musste er sich später kümmern. Es lag gewiss noch im Badezimmer.

»Also mussten Menschen die Arbeit verrichten«, erzählte Jules.

»Außerdem fiel auf diese Weise kein Verdacht auf die Unterweltler.«

David stutzte. »Dämonen wollten an die Pläne?« Ein Kühlschrank in der Unterwelt? Gab es dort überhaupt Strom? Und was wollten sie kühlen? Leichenteile?

»Nicht am Kühlschrank hatten sie Interesse, sondern an den Aufzeichnungen, die die Auflösung des Steinfluches betrafen. Die Pläne waren der Bonus für Bannister und der war verrückt danach, an die Unterlagen zu kommen. Er hatte Monsieur Elwoods Arbeit schon lange verfolgt.«

»Ist Bannister ein Magier?«

Jules schüttelte den Kopf.

»Die Dämonen haben also herausgefunden, dass Vater daran arbeitete, den Steinfluch zu brechen. Natürlich mussten sie das verhindern!« Sein Verdacht schien sich zu bestätigen.

Zahar, der bis jetzt zugehört hatte, sagte: »Wenn dein Vater eine Lösung für unser Problem gefunden hat, wären wir eine riesige Gefahr für die Unterweltler.«

David nickte hektisch. »Was stand noch in dem Buch?«

Schulterzuckend erwiderte Jules: »Ich weiß es nicht. Sie nahmen es Bannister weg und trennten lediglich die Aufzeichnungen des Kühlschranks heraus.«

»Und das Passwort?«

»Ich bin mir sicher, es lautet Louise.«

»Louise?« Das war Grannys zweiter Vorname. Er hatte ihn ganz vergessen und daher nicht ausprobiert!

»Ja, denn auf der ersten Seite stand: Meine Wächteraufzeichnungen für Louise.«

David zitterte am ganzen Körper. »Das ist das Passwort!« Deshalb hatten die Dämonen auch das falsche Buch erwischt, weil Vater diesen Satz in die Forschungsaufzeichnungen schrieb!

»Notieren Sie es«, sagte Jules.

»Warum?«

»Hören Sie einfach auf mich.«

David holte das codierte Buch heraus und notierte den Namen. Er konnte es kaum erwarten, alles zu entschlüsseln!

Jules wartete, bis David seine Notizen gemacht hatte, wobei er ihm über die Schulter schaute. »Die Dämonen glaubten, ihr Auftrag wäre erledigt, bis sie bemerkten, dass sie das falsche Buch hatten, denn sie fanden nichts über den Fluch.«

»Es muss einen Spion geben!«, rief Zahar und erntete Blicke von Besuchern, die an ihnen vorbeieilten. »Jemand muss sie weiterhin mit Informationen versorgen. Sie haben auch gewusst, dass wir in Paris sind.«

Dasselbe dachte David ebenfalls, anders war es nicht möglich. Doch wer kam dafür infrage?

Jules senkte die Stimme. »Einen Spion habe ich in Bannisters Gedanken nicht gesehen, aber die Dämonen hatten Bannister erneut beauftragt, das richtige Buch zu besorgen. Allerdings hat er sich geweigert. Er hatte seine Aufgabe bereits erfüllt und die Dämonen konnten ihn wegen des Paktes nicht töten. Er war besiegt. Bannister musste dafür einen Teil seiner Seele hergeben.«

Seufzend lehnte sich David gegen die Wand. »Wie gehe ich jetzt weiter vor? Welche Möglichkeit habe ich, Bannister der Polizei auszuliefern?«

»Sie könnten sich mit Ihrem Anliegen an die Magiergilde wenden. Vielleicht wissen die Rat.« Jules wischte sein immer noch feuchtes Gesicht ab. »Wenn ich Ihnen etwas zum Kühlschrank sagen darf: Die aktuellen Modelle werden sich nicht durchsetzen. Das Ammoniak produziert giftige Gase und üble Gerüche. Falls Sie Bannister ausliefern, wird es noch einige Jahrzehnte dauern, bis es eine bessere und gesündere Technik zur Kühlung gibt, außer Sie führen die Arbeit Ihres Vaters weiter.«

David nickte. »Vielen Dank für diese Information. Ich habe nicht vor, diesbezüglich in Vaters Fußstapfen zu treten.«

»Ich weiß. Sie sind durch und durch Schriftsteller. Genau wie ich.« Jules grinste. »Und hier endet leider unsere gemeinsame Reise, meine Herren. Ich danke Ihnen, dass ich ein Teil Ihrer Geschichte sein durfte.« Er hob die Hand, machte eine kreisende Bewegung vor ihren Köpfen und ließ den Arm wieder sinken.

»Sie wollten einen Vergessenszauber auf uns legen, nicht wahr?«, sagte David, während sie sich zum Abschied die Hände schüttelten.

»Ich gestehe, dass ich es bereits ein Mal tat, als wir uns im Buchladen trafen.«

Das erklärte das seltsame Ziehen hinter der Stirn, das David damals gespürt hatte. Und deshalb hatte ihm Jules geraten, das Passwort aufzuschreiben!

»Niemand soll von meiner Gabe erfahren.«

»Wir werden nichts sagen«, versprach David.

Jules lächelte. »Das weiß ich, deshalb habe ich es mir mit dem Zauber auch anders überlegt. Ich vertraue Ihnen. Es ist besser für Sie, so viel wie möglich von dem zu behalten, was ich Ihnen gesagt habe. Ich wünsche mir für Sie beide, dass sich alles zum Guten wendet.«

∽∾

Nachdem Jules zu den Aquarien zurückgegangen war, hatten David und Zahar Bannister nicht aus den Augen gelassen. David war mehrmals versucht, den Erfinder zur Rede zu stellen, aber der war immer von Leuten umgeben.

Als der Mann das Ausstellungsgelände verließ, dämmerte es bereits. Sie folgten ihm in ausreichendem Abstand. Falls sie ihn verloren, setzte Zahar seine Spürnase ein, die außerordentlich gut funktionierte, obwohl er in seiner menschlichen Gestalt steckte.

Vor den Toren der Exposition herrschte großer Andrang. Jeder wollte eine Fahrgelegenheit ergattern; alle riefen durcheinander. Bannister hingegen verschwand in einer Seitenstraße, wo zu Davids und Zahars Bedauern ein Zweispänner auf ihn wartete.

»Verdammt!«

Zahar legte eine Hand auf seine Schulter. »Ich kann ihn verfolgen und herausfinden, wo er wohnt.«

Davids Magen zog sich zusammen. »Mir gefällt der Gedanke nicht, dich allein zu lassen.«

»Eine andere Möglichkeit gibt es nicht«, erwiderte Zahar und schaute ihm tief in die Augen.

David würde sterben, wenn seinem Freund etwas zustieß. »Lass gut sein. Gehen wir ins Hotel.« Zahar war ihm viel wichtiger als Bannister. Wichtiger als alles auf der Welt. Dank Jules wusste er, was sich damals zugetragen hatte. Seiner Seele würde das vielleicht reichen, um mit der Vergangenheit abzuschließen.

»Ich weiß doch, wie wichtig dir das ist«, erwiderte Zahar. »Deswegen sind wir hergekommen.«

David wusste nicht, was er dagegen sagen sollte. Außerdem hatte Zahar bereits eine Entscheidung getroffen. Das erkannte David an seinem entschlossenen Gesichtsausdruck. »Dann nimm den Rosenquarz.« Er holte den schwarzen Stein aus der Tasche, wobei er ihn mit seinem Taschentuch berührte, und steckte ihn in Zahars Mantel. Davids Hände zitterten. Er war doppelt nervös, denn er trug das Amulett nicht. Wie hatte er es vergessen können? Sie waren beide ungeschützt.

Eine Gruppe Menschen, die offensichtlich von der Ausstellung kam, eilte an ihnen vorbei über den Bürgersteig und drängte sie in die düstere Nische eines Hauseinganges. Zahars großer, warmer Körper drückte sich für einen Moment gegen seinen.

»Als Gargoyle bist du schneller und stärker.« David genoss die innige Nähe. »Sobald es dunkel ist und falls du dich noch nicht zurückverwandelt hast, berührst du den Kristall.«

Zahar wusste über die Energierückführung Bescheid. »Wir treffen uns später im Hotel.«

Über die Köpfe der Menschentraube hinweg beobachteten sie Bannister, der zum Kutscher auf den Bock stieg. Sofort setzte sich das Gefährt in Bewegung.

Zahar fasste kurz nach Davids Hand und er glaubte beinahe, sein Freund würde ihn küssen, so nah war er ihm. Aber dann wisperte Zahar »Bis später« und huschte aus dem Hauseingang.

Zwei Herzschläge lang blieb David wie gelähmt stehen, bevor sich seine Beine in Bewegung setzten und er an den Passanten vorbeieilte, bis er Zahar eingeholt hatte. »Ich bleibe so lange an deiner Seite, wie ich mithalten kann.«

Als Bannisters Kutsche in eine der überfüllten Hauptstraßen einbog, bekam David kaum noch Luft. An so viel Bewegung war er nicht gewöhnt. Zahar hingegen atmete bloß gering schneller. Zum Glück kam der Zweispänner jetzt nur langsam voran, sodass David wieder halbwegs zu Atem kam.

Irgendwann hatten sie auch einen freien Kutscher gefunden, der die Verfolgung aufnahm. David lag erschöpft auf einer Bank im Inneren des Gefährtes, während Zahar die Nase zum Fenster hinausstreckte. Er war immer noch ein Mensch, obwohl die Verwandlung bereits hätte einsetzen müssen.

※

Sie hatten keine Ahnung, wo sie sich befanden, als Bannisters Zweispänner eine Stunde später vor einem eingezäunten Stadthaus stehen blieb. Wahrscheinlich am Stadtrand von Paris. Hier reihte sich kein Gebäude an das andere, sondern es gab kleine Gärten und manchmal größere Grünanlagen dazwischen. Die Gegend wirkte gepflegt und gehoben.

Nur dem klaren Nachthimmel und seinem Vollmond hatten sie es zu verdanken, in der Finsternis die Umgebung zu sehen. Die Straßen waren schlecht beleuchtet; bloß hinter einigen Fenstern der wenigen Häuser brannte Licht.

David ließ den Kutscher ein Anwesen weiter fahren und klopfte dann gegen das Dach. Der Wagen hielt, sie stiegen aus und bezahlten.

Nachdem die Kutsche ratternd davongefahren war, schlichen sich David und Zahar zu Bannisters Grundstück. Trotz der schwülen Nachtluft erschauderte David. Die Gegend wirkte wie ausgestorben. Niemand war zu sehen und außer dem entfernten Kläffen eines Hundes und dem Schuhu eines Käuzchens gab es auch nichts zu hören.

»Ist er ins Haus gegangen?«, fragte David flüsternd. »Es brennt kein Licht.« Er hielt sich dicht hinter Zahar. Gemeinsam huschten sie am schmiedeeisernen Zaun entlang, auf die Rückseite des Anwesens. Hohe Büsche versperrten ihnen die Sicht hinein. Das gruselige Ambiente färbte auf David ab.

»Er hat das Haus nicht betreten, sondern läuft durch den Garten«, erwiderte Zahar. »In Richtung Fluss.« Er holte tief Luft. »Das ist die Seine. Ich kann ihren typischen Geruch riechen.«

»Du kannst Flüsse anhand des Geruches unterscheiden?«

»Hm«, machte Zahar. »Die Seine ist leicht moorig, während die Themse mehr nach Kloake stinkt.«

David grinste, doch er war wirklich beeindruckt.

»Vorsicht.« Zahar hielt ihn zurück.

Sie kauerten sich hinter einen Busch, der sich an der hinteren Grundstücksecke befand. David sah die Seine als schwarzes Band, auf dem Sterne glitzerten. Das Wasser floss ruhig hinter den Häusern vorbei. Ein Kiesweg führte am Ufer entlang, der vom Mond beschienen wurde. Einige Kiesel funkelten im matten Licht. Nicht weit entfernt ragte eine mächtige Steinbrücke in einem großen Bogen über den Fluss. Das Bauwerk war so hoch, dass flache Frachtschiffe ungehindert hindurchfahren konnten.

Jetzt sah David den Mann auch: Bannister hatte sein Grundstück durch das Gartentor verlassen und schlenderte in Richtung Brücke, auf dessen Seite sich ein Durchgang für die Fußgänger sowie eine Treppe befand.

David und Zahar warteten in ihrem Versteck.

»Er geht auf die Brücke«, wisperte David, als Bannister die Stufen betrat.

Zahar hockte neben ihm und schaute sich nervös um. »Ich habe das Gefühl, wir sind nicht allein.«

»Dämonen?« David fasste nach seiner Hand. Ohne das Amulett hätten sie den Unterweltlern nichts entgegenzusetzen. Er hatte Zahar in der Kutsche gestanden, dass er die Kette nicht trug und der hatte sich verflucht, da er David geraten hatte, sie abzunehmen.

»Ich weiß nicht, Tore rieche ich keine, aber meine Instinkte sind als Mensch nicht so ausgeprägt.« Seufzend rieb er sich über die Schläfe und kniff die Lider zusammen.

»Was hast du?«

»Bin nur müde. Ich wandle mich lieber.« Murmelnd setzte er hinzu: »Wo ich mich eben an die Schuhe gewöhnt habe.« Zahar klang, als wäre es ihm nicht recht, seine Gestalt zu ändern. Er schlüpfte aus den Schuhen, legte den Mantel ab und öffnete die Knöpfe des Hemdes. Es würde zerreißen, wenn seine Schwingen hervorbrachen.

David warf einen Blick über den Strauch. Bannister stand weiterhin auf der Brücke, die Ellbogen auf das Geländer gestützt, und starrte in den dunklen Fluss. Aus dieser Entfernung wirkte er bedrückt.

David lachte innerlich bitter auf. Bannister war ein Mörder. Die sollten keine Gefühle besitzen, das passte irgendwie nicht.

Was machte der Mann im Dunkeln dort oben? Ob er sich mit jemandem traf? Die Straße, die auch über das Bauwerk ging, war verlassen. Auf der anderen Seite führte sie ein Stück das Ufer entlang und bog in ein Waldstück ab. Würde sich ein Gefährt nähern, wäre das Licht von Weitem zu erkennen.

David zog den Kopf zurück. »Ich werde zu ihm gehen und ihn zur Rede stellen. Gleich, nachdem du dich verwandelt hast.«

Zahar nickte. »Ich bleibe dicht bei dir. Vergiss nicht, er hat einen Mann kaltblütig erstochen. Halte Abstand von ihm.« Er kam näher und berührte Davids Hand, zog sie zu sich, an seine nackte Brust. »Pass auf dich auf.«

»Das werde ich«, sagte David. Sanft fuhr er über Zahars Oberkörper. Ihr Versteck erinnerte ihn daran, welch schöne Momente sie am Ufer der Serpentine erlebt hatten. Das schien Ewigkeiten her zu sein.

Zahar kam noch näher, fasste an Davids Nacken und holte ihn zu sich. Ihre Lippen streiften sich, berührten sich zögerlich, doch dann drückte ihm Zahar einen festen Kuss darauf.

David hätte ihm jetzt so gerne gesagt, wie viel Zahar ihm bedeutete. Aber das war nicht der richtige Ort. Ob das Liebe war, was er spürte? Dieses Sehnen, das sich wie Heimweh anfühlte? Diese Wärme, die sich in ihm ausbreitete, wenn er Zahar bloß ansah? Konnten sich zwei Männer auf dieselbe Art lieben wie ein Mann und eine Frau? Dieselben Gefühle empfinden?

Leider dauerte der Moment zu kurz. Zahar zuckte zurück und legte den Kopf schräg. Seine Augen waren aufgerissen.

Hastig hielt ihm David den Mantel hin, damit er sich den Rosenquarz nehmen konnte. Vielleicht sollten sie verschwinden und morgen wieder herkommen, wenn er das Amulett trug. Immerhin hatte er vier magische Steine dabei; das gab ihm ein wenig Sicherheit.

»Was hörst du?«, fragte David, dessen Herz so wild klopfte, dass es wahrscheinlich jeder im Umkreis von einer Meile vernahm.

»Vermutlich nur ein Tier. Ich werde es hoffentlich gleich wissen.« Er atmete tief ein, bevor er in die Manteltasche griff und den schwarzen Stein herausholte.

David wich einen Schritt zurück, wobei er Zahars Kleidung und die Schuhe unter dem Gebüsch versteckte.

Zahar kniete nur mit der Hose bekleidet im Gras und warf den Kopf zurück. Als würde er einen lautlosen Schrei ausstoßen, riss er den Mund auf. Die verlängerten Eckzähne glitzerten im Mondlicht. Seine Muskeln nahmen an Volumen zu; die Krallen entwickelten sich, die Ohren wurden spitz, der Nasenrücken breiter. Seine Haut riss an den Schulterblättern ein und die Schwingen brachen hervor.

Stöhnend atmete Zahar aus. Die Umwandlung, die von knackenden Geräuschen begleitet wurde, bereitete ihm Schmerzen. Schnell kniete sich David vor ihn und drückte ihm die Hand auf den Mund, um die Laute zu dämpfen.

»Verzeih«, wisperte er und Zahar nickte leicht. Schwer atmend streckte er sich auf dem Rasen aus.

David fuhr ihm durchs Haar, wobei er die Hörnerstummel fühlte. »Ist es sehr schlimm für dich?«

»Es ist zu ertragen, nur die Schwingen bereiten die meiste Pein.« Er gähnte herzhaft.

»Dir fehlt Schlaf.« David machte sich Sorgen. Zahar würde schnell an Kraft verlieren und krank werden, wenn er nicht schlief. Das hatten sie in der Zukunftsvision gesehen. Zärtlichkeiten sollten sie vorerst unterlassen. Schnell zog er die Hand weg. Sobald sie zurück in London waren, würde er sich informieren, ob es einen Zauber oder ein Artefakt gab, das seine Fähigkeit fesselte und Zahars Fluch nicht aussaugte.

David warf einen Blick über den Busch. Bannister schien von der Verwandlung nichts bemerkt zu haben, denn er stand nach wie vor auf der Brücke und starrte hinunter ins Wasser.

»Witterst du Gefahr?«, fragte David leise.

Langsam richtete sich Zahar auf. »Die Grillen haben aufgehört zu zirpen und das Käuzchen schweigt ebenfalls. Sie haben meine Wandlung sicher mitbekommen.« Tief holte er Luft und schüttelte den Kopf. »Meine Sinne funktionieren noch nicht richtig, aber ich glaube, Dämonen sind nicht in der Nähe.« Erneut atmete er lang ein. »Das ist ein düsterer Ort. Die Unterweltler sind öfter hier. Sie hinterlassen einen fauligen Geruch, weil sie sich nicht waschen. Die meisten zumindest.«

David war froh, keinen derart ausgeprägten Geruchssinn zu haben. Wie musste es für Zahar erst in London stinken! Vielleicht sollte er das Stadthaus verkaufen und aufs Land ziehen. Dann wäre Zahar weg von Nuriel. Granny würde die Luft dort sicher auch besser bekommen; außerdem hätten sie keine Nachbarn in unmittelbarer Nähe. Sie wären ungestört ...

Ach, was für Gedanken! Als wären sie ein altes Ehepaar. Wenn David sich nur trauen würde, diese Themen anzusprechen! Eventuell fand sich auf der langen Heimreise eine Möglichkeit.

»Dann gehe ich jetzt«, sagte er. »Ich werde das Gespräch so kurz wie möglich halten.«

»Sei vorsichtig.«

Gemeinsam mit Zahar huschte er an den Grundstücken entlang bis zur Straße. David wollte ebenfalls die seitliche Treppe an der Brücke benutzen, damit Bannister ihn nicht gleich sah und vielleicht floh.

Während David die Brücke betrat, blieb Zahar im Aufgang zurück.

Bannister bemerkte David sofort und drehte ihm den Kopf zu. Er richtete sich erst auf, als David ihn ansprach: »Mr. Bannister? Ich möchte Sie etwas fragen.« Er versuchte, ruhig zu sprechen, aber als er dem Mörder seiner Eltern bis auf wenige Schritte gegenüberstand, gelang ihm das nicht.

»Was wollen Sie?« Bannisters Stimme klang nicht so ausdrucksstark wie auf der Exposition, sondern müde. »Wer sind Sie?«

»Mein Name ist David Elwood.«

»Elwood?« Bannister wirbelte herum und drückte sich mit dem Rücken gegen das Geländer. »Sie sind Thomas Elwoods Sohn!«

David ballte die Hände zu Fäusten. Wenn er einen Explosionszauber beherrschen würde, wäre der Kerl sicher nicht mehr am Leben. »Sie erinnern sich also.«

»Wie könnte ich nicht«, murmelte Bannister.

»Dann vergisst ein Mörder niemals, wen er getötet hat?«, fragte David gefährlich leise und versuchte Abstand zu wahren, obwohl Bannister keine Anstalten machte, ihn anzugreifen.

Der ließ den Kopf hängen und drehte ihm den Rücken zu. »Sind Sie gekommen, um Rache zu üben?«

David trat näher, blieb jedoch gut vier Schritte vom Geländer entfernt. »Ich möchte nur verstehen, warum meine Eltern sterben mussten.«

»Ihrer Mutter sollte nichts geschehen«, sagte Bannister kaum hörbar. »Ich wollte nur die Pläne. Aber diese Idioten, die ich angeheuert habe, haben es vermasselt.«

»Und mein Vater? Er musste sterben, damit Sie mit seiner glanzvollen Erfindung reich und berühmt werden!«

»Thomas hatte all das, was ich nicht hatte!«, rief er über die Schulter und senkte sofort wieder die Stimme. »Ich war eifersüchtig. Auf seinen Erfindergeist, seine Erfolge, seine wunderschöne Familie … auf sein ganzes Leben!«

»Sie kannten ihn persönlich? Sind Sie Magier?« Hastig wich David zurück. Vielleicht hatte Jules nicht alles gesehen. Deshalb bedrohte der Mann ihn mit keiner Waffe und zeigte keine Furcht – er konnte andere Mittel einsetzen!

Bannister drehte sich erneut herum. »Magier? Wovon reden Sie?«

Spielte der Kerl mit ihm? »Woher kannten Sie meinen Vater?«

»Von der Universität, wo er ab und zu Vorträge hielt. Wer kannte ihn nicht?«

David entspannte sich.

»Thomas hatte alles geschafft, wovon ich träumte. Sämtliche Ersparnisse habe ich in meine Forschungen gesteckt und alles verloren. Ich war ganz unten, lebte auf der Straße. Bis eines Tages der Teufel persönlich auftauchte und versprach, mir alles und noch viel mehr zurückzugeben, wenn ich ihm einen Gefallen tue.«

Bannister hatte gewiss nicht den Teufel getroffen, sondern einen Dämonenfürst. Die Unterwelt wurde von mehreren mächtigen Dämonen regiert, von denen jeder eigene Territorien besaß.

»Sie haben einen Pakt mit dem Teufel geschlossen?«, fragte David. Sein Herz raste. Jules hatte ihnen bereits das Wichtigste erzählt, aber es jetzt noch einmal vom Mörder persönlich zu hören, erschütterte ihn zutiefst. »Sie sollten ein Buch besorgen und meinen Vater töten?«

»Ja, und ich habe es bitter bereut.« Bannister hob den Kopf, schaute David jedoch nicht in die Augen. »Sie wissen nicht, wie es ist, ganz unten zu liegen und Dreck zu fressen.«

»Aber ich weiß wie es sich anfühlt, wenn einem das Liebste genommen wird!« David wollte dem Mann an die Gurgel gehen, ihn so lange würgen, bis er blau anlief – nur ein Funken Verstand hielt ihn zurück. Bannister war genug bestraft.

»Es ist Ihnen kein Trost, wenn ich sage, dass ich dieses neue Leben mehr als mein altes hasse. Ich bereue alles und würde es rückgängig machen, wenn ich könnte.«

Womöglich würde sich Bannister stellen? Dann fänden seine und Davids inneren Dämonen vielleicht Frieden.

Plötzlich nahm er eine Bewegung hinter Bannister wahr. Lichter näherten sich. Ein flaches Transportschiff fuhr über die Seine.

Bannister schaute über seine Schulter hinunter zum Fluss. »Ich schlafe nicht mehr, habe keinen Appetit und die Anhänger des Teufels spionieren mir nach.«

»Dann stellen Sie sich. Kommen Sie mit mir nach London und machen Sie eine Aussage bei der Polizei.«

Bannister lachte kalt auf. »Die würden mich ins Irrenhaus stecken, wenn ich Ihnen die Wahrheit erzähle.«

»Du bist heute sehr in Plauderlaune, Jonathan!«, rief jemand von rechts.

David schnappte nach Luft. Er hatte den großen Mann, der über die andere Seite der Brücke zu ihnen kam, nicht bemerkt. Weil er ganz in Schwarz gekleidet war. Er trug sogar einen Zylinder, den er tief in die Stirn gezogen hatte.

»Der Teufel persönlich!« Bannister drängte sich erneut ans Geländer.

Ein Dämon! David spürte die düstere Präsenz, die von ihm ausging. Er musste sehr mächtig sein, war vielleicht ein enger Vertrauter eines Fürsten. David erschauderte und es fühlte sich wie tausend kalte Spinnenbeine an, die über seinen Rücken krochen.

Knurrend verließ Zahar seine Deckung und stellte sich neben ihn.

»Ah, der Gargoyle. Ich hatte mich schon gefragt, wo er steckt.« Der Dämon grinste und entblößte perfekte Zähne, die unnatürlich weiß aussahen.

David reagierte sofort. Er holte die vier Schutzsteine aus der Manteltasche und verteilte sie in jeweils einer Körperlänge Abstand auf der Brücke. Als sie die Eckpunkte eines Quadrates bildeten, leuchteten sie schwach in einem lilafarbenen Licht auf. Im Kraftfeld waren sie geschützt. Nur konnten sie die Dämonen nicht bekämpfen. Wenn diese wollten, könnten sie David und Zahar an Ort und Stelle verhungern lassen.

»Nette Steinchen.« Der Dämon ging mit ausreichend Distanz um sie herum und beäugte sie interessiert.

»Was machen wir jetzt?«, wisperte David mit zitternder Stimme.

»Ich könnte ihn zerfleischen«, knurrte Zahar.

»Du wärst tot, bevor du ihn erreichst.«

Der Unterweltler blieb stehen und schaute sie unter gehobenen Brauen amüsiert an. »So ist es, Magier, so ist es.«

Der Dämon verspottete ihn! Und er hatte ein verdammt gutes Gehör.

»Aber vor mir musst du dich fürchten!«, rief David. »Ich beherrsche Sprüche, die dir die Haut vom Leib ziehen! Wenn ich du wäre, würde ich eilends verschwinden!«

Das giftige Lächeln des Unterweltler flackerte. Sofort materialisierte sich ein faustgroßer bläulicher Energieball in dessen Hand.

Verdammt.

Als der Dämon ausholte und das Geschoss warf, stellte sich Zahar blitzschnell vor David und umarmte ihn, um ihn mit seinem Körper zu schützen. Die Feuerkugel zerplatzte jedoch auf dem unsichtbaren Schild und hinterließ einen Funkenregen, der ihre Gestalten erhellte.

Wären die Steine nicht gewesen, hätte Zahar ein Loch im Rücken. David klammerte sich an ihn und auch Zahar ließ ihn nicht los. Sein Freund hätte sein Leben gegeben.

Sie schauten sich aus großen Augen an, bis sie erneut die Stimme des Dämons hörten: »Respekt, Magier.«

David atmete auf und ließ Zahar los. Der Unterweltler glaubte womöglich, er hätte diese Steine verzaubert. Wenn David die Karten richtig ausspielte, könnten sie heil nach Hause kommen. Möglichst beiläufig schob er eine Hand in seine Tasche und holte einen Zettel hervor. Darauf hatte er sich ein paar sehr einfache Zaubersprüche aus dem Buch »Grundlagen der Zauberei« von Joseph Schachtelhalm aufgeschrieben. David hatte die Sprüche nicht notiert, um Unterweltler fernzuhalten, sondern weil sie ihm nützlich erschienen. Sie würden keinen Dämon töten, ihn aber vielleicht glauben lassen, David könnte es, wenn er wollte. Im schwachen Mondlicht ließen sich die Buchstaben allerdings kaum entziffern.

»Lucent litterae«, wisperte er, woraufhin sie schwach aufleuchteten.

Der Dämon trat weiter zurück. Ein zweiter Feuerball erschien in seiner Hand, doch er schoss nicht, wartete wohl ab, was David vorhatte.

Bannister, der beinahe mit dem Geländer verschmolz, so sehr drängte er sich dagegen, sagte nichts, sondern starrte auf die Szene. Hinter ihm erkannte David nun das Schiff. Es war ein flaches Frachtboot, das langsam auf dem Fluss dahinglitt und bald unter der Brücke hindurchfahren würde.

David überflog seine Notizen. Was könnte ihnen jetzt helfen?

Er hatte einen Spruch für einen Schwebezauber zweiten Grades notiert, wie man einen anderen zum Niesen brachte, einen weiteren Zauber zur Erzeugung der Illusion eines Geräusches, einen zur Diebstahlverhinderung ...

Das waren Spielereien, einfache Übungen für den Anfang, bevor ein Magierschüler lernte, wie man kurzfristig seine Haarfarbe änderte, Kerzen entzündete, Liebeszauber anwendete, jemandem Pickel anhexte oder – jemanden lähmte. Ein Lähmungszauber! Gut, dass er sich den notiert hatte!

»Debilitato!«, rief er, richtete gleichzeitig die Handfläche auf den Gegner und legte all sein magisches Gespür in den Spruch.

Der Dämon holte aus und schleuderte die Feuerkugel erneut gegen den Schutzschild.

Davids Fingerspitzen kribbelten ein wenig – ansonsten geschah nichts.

Erneut verfluchte er sich, dass er der Zauberei in den letzten Jahren kaum Aufmerksamkeit geschenkt hatte. Außer einfache Suchzauber und Licht zu hexen hatte er nie viel Magie angewendet.

»Debilitato!« rief er erneut und vollführte seine Handbewegung.

Nichts.

Verdammt, das konnte doch nicht so schwer sein!

Vor Wut und Frust stiegen ihm Tränen in die Augen, während der Dämon laut auflachte.

»Und ich hatte beinahe geglaubt, deine miserablen Zauberkünste wären nur ein Gerücht. So ein schwacher Magier stellt keine Gefahr für uns dar. Niemals könnte jemand wie du die Arbeit deines Vaters fortführen. Niemals!«

David kochte innerlich. Seine nicht vorhandenen Fähigkeiten hatten sich bereits in der Unterwelt herumgesprochen. »Deswegen seid ihr hinter mir her, weil ihr dachtet, ich würde in die Fußstapfen meines Vaters treten?«

Der große Dämon kam auf sie zu. »Ja. Was für eine Zeitver...«

Plötzlich hörten sie einen dumpfen Aufschlag. Bannister war weg. Er hatte sich über das Geländer gestürzt!

Der Dämon rannte zur Brüstung und sprang hinterher.

David lief zur anderen Seite der Brücke und als das Boot hindurchfuhr, sah er Bannisters Gestalt mit verdrehten Gliedern auf dem Deck liegen. War er tot? Er bewegte sich nicht. Langsam breitete sich eine dunkle Pfütze unter seinem Kopf aus. Der Unterweltler hockte neben ihm und malte einen Kreis auf den Holzboden. Ein Portal entstand, in das er Bannister hineinzog.

Sie waren weg.

Zwei Männer liefen an Deck und riefen etwas auf Französisch, das David nicht verstand, weil er sich nicht mehr konzentrieren konnte. Sie entdeckten die Blutspur und redeten aufgeregt. Niemals würden sie erfahren, was passiert war, dass es Dämonen und Magier und andere mystische Wesen gab.

»Lass uns hier verschwinden«, sagte Zahar, der bereits die Steine einsammelte.

David stand zitternd und wie gelähmt am Geländer. Was war eben geschehen? »Bannister war auf der Brücke, um sich umzubringen«, murmelte er. »Oder er hat sich hinuntergestürzt, um uns zu retten.«

Zahar zog ihn mit sich. »Das glaubst du nicht im Ernst.«

David folgte seinem Freund schulterzuckend. Das Zittern wollte nicht aufhören. Ihm war übel und seine Blase drückte. In seinem Kopf ging alles drunter und drüber. »Hätte Bannister sich nicht … Niemals hätte ich uns retten können. Ich bin ein Versager.« Er ließ den Kopf hängen, doch Zahar hob sein Kinn und lächelte ihn an.

»Das hat uns gerettet!« Er wirkte überglücklich und kein bisschen verängstigt. »Jetzt lassen uns die Dämonen vielleicht in Ruhe. Sie brauchen dich nicht fürchten oder dass wir Gargoyles eines Tages nicht mehr versteinern, weil sie wissen, dass du den Fluch nicht brechen kannst.«

»Das kann ohnehin keiner, wenn Jules Recht behält«, erwiderte David und fasste nicht, wie einfach sie entkommen waren. Der Dämon gab sich mit seiner Unfähigkeit zufrieden? David könnte sich doch einen starken Zauberer als Verstärkung holen. Ob die Dämonen sie abgehört hatten, als Jules mit ihnen gesprochen hatte? Er sollte den Schriftsteller auf jeden Fall warnen und ihm einen Brief schreiben.

»Nun freu dich doch!« Zahar gab ihm einen Schubs.

»Wieso bist du so glücklich?«

»Weil du lebst. Das ist alles, was zählt.« Zahar drückte ihm rasch einen Kuss auf die Lippen und zog ihn weiter. »Lass uns schnell ins Hotel gehen, bevor es sich der Dämon anders überlegt.«

※

Zahar stand abseits im Foyer, während David den Zimmerschlüssel an der Rezeption besorgte. Gerade hatte er einen kurzen Brief an Jules aufgegeben und ihnen Fahrkarten gekauft. David wollte gleich zurück nach London reisen. Der letzte Nachtzug nach Calais fuhr in einer dreiviertel Stunde ab. Das machte Zahar nicht wirklich glücklich, denn er wollte nicht zurück, obwohl er dringend mit Nuriel sprechen musste. Aber der würde ihm nur wieder hinterherschnüffeln und ihm den Umgang mit David verbieten. Doch David war keine Gefahr, bestimmt nicht! Im Gegenteil …

Als er mit dem Schlüssel kam, hielt er einen Zettel in der Hand.
»Was ist das?« Zahar lugte über seine Schulter.
»Ein Telegramm von Granny. Sie schreibt, dass ich auf keinen Fall das Amulett ablegen soll.«
Das Amulett! »Wir müssen es gleich suchen.«
David nickte.
»Ob deine Großmutter geahnt hat, was heute Nacht passiert?«
»Sie macht sich eben Sorgen«, antwortete David, während sie das Treppenhaus betraten.

In ihrer Suite angekommen, begann Zahar sofort die Koffer zu packen. David ging ins Badezimmer, um das Amulett zu suchen.
»Lass bitte die Tür offen«, rief ihm Zahar hinterher. »Damit ich mitbekomme, wenn Gefahr in Verzug ist.«
Er hörte David glucksen. »Ja, Granny.«
»Hast du die Kette gefunden?«
»Ja, ich sehe sie! Liegt im Abfluss.«
»Kommst du hin?« Zahar warf einen Blick durch die geöffnete Badezimmertür. Er sah David von hinten an der Wanne stehen.
»Kein Problem.«
Zahar atmete auf. Die Kette war da, welch ein Segen! Nun konnte nichts mehr passieren.
Vorsichtig legte er Socken, Hemden und Hosen in ihre Koffer,

153

damit nichts zerknitterte. Er wollte bei David Eindruck machen; er sollte ihn nicht für einen Wilden halten.

Während Zahar vor der Tür hin und her huschte, bis er all ihre Sachen eingesammelt hatte, wunderte er sich, dass David nichts tat, sondern sich lediglich mit beiden Händen auf dem Wannenrand abstützte.

Zahar grinste. »Drückst du dich vor der Arbeit?«

Keine Antwort.

Er nahm Davids Mantel an sich, der auf dem Bett lag, und ein Buch purzelte heraus. Es fiel auf die Matratze. Kein Wunder, dass der Mantel so schwer war, bei all den Dingen, die David bei sich trug.

Zahar nahm das in rotes Leder gebundene Büchlein und schlug es auf. Das mussten die geheimen Aufzeichnungen sein, denn Zahar konnte den Text nicht lesen. Die Reihenfolge der Buchstaben ergab keinen Sinn, nicht einmal ein bekanntes Wort. Die Skizzen sah Zahar hingegen. Da gab es Drachen, Menschenfrauen und detaillierte Zeichnungen von der Anatomie der Gargoyles: Krallen, die Knochenstruktur der Schwingen, die Fangzähne …

»Ich habe alles gepackt, wir können los!«, rief er und schob das Notizbuch zurück in die Manteltasche.

Immer noch befand sich David im angrenzenden Raum. Es war seltsam still. Ob eine Spinne den Abfluss für sich beanspruchte und David sich nicht traute, die Kette herauszuziehen? »Ist alles in Ordnung?« Zahar betrat das Badezimmer.

Da richtete sich David auf und drehte sich zu ihm um. Seine Augen leuchteten und ein breites Grinsen erfüllte sein Gesicht. »Wirst du mir einen Gefallen tun, wenn wir zurück in London sind?«

»Gerne.« Was hatte David? So seltsam hatte er noch nie gelächelt.

»Könntest du dir vorstellen, zu deinem Klan zurückzukehren, um dir ein Weibchen zu suchen?«

»Bitte?« Er musste sich verhört haben.

»Sie haben dich nicht verstoßen, korrekt? Du könntest zurück.«

»Ja, aber … Kannst du das mit dem Weibchen wiederholen?« Der irre Glanz in Davids Augen machte ihm allmählich Angst. Und wovon sprach er nur? »Du weißt, dass mich Weibchen nicht interessieren.«

»Ich brauche ein Gargoyle-Baby. Ein Junges, frisch geboren, das außerhalb des Mutterleibes noch nicht in den Steinschlaf gefallen ist.«

Zahar schüttelte den Kopf und fuhr sich durchs Haar. »Ich kann dir nicht folgen.«

»Ich spreche von einer neuen Rasse. Mit deiner Hilfe kann ich sie erschaffen und die Dämonen werden ihr nichts entgegenzusetzen haben. Ich brauche nur ein Gargoylekind.« David stellte sich dicht vor ihn. »Den Gefallen wirst du mir doch tun, oder? Ich weiß, dass du starke Gefühle für mich hegst, und ich werde deine Nähe ertragen, wenn du mir eine Gegenleistung dafür bringst.«

Zahars Magen zog sich zusammen. David würde seine Nähe ... ertragen? Erneut sah er die Vision, die Jules ihnen gezeigt hatte: David, der mit einer Klinge an Nuriels Horn schabte und seinen Vater, der ihm Blut abnahm.

David wollte an den Inhalt des Buches gelangen, um das Werk seines Vaters zu vollenden! Dabei handelte es sich gewiss um irgendein perverses Vorhaben, dem Nuriel und Zuhra beinahe zum Opfer gefallen wären. Es ging nicht um den Fluch, sondern um viel mehr!

»D-du hast mich belogen. Die ganze Zeit!« Zahars Stimme brach. »Ich war nur Mittel zum Zweck.«

»Du hättest doch sicher nichts dagegen bei der Erschaffung einer Rasse mitzuwirken, die den Dämonen ein für alle Mal den Garaus macht. Im Gegenzug darfst du all die abscheulichen, verbotenen Dinge mit mir tun.«

Abscheulich? Zahar schluckte. »Ich dachte, du liebst mich«, wisperte er. Sein Herz verkrampfte sich, Tränen schossen ihm in die Augen. Hatte er sich wirklich so in David getäuscht? Hatte er ihm nur etwas vorgespielt? »So kenne ich dich nicht. Das bist nicht du, der da spricht.«

»Und wie ich das bin. Niemals habe ich mich lebendiger gefühlt!« David fasste ihm an die Schultern. »Du und ich. Wir werden berühmt werden. Natürlich müssen wir dafür Opfer bringen. Du hast Jules gehört; es wird uns nicht gelingen, den Fluch zu brechen, aber eine neue Rasse können wir hervorbringen. Medizin, Wissenschaft und Magie werden sich vereinen, um ein Wesen zu erschaffen, wie es die Welt noch nie gesehen hat.«

Zahar blieb die Luft weg. »Du bist Schriftsteller, David. Das Schreiben ist deine Leidenschaft! Das dachte ich zumindest ...«

Jules hatte nicht sehen können, was heute geschehen würde. Hatte es David geschafft, seinen Geist vor dem Magier zu verschließen?

Zahar schaute in den großen Badezimmerspiegel. Seine Fänge waren gefletscht, sein Gesicht vor Wut und Schmerz verzerrt. Wie in der Vision. Erst jetzt bemerkte er, dass seine Krallen ausgefahren waren und er knurrte. Wenn er nicht bald von hier wegkam, würde er David vielleicht verletzen!

Schlagartig wich Zahar zurück. Er musste nach London, musste zu Nuriel, um zu erfahren, was damals passiert war und was David mit der Sache zu tun hatte. Falls er es überhaupt so weit schaffte. Zahar wusste nicht, wie er das Erlebte verarbeiten sollte. David hatte ihn ausgenutzt!

Sein Herz blutete. Er wollte nur noch sterben. Blindlings stürmte er aus dem Hotel und rannte durch die Nacht, so weit weg von David wie er konnte.

※

Zahar hatte David nicht aus den Augen lassen können. Nachdem er über den Dächern der Stadt durch halb Paris gesegelt war, hatte ihn sein Weg unbewusst zum Bahnhof geführt. Bald hatte er David gewittert und war ihm zum Zug gefolgt. Immerhin hatte Zahar seiner Großmutter versprochen, auf ihn aufzupassen. Außerdem musste er selbst nach London, da konnte er denselben Zug nehmen wie dieser, dieser … Zahar fand kein passendes Wort für den Mann, den er geliebt hatte. Den er immer noch liebte, so sehr, dass er glaubte vor Schmerz zu sterben. Wenn ein Gargoyle liebte, dann intensiv und für alle Ewigkeit. Das wurde ihm jetzt so richtig bewusst.

Als blinder Passagier fuhr er im Gepäckabteil mit, versteckt zwischen Koffern und Paketen. Vor Kummer hatte er sein Hemd zerrissen sowie den Mantel abgeworfen und trug nur die Hose. Kein Mensch sollte ihn zu Gesicht bekommen.

Zahar wusste nicht, wie viel Zeit bereits vergangen war – für ihn kam es wie Stunden vor. Die Einsamkeit und das Rattern des Wagons machten ihn wahnsinnig. Ununterbrochen spielte er die Szene im Badezimmer durch und wurde verzweifelter und trauriger, je mehr er darüber nachdachte. David und er hatten so viel zusammen erlebt.

Schöne Stunden voller Leidenschaft und Freundschaft. Das konnte doch nicht gespielt gewesen sein! Ihre intensiven Gespräche, Jules Visionen über ihre gemeinsame Zukunft … Zahar hatte David jahrelang beobachtet. Er war nicht so, wie er ihn eben erlebt hatte.

Wütend rammte er seine Hörner gegen eine Holzkiste, bis sein Kopfschmerz den Schmerz seines Herzens überdeckte.

Nein, es hatte keinen Sinn sich zu verletzen. Er brauchte Gewissheit! Was, wenn es nicht David gewesen war, den er gesehen hatte? Doch dieser Mann hatte wie er gerochen, deshalb schloss Zahar einen Dämon, der ihn täuschen wollte, aus.

Seufzend kroch er aus seinem Versteck und schob die schwere Tür des Wagens auf. Er rauschte an Bäumen, die wie schwarze Ungetüme in den Nachthimmel ragten, vorbei. Was, wenn David in Gefahr war? Oder ein Dämon ihn längst … Zahar musste noch einmal zu ihm, musste ihn sehen, mit ihm reden. Er trieb seine Krallen in die Außenwand und kletterte aufs Dach. Der kühle Fahrtwind riss an seinen Schwingen und Rauch der Lokomotive drang in seine Lungen. Wie eine riesige Schlange wand sich die Bahn durch einen Wald, die Dächer vom Mondlicht erhellt. Zahar hustete Ruß aus und lief in geduckter Haltung über den Zug, die Krallen ins Dach getrieben, um vom Fahrtwind nicht hinuntergeweht zu werden. Er sprang von einem Wagen auf den anderen, schaute immer wieder kopfüber in die Fenster, bis er in einem geschlossenen Abteil David entdeckte. Er lag auf der Sitzbank und schlief. Ein Arm hing herunter, in der anderen Hand hielt er das Notizbuch an seinen Bauch gedrückt. Es war aufgeschlagen.

Hinter Zahars Brustbein zog es schmerzhaft. David konnte es wohl kaum erwarten, die Arbeit seines Vaters fortzuführen. Er sah erschöpft aus, Schatten hingen unter seinen Augen, die Lider waren gerötet.

Zahars Klauen gruben sich in die Außenwand. David hatte geweint. Er wirkte so traurig und unschuldig, wie er da lag. Aber das täuschte. Wenigstens war David in Sicherheit. In allen Ecken der geschlossenen Kabine lagen Kristalle, die Tür schien verriegelt. David hatte sich erneut entschieden, eine der teuren Einzelkabinen zu nehmen, wo sie beide ungestört gewesen wären.

Wie schön war es gewesen, sich ein Leben an der Seite dieses Mannes zu erträumen. Seine Zukunft platzte wie eine Seifenblase.

Zahar wollte sich eben zurückziehen, als eine Träne über Davids Wange kullerte.

Verdammt, er konnte ihn nicht traurig sehen! Und warum weinte er? Weil ihn sein Versuchsobjekt verlassen hatte?

Die Szene im Badezimmer kam ihm immer irrealer vor. Er musste diese kranken Pläne noch einmal aus Davids Mund hören oder er würde ewig zweifeln. An sich, seinem Verstand, an allem.

Langsam schob er das Fenster hoch. Es quietschte.

David setzte sich abrupt auf, starrte ihn an. »Ich bin so froh, dass du da bist!« Das Buch rutschte zu Boden, doch David beachtete es nicht.

Zahar sprang in die Kabine und schloss das Fenster. »Ich bin nicht hier, um dein Versuchsobjekt zu werden«, sagte er halb knurrend.

David schüttelte den Kopf. Als er aufstand, liefen neue Tränen über sein Gesicht. »Das war nicht ich, der zu dir gesprochen hat. Der Geist meines Vaters ist in mich eingedrungen. Jetzt ist er weg, dank des Amuletts.«

Der Geist seines Vaters? Was für eine hanebüchene Ausrede! »Ich will es sehen.« Zahars Herz schlug schneller vor Hoffnung, dennoch blieb er skeptisch.

David zog den Anhänger aus dem Kragen seines Hemdes. »Bitte glaube mir. Nichts, was ich gesagt habe, stammte von mir.«

Zahar musterte ihn. Seine Augen besaßen nicht diesen irren Glanz wie zuvor. Da erinnerte sich Zahar an Jules Vernes Worte: *Ich habe keinen Zugang zu seinem Geist.*

Wie dumm von ihm! Was, wenn das wirklich nicht David gewesen war? »Du hast nie vom Geist deines Vaters gesprochen.«

»Ich wusste nichts von ihm!«

»Erzähl mir alles.«

David setzte sich und Zahar nahm auf der Bank gegenüber Platz.

»Als wir im Hotel ankamen, wirktest du wie immer auf mich.«

»Das war ich«, sagte David. »Es passierte, als ich ins Badezimmer ging, um die Kette zu suchen. Ich hatte sie im Abfluss gesehen und wollte mich gerade nach ihr bücken, da spürte ich, wie etwas in mich fuhr und meinen Atem aus den Lungen presste. Ich wollte Luft holen und konnte es nicht. Eine Männerstimme erklang in meinem Kopf und redete auf mich ein. Ich wollte nach dir rufen, zu dir laufen, konnte mich aber weder bewegen noch sprechen.«

»Was hat die Stimme dir gesagt?«, fragte Zahar. Er zitterte vor Aufregung.

»Dass ich keine Angst haben brauche. *Ich bin es, dein Vater,* hat sie ständig wiederholt. Jetzt wird alles gut.« David stützte die Ellbogen auf seine Oberschenkel. »Ich habe gefühlt und gesehen, was er erlebt hat und für Pläne schmiedete. Es war grauenvoll! Du hast ja mitbekommen, was er von uns verlangt hat! Ich wollte nach dem Amulett greifen, aber Vater verbot es mir.«

»Es schützt dich wohl vor mehr als nur Dämonen.«

David nickte. »Erinnerst du dich an Grannys Telegramm?«

»Ja, sie riet dir, die Kette nicht abzulegen.«

»Granny darf mir einiges erklären. Sie muss gewusst haben, dass Vaters Geist unter uns weilt.«

»Ob sie seine Pläne kannte?« Zahar fühlte sich leicht wie eine Feder. Er sprach mit dem David, den er kannte. Wie froh er war, nach ihm gesehen zu haben. In seinem Kopf erschien das Bild, das Jules ihnen gezeigt hatte, wie sie sich als alte Männer im Bett die Hände gereicht hatten. Zwar konnte sich die Zukunft ständig ändern, aber Zahar wollte an diesem Bild festhalten. Genau so sollte es kommen.

David seufzte. »Ich weiß nichts mehr. Mein Leben steht auf dem Kopf, alles bricht unter mir weg.«

Du hast mich, wollte Zahar sagen, fragte stattdessen: »Wie bist du seinen Geist losgeworden?«

»Nachdem du aus dem Badezimmer gestürmt bist, hatte ich all meinen Willen gesammelt. Dich derart verletzt zu sehen, hat mich fast umgebracht. Als du mich fragtest, ob ich dich liebe, wollte ich Ja schreien, konnte jedoch nicht.«

»Du liebst mich?« Zahars Herz machte einen Satz.

»Ich glaube, ich habe mich schon in dich verliebt, als du mich vom Fenster weggezogen hast und ich auf dich fiel.«

Zahar wusste nicht, was er dazu sagen sollte. Dieses Geständnis machte ihn zum glücklichsten Gargoyle auf der ganzen Welt. Er wollte David seine Liebe ebenfalls gestehen, allerdings war seine Zunge wie gelähmt.

Wohl um das peinliche Schweigen zu beenden, fuhr David fort:

»Nachdem ich es geschafft hatte, die Kette aus dem Abfluss zu ziehen, gehörte mein Körper sofort mir. Aber du warst weg und ich dachte, ich sehe dich nie wieder.«

Als David aufschluchzte, setzte sich Zahar schnell neben ihn und zog ihn in seine Arme. »Ich werde mich nicht mehr so schnell täuschen lassen«, versprach er. »Bloß klang das alles so überzeugend, vor allem, weil ich wusste, dass du deinem Vater geholfen hast bei seinen Experimenten.«

David klammerte sich fest an ihn. »Ich kann mich wirklich an nichts erinnern.«

Zahar glaubte ihm. »Gibt es einen Zauber, der das Vergessen rückgängig machen kann?« Zärtlich strich er David durchs Haar und genoss seine Nähe, erleichtert darüber, dass sich alles zum Guten gewendet hatte.

»Ich glaube schon. Nur weiß ich nicht, ob ich das möchte.«

༺ ༻

Die Reise bis Calais verlief ohne Zwischenfälle. Da David den Koffer mit Zahars Sachen dabei hatte, konnte er ihn neu einkleiden. Schuhe waren allerdings nur die mit dem herausgeschnittenem Sohlenstück übrig. Zahar mochte diese ohnehin lieber. Gemeinsam begannen sie, die Aufzeichnungen während der Zugfahrt zu entschlüsseln, hielten jedoch Abstand voneinander. Zahar war müde und fühlte sich schwach, weil er nicht geschlafen hatte.

David legte das Buch bald zur Seite. Plötzlich wollte er nicht mehr wissen, was für Gräueltaten sein Vater begangen hatte. Da David von Jules wusste, dass es in diesem Jahrhundert keine Lösung für das Problem der Gargoyles gab, brauchte er sich die Aufzeichnungen nicht weiter antun. Dennoch war er froh, diese Reise mit Zahar gemacht zu haben. Sie hatte so viel Licht in sein und Zahars Leben gebracht, so viel Erkenntnis. Lieber kannte er die Wahrheit. Er wusste, welche Motive hinter dem Mord an seinen Eltern steckten und konnte endlich damit abschließen. Bannister war tot, die Dämonen ließen sie hoffentlich in Ruhe ... Nur der Geist seines Vaters bereitete ihm Magenschmerzen.

Beim Morgengrauen, nachdem sie in der Küstenstadt ein Zimmer genommen hatten, verwandelte sich Zahar sofort zu Stein, ebenso seine Kleidung, was mit dem Fluch zusammenhing, wie David jetzt wusste. Vater hatte das im Buch erwähnt.

Erschöpft legte David sich ins Bett.

Am Abend ging ihre Reise weiter, über den Ärmelkanal und mit dem Zug zurück nach London. Keine Dämonen belästigten sie und Vaters Geist machte sich ebenfalls nicht bemerkbar. Aber hatte David ihn jemals bemerkt? Er erinnerte sich an unheimliches Knarzen im Haus, schlurfende Schritte und andere Geräusche, die ihn besonders nachts geängstigt hatten. Vielleicht war das nicht allein Zahar gewesen.

⁂

Um drei Uhr morgens waren sie in London angekommen. Zahar brachte David bis zu seinem Haus. Er würde seiner Großmutter berichten, was sich mit dem Geist seines Vaters zugetragen hatte.

Zahar wollte sofort zu Nuriel gehen. »Ich würde dich mitnehmen, wenn ich könnte«, sagte er, als sie im düsteren Treppenhaus standen und sich flüsternd verabschiedeten. »Aber ich darf dir nicht zeigen, wo sich mein Klan versteckt. Das hat nichts damit zu tun, dass ich dir nicht vertraue.«

»Schon gut, geh nur. Ich möchte dich auch nicht in Schwierigkeiten bringen.« David streichelte über seine Wange. »Ich weiß außerdem längst, wo sich deine Brüder und Schwestern aufhalten.«

Zahar war schockiert. »Der Geist deines Vaters. Er hat mich verfolgt!«

David nickte. »Ich kannte all seine Gedanken, als er in meinem Körper steckte. Das Meiste habe ich vergessen, nur das fiel mir eben wieder ein. Sie leben ...«

»Pst, sag es nicht.« Nuriel hatte seine Ohren überall und wenn der herausfand, was David erfahren hatte ... »Ist denn ein Geist nicht an Personen oder Orte gebunden?« Zahar kannte sich mit diesen Wesen nicht so gut aus.

»Poltergeister sind an Personen oder Orte gebunden, aber Vater ist ein Verstorbener, dessen Seele keine Ruhe findet. Er ging nicht ins Licht, weil er denkt, noch etwas Wichtiges erfüllen oder mitteilen zu müssen. Diese Seelen können sich frei bewegen.«

»Wir müssen ihn irgendwie loswerden!« Die Worte schossen aus ihm, bevor er nachgedacht hatte. »Tut mir leid.« Er sprach immerhin von Davids Vater. »Nur stell dir vor, er gelangt in den Körper eines anderen, mit dem er seine Pläne realisiert, dann weiß er, wo er uns findet!« Zahar mochte sich nicht ausmalen, was das bedeuten könnte. Auch wenn er selbst kein Teil des Klans mehr war, wollte er nicht, dass seinen Brüdern und Schwestern etwas zustieß.

»Schon gut, du hast völlig recht. Darüber werde ich mit Granny sprechen. Und nun geh, du hast nicht mehr viel Zeit.«

Zahar küsste ihn kurz, aber tief. David wollte mehr, das spürte er deutlich, er wollte ihn intensiver fühlen – doch dann würde Zahar wieder nicht schlafen. Verdammter Fluch!

»Ich bin bis zum Morgengrauen zurück.« Hastig entledigte er sich des Mantels und der Schuhe, David half ihm wie immer beim Hemd. Zahar brauchte Bewegungsfreiheit, wenn er schnell sein wollte.

Er verließ das Haus auf der Rückseite und kletterte im Schutz der Dunkelheit auf das Dach. Von dort segelte er über Straßen und Gassen. Er fühlte sich bei Kräften und konnte es kaum erwarten, Nuriel über die damaligen Ereignisse in Mr. Elwoods Labor auszufragen. Außerdem wussten sie immer noch nicht, wer die Pläne an die Dämonen verraten hatte. Ob Nuriel mehr Ahnung hatte?

Zuerst wollte Zahar sehen, ob er Nuriel in seinem zugeteilten Gebiet nördlich des Hyde Parks fand, ansonsten musste er in den Untergrund, wo der Klan in unbenutzten und vergessenen Bauschächten der Metropolitan Railway lebte. Die unterirdische Linie wurde erst vor vier Jahren eröffnet. Die Strecke führte von der Bishop's Road bis zur Farringdon Street. Der Lärm der Dampflokomotiven und ratternden Wagons war bestimmt nicht angenehm, dennoch schien das Versteck für seine Brüder und Schwestern perfekt zu sein. Zuvor hatten sie in und auf verschiedenen Gebäuden wie zum Beispiel dem Tower of London, der Tower Bridge, Westminster Abbey oder der Southwark Cathedral ihren Steinschlaf gehalten. Dort saßen sie heute noch, aber gerade die Jungen waren unter der Erde sicherer.

Zahar hatte das neue Zuhause seiner Bruderschaft nie betreten, kannte jedoch den Standort, da er Nuriel einmal gefolgt war. Er verspürte auch nicht den Wunsch, in ihre Welt, die nicht mehr die seine war, einzudringen. Das Kapitel »Klan« war abgeschlossen. David war jetzt sein Bruder, mehr noch: sein Seelenverwandter.

Zahar hockte sich auf den Sims eines der höchsten Dächer im Stadtteil Paddington und nahm Witterung auf. Nuriel und sein Weibchen Zuhra waren vor Kurzem hier vorbeigekommen. Zahar folgte ihrem Duft und segelte vom Dach in einen kleinen Park, der sich zwischen zwei Straßen befand. Nuriel musste sich hier öfter aufhalten, denn sein Geruch war übermächtig.

Plötzlich packte ihn jemand an der Schulter und wirbelte ihn herum.

»Was suchst du hier?« Nuriel. Seine nackte, muskulöse Brust ragte bedrohlich vor Zahars Nase auf. »Ich dachte, du hast London den Rücken gekehrt?«

※

David entzündete eine Kerze und eilte die Treppen nach oben. Er musste in Erfahrung bringen, ob Granny über Vaters Geist Bescheid wusste. Vorsichtig öffnete er die Tür zu ihrem Schlafzimmer. Granny schlummerte friedlich und schnarchte leise. Ihre grauen Haare hatte sie zu einem Zopf gebunden; auf dem Kopf trug sie eine Haube. Sanft rüttelte David sie an der Schulter. »Grandma«, sagte er und seine Stimme klang erschreckend laut in der Stille des Hauses. Zu ihrem Glück war Tante Abigail schwerhörig, denn er wollte sie nicht wecken. Sie bewohnte das Gästezimmer am Ende des Ganges.

»Junge«, murmelte Granny, als sich ihre Lider zitternd öffneten. »Ich bin so froh, dass du wieder da bist.«

David half ihr sich aufzusetzen und stopfte ihr ein großes Kissen hinter den Rücken. »Es tut mir leid, dass ich dich wecke, doch wir müssen dringend miteinander reden.« Er hockte sich auf einen Sessel gegenüber des Bettes und erzählte ihr in Kurzform, was sich auf der Reise zugetragen hatte. Sein intimes Verhältnis mit Zahar erwähnte er nicht. Seine Großmutter sollte nichts davon erfahren. Niemand sollte es wissen. So war es am besten.

»Ich hatte schon befürchtet, dass Thomas dir bis nach Paris folgt.« Granny sah blass aus.

David wollte sie nicht beunruhigen, aber das Thema war zu wichtig. »Wir müssen darüber reden.«

Sie nickte. »Lass uns in die Küche gehen. Ich brauche einen kräftigen Tee, um wach zu werden. Dort werde ich dir alles erzählen.«

◈

»Ich weiß nun, was du gegen mich hast«, sagte Zahar zu Nuriel, der ihn am Arm festhielt. Zahar schüttelte seine Hand ab. »Du hast es mir übelgenommen, dass ich David gerettet habe. Du – ein Gargoyle! Wo es uns ein Grundbedürfnis ist, Menschen zu beschützen.«

»Du hast ja keine Ahnung«, knurrte Nuriel. »Diese Familie stellte eine Gefahr für uns dar!«

»Ich weiß sehr wohl, wovon du sprichst, deshalb bin ich hergekommen.«

Zuhra trat aus dem Schatten der Bäume. Sie sah nicht mehr ganz so dünn aus wie vor einem halben Jahr, als er sie zuletzt getroffen hatte. Ihr langes schwarzes Haar fiel bis über ihre Brüste. Darüber kreuzten sich breite Lederträger, die einen kurzen Rock hielten. Sie lächelte matt und umarmte ihn. »Ich freue mich, dass es dir gutgeht.«

Zahar war überrascht. Niemals zuvor hatte Zuhra das getan!

Nuriel riss sie von ihm fort und knurrte leise. Eine Warnung, dass sich sein Weibchen von Zahar fernhalten sollte.

»Ich weiß alles«, sagte er in festem Ton. Er wusste *fast* alles, den Rest wollte er herausfinden. »Die Dämonen haben Zuhra in die Unterwelt entführt.« Das hatte in Thomas Elwoods Buch gestanden. Daraufhin hatte er die Forschungen abgebrochen, seine Gedanken und Ideen jedoch weiterhin notiert. David und er hatten diese kranken Fantasien nicht weiter entschlüsseln wollen.

Zuhra zuckte zusammen. »Wer hat dir das gesagt?« Rasch schaute sie zu Nuriel und senkte die Lider.

»Das ist eine lange Geschichte, die ich euch gerne einmal erzähle. Aber zuerst muss ich wissen, ob ihr den Maulwurf kennt. Irgendjemand muss den Dämonen erzählt haben, was Thomas Elwood vorhat. Außerdem wussten sie, dass wir nach Paris wollten!«

Nuriel fletschte die Fänge. »Von uns war es niemand. Und jetzt verschwinde! Wie kannst du es wagen hier aufzukreuzen! Zuhra hat genug mitgemacht. Ich will davon nichts mehr hören!«

»Es war der Kobold«, sagte sie leise. »Und …«

»Was?« Nuriel starrte sie an, als hörte er das zum ersten Mal. »Welcher Kobold?«

Tief durchatmend hob sie den Kopf. »Er hauste bei Thomas im Labor, bis er ihn vor die Tür gesetzt hat. Um sich zu rächen, hat er alles an die Dämonen verraten. Ich habe davon gehört, als ich … in der Unterwelt war.«

Nuriel knurrte. »Wo ist diese Kröte? Ich bringe sie um!«

»Das hab ich längst getan«, erwiderte Zuhra. Eine Träne löste sich und lief über ihre Wange.

Nuriel riss sein Weibchen in die Arme und zischte über ihre Schulter: »Geh endlich, Zahar! Du machst alles nur schlimmer.«

Zahar hatte seine Antwort bekommen, dennoch konnte er sich nicht bewegen. Er starrte auf den großen Kämpfer, der sein Weibchen festhielt, es streichelte und ihm sanfte Worte ins Ohr flüsterte. Zuhra wirkte immer noch schwach – was sie ganz früher nicht gewesen war. Die Zeit in der Unterwelt musste sie gebrochen haben, so verunsichert und eingeschüchtert wie sie war.

»Wieso hast du so viele Geheimnisse vor mir?«, fragte Nuriel sie.

»Weil … ich mich schuldig fühle an Thomas' Tod.« Zuhra schluchzte auf.

»Er war ein Mittelsmann, ein Freund unseres Klans, und hat unser Vertrauen missbraucht«, knurrte Nuriel. »Du musst dich nicht schuldig fühlen, er hat es nicht anders verdient.«

»Er wollte uns doch nichts Böses!«

»Hast du alles vergessen?«, rief Nuriel und rüttelte an Zuhras Schultern.

Als sie erneut in Tränen ausbrach, riss Nuriel sie wieder an sich und schaute Zahar böse an.

»Wieso hast du keinem erzählt, was sich zugetragen hat?«, fragte Zahar und kam sich schrecklich vor, Zeuge von Zuhras Elend zu sein.

Nuriel schloss die Augen. »Ich wollte nicht, dass unser Klanführer Zuhra befragt. Sie hat schon genug gelitten.«

»Ich habe unser Junges verloren«, wisperte sie und löste sich sanft aus Nuriels Armen.

»Schweig! Du musst ihm nichts erzählen.« Er sah sie mit einer

Mischung aus Wut und Besorgnis an.

»Ich muss endlich mit jemandem darüber reden, Nuriel. Du willst nichts davon hören, nie kann ich mit dir darüber sprechen, aber das macht es nicht besser!«

»Das tut mir sehr leid«, sagte Zahar mit belegter Stimme. Deshalb war Nuriel so wütend! Sie hatten ihr Kind verloren. »Ich wusste nicht, dass ...« Er senkte den Kopf. »Ich werde euch nie mehr belästigen.« Wenn er das geahnt hätte – niemals hätte er Zuhra damit konfrontiert. »Es ist vorbei. Ihr braucht keine Angst mehr zu haben. Der Fluch kann nicht gebrochen werden und David wird die Experimente seines Vaters auch nicht fortführen.«

»Davon muss ich mich selbst überzeugen«, erwiderte Nuriel nun ruhiger. »Wir kommen mit dir zu deinem Menschen.«

༄

David schenkte Granny den frisch aufgebrühten Tee ein und setzte sich neben sie an den Küchentisch. Sehnsüchtig schaute er zum Fenster, vor dem es dunkel und still war. Wo blieb Zahar? In einer Stunde ging die Sonne auf. Es war bereits halb vier vorbei.

Granny nahm schlürfend einen Schluck und stellte die Tasse auf den Tisch. David hatte sich ebenfalls Tee eingegossen, trank jedoch nicht, sondern legte seine klammen Finger um das heiße Porzellan.

»Du hast also über Vaters Geist Bescheid gewusst«, begann er und starrte auf die Maserung des alten Holztisches. »Deshalb hast du mir das Telegramm geschickt.«

Granny legte ihre Hand auf seinen Arm. »Ich hatte befürchtet, dass Thomas eines Tages deinen Körper übernehmen möchte, daher riet ich dir, immer das Amulett zu tragen.«

»Es beschützt mich also nicht nur vor Dämonen.«

»Es beschützt den Träger vor jeder Kraft, die ihm Böses will. Leider nicht vor bösen Menschen.«

David schluckte. »Vater ist also ... böse?«

Granny schüttelte lächelnd den Kopf. »Weißt du, Thomas war kein böser Mensch, im Gegenteil. Er wollte den Magiern helfen, sie vor Bedrohungen der Dunkelelfen und Dämonen beschützen. Ja, er war teilweise fanatisch und besessen von seiner Arbeit, egal was er anpackte, aber er war gewiss kein schlechter Mensch.«

»Als er in mir war, fand ich seine Gedanken erschreckend!« Nie würde David vergessen, was Vater gesagt hatte: *Ich werde diese Abscheulichkeiten ertragen* ... Und die Aufzeichnungen sprachen ebenfalls nicht für ihn.

»Nach seinem Tod«, fuhr Granny fort, »konnte er nicht ins Licht gehen, weil seine Arbeit für ihn nicht abgeschlossen war. Da Thomas diese Fähigkeit hatte, negative Energien zu absorbieren ...«

David schnappte nach Luft. »Er hatte dieselbe Fähigkeit wie ich?«

»Sie hat sich dir offenbart?« Granny schaute ihn aus großen Augen an. »Wir waren uns sicher, dass du ...« Sie stockte.

»Dass ich unfähig bin? Kein richtiger Magier?«, sagte David leise und starrte in seine Tasse. »Ich war selbst sehr überrascht.«

Sanft tätschelte Gran seinen Arm. »Du hast eben andere Talente, wie das Schreiben. Du bist ein sehr kluger Junge.« Sie beugte sich näher zu ihm. »Aber wieso hast du nie erwähnt, solch eine außergewöhnliche Gabe zu besitzen?«

Weil ich sie erst durch Zahar entdeckt habe, als wir ... »Ich weiß es auch erst seit Paris.« David räusperte sich und wechselte lieber das Thema. »Warum hast du mir nie von Vaters Geist oder seiner Fähigkeit erzählt?«

»Ich wollte dich nicht mit der Vergangenheit belasten. Dich vergessen lassen.« Sie seufzte laut auf, bevor sie einen weiteren Schluck von ihrem Tee nahm.

Vergessen lassen ... »Du hast also den Vergessenszauber auf mich gelegt?«

Ihre Tasse landete scheppernd auf dem Tisch. »Woher weißt du davon?«

Er hatte Jules versprochen, nichts über dessen Fähigkeiten zu erzählen. »Wir haben in Paris einen Magier kennengelernt, der das dank seiner Gabe sehen konnte.«

»Ich wollte nur dein Bestes, Junge.« Granny wirkte unglücklich. Tiefe Falten hatten sich auf ihrer Stirn gebildet.

Lächelnd erwiderte er: »Mach dir darüber keine Gedanken. Das weiß ich doch. Ich bin dir nicht böse.« Ernster fuhr er fort: »Was, wenn du meine Erinnerungen nicht blockiert hättest ... Wäre ich so geworden wie Vater? Hätte ich seine Experimente weitergeführt?

Habe ich vielleicht schon so gedacht wie er?«

Sie schüttelte den Kopf. »Nein, du fühltest dich nicht gut bei dem, was Thomas dir auftrug. Das war ein weiterer Grund, warum ich dich vergessen ließ.«

Seine Albträume ... Ob ihn darin die Vergangenheit einholte? Wobei – seit Zahar bei ihm war, ging es ihm merklich besser.

Seine Großmutter starrte in ihre Tasse und seufzte leise.

»Erzähl bitte weiter, Granny«, forderte David sie behutsam auf. Er war zu neugierig.

»Hm. Ja.« Ihre Hand zitterte, als sie sich eine Haarsträhne aus dem Gesicht strich und unter die Haube stopfte. »Anfangs wusste ich nicht, was Thomas hier hielt und was er vorhatte. Was mir egal war. Mein Thomas war bei mir.«

Ihr Verlust war dadurch wohl besser zu ertragen gewesen. »Wieso habe ich Vater nie gesehen?«

»Nicht alle Menschen besitzen die Fähigkeit, Geister zu sehen. Das ist eine Gabe, die mir mein Großvater vererbt hat.«

»Ist Vater jetzt hier?«, wisperte David und schaute sich in der Küche um. Plötzlich hatte er das Gefühl, beobachtet zu werden. In seinem Nacken kribbelte es.

»Ja, seit eben.«

David zuckte ungewollt zusammen. »Wo ist er?«

»Thomas steht hinter dir.«

Langsam drehte er sich um. Er konnte niemanden sehen ... Du liebe Güte, hatte er beobachtet, wie Zahar und er sich geliebt hatten? Und hatte er Granny davon erzählt?

David räusperte sich. »Hat Vater dir berichtet, was in Paris passiert ist?«

Granny schmunzelte. »Seit Tagen spricht er nicht mehr mit mir, weil er missgestimmt ist. Es ärgert ihn, dass sein Plan nicht funktioniert hat.«

David versuchte so zu tun, als würde er nichts von Vaters Anwesenheit wissen, was ihm schwer gelang.

Granny nippte am Tee und nahm ihr Gespräch wieder auf. »Erst zeigte er sich mir selten. Dafür schlich er immer um dich herum. Damals gab ich dir auch das Amulett. Ich wollte nicht, dass er sich irgendwie mit dir in Verbindung setzt. Der Mord hatte dich verstört.

Du solltest zu einem normalen Leben zurückfinden. Da wandte Thomas sich an mich. Wir haben viel geredet und ich war glücklich, ihn bei mir zu haben. Nach und nach erfuhr ich von seinen wahren Plänen, was die Gargoyles betraf. Thomas wollte warten, bis du alt genug bist, um alles zu verstehen und seine Arbeit mit ihm fortzuführen.« Sie seufzte erneut und trank den Rest aus ihrer Tasse.

David stand auf, holte die Kanne vom Ofen und schenkte Granny nach.

»Er veränderte sich. Was wohl mit derselben Gabe zusammenhängt, die du auch besitzt. Damit ein Geist existieren kann, braucht er Energie. Die holte sich Thomas erst von mir, doch er hat mich förmlich ausgesaugt. Ich fühlte mich nur noch schwach und gereizt.«

David erinnerte sich an die übel gelaunte Granny, die ihm angedroht hatte, ihn in einen Gnom zu verwandeln, wenn er nicht auf sie hörte.

Sie kicherte. »Jetzt ist er wieder weg. Er mag nicht, wenn ich schlecht über ihn spreche.«

David atmete auf.

»Als ich mich vor ihm schützte ...« Aus dem Kragen ihres Morgenrockes zog sie eine Kette mit einem Anhänger, auf dem Runen eingraviert waren, »hat er wohl sämtliche dunkle Energie seiner Umgebung absorbiert und sich dadurch zum Negativen verändert.« Seufzend setzte sie nach einer kurzen Pause hinzu: »Es ist wohl an der Zeit, ihn ins Licht zu führen. Jetzt, wo ich die Hintergründe seines Mordes kenne, kann ich ihn endlich ziehen lassen.«

Plötzlich ging die Küchentür auf und Zahar kam herein. Mit ihm betraten zwei weitere Gargoyles die Küche, die so groß waren, dass sie sich ducken mussten, um durch den Rahmen zu passen. Ihre Schwingen hatten sie fest am Körper angelegt, um nichts umzuwerfen. Als David das Männchen im Lendenschurz und das schwarzhaarige Weibchen sah, durchfuhr ein Stich seinen Kopf und ein Bild flackerte auf, dasselbe, das Jules ihm gezeigt hatte: wie er an dem Horn schabte. Der riesige Gargoyle hieß ...

»Nuriel! Zuhra!« Granny erhob sich und nickte ihnen zu. »Und schön, auch dich zu sehen, Zahar.«

Alle drei senkten zur Begrüßung die Köpfe.

»Gut, dass ihr hier seid.« Granny schlurfte zur Tür. »Dann können wir alle in den Keller gehen und die Sache beenden.«

»Welche Sache?«, knurrte Nuriel.

Zuhras Gesicht verlor sämtliche Farbe. »In den Keller?«

Granny schaute sich erst um, bevor sie erwiderte: »Wir werden Thomas' Geist ins Jenseits schicken.«

»Thomas' Geist?« Nuriel zog die buschigen Brauen zusammen und starrte Zahar an. Der zuckte mit den Schultern und erwiderte: »Erzähle ich euch später.«

»Ist er immer noch weg?«, fragte David seine Großmutter, als sie die Treppen zum Keller nahmen und er sie am Arm hielt.

Sie nickte. »Thomas ist bestimmt im Labor. Da steckt er meistens. Um ihn auf die andere Seite zu bringen, müssen wir ihn Glauben machen, seine Arbeit fortzuführen. Ihr müsst alle mitspielen.«

Hinter ihnen gingen Zahar, Zuhra und Nuriel und füllten mit ihren großen Körpern den schmalen Treppenabgang aus. Ihre eingezogenen Schwingen streiften die Wand, die alten Stufen knarzten unter ihrem Gewicht.

David hatte den Weinkeller als Kind gerne betreten, um die fast unsichtbare Tür zu suchen, die hinter einer Regalwand versteckt lag. Heute kannte er natürlich den Zugang zum Labor und fand nichts Geheimnisvolles mehr daran.

»Kann er uns aus dem Jenseits nicht schaden, wenn er erfährt, dass wir ihn reingelegt haben?«, fragte Zahar über Davids Schulter.

Vor der Kellertür angekommen, drehte Granny sich zu ihnen um. »Wir werden ihn nicht anlügen. Nur die Wahrheit ein wenig verbiegen.« Sie lächelte traurig. »Ich muss ihn endlich loslassen, bevor alles aus dem Ruder läuft.«

◈

Während Großmutter alles vorbereitete, erzählte Zahar, was er herausgefunden hatte. »Der Maulwurf war ein Kobold.«

»Barnaby?« Granny schaute in seine Richtung. »Ich habe gewusst, dass er Ärger machen wird, aber Thomas wollte das nicht hören.«

Plötzlich flog ein Stapel Papiere in die Luft. Die einzelnen Blätter segelten durch den halben Raum.

Nuriel riss Zuhra an sich und knurrte leise.

David hielt den Atem an. War Vater das gewesen?

Granny drehte sich um, die Hände in die Hüften gestemmt. »Du hattest einen Narren gefressen an dieser Pestwurz! Ich habe dich gewarnt, mein Sohn.« Sie verteilte im Labor Räucherstäbchen, die sie mit einem gemurmelten »Incendo« entflammte und wandte sich wieder ihnen zu. »Erst als Barnaby anfing, seine Forschungen zu behindern, hat Thomas ihn rausgeworfen.«

Sie standen alle auf einem freien Fleck zusammen und warteten, bis Granny mit den Vorbereitungen fertig war. Vergilbte Glühbirnen flackerten über ihren Köpfen und die Generatoren erzeugten ein leises Brummen. Vater hatte sich riesige Batterien gebastelt, die heute noch ihren Dienst taten. Allerdings reichte der Strom nur für den Keller. Spinnweben hingen in den Ecken, eine Staubschicht bedeckte Papiere, Bücher, seltsame Geräte, Phiolen und Reagenzgläser.

Zuhra klammerte sich an Nuriel, der sie fest im Arm hielt, sich ständig umschaute und schnüffelte.

Zahar rieb sich über die Nase. Der Qualm juckte wohl.

»Wozu sind die Räucherstäbchen, Granny?«

»Um Thomas' Geist für euch sichtbar zu machen. Der Rauch haftet an seiner energetischen Hülle.« Sie wedelte mit den Händen, bis ein grauer Dunst den Raum erfüllte.

Schlagartig fiel David ein, dass sie nicht allein im Haus waren. Nur gut, dass seine Tante wie ein Murmeltier schlief, dazu getrennt durch einige Etagen. Sie würde von alldem nichts mitbekommen. »Kennt Tante Abigail Vaters Geist?«

»Außer euch weiß niemand davon. Und so soll es bleiben.« Granny atmete tief durch und schaute sie der Reihe nach an. »Beginnen wir.« Nachdem sie einen lateinischen Vers gemurmelt hatte, der, soweit David das verstanden hatte »Geist zeige dich uns« bedeutete, sagte sie laut und deutlich: »Wir sind hier versammelt, um uns von dir zu verabschieden, Thomas.«

Eine nervenaufreibende Stille breitete sich aus. Alle schienen die Luft anzuhalten und starrten in die Mitte des Labors, wo ein großer Tisch stand. Vaters Arbeitsplatz. Ein Mikroskop befand sich darauf. Bewegte es sich ganz leicht?

Plötzlich verrutschte der Stuhl, als würde er vom Tisch weggerissen. Seine Beine hinterließen eine Spur auf dem staubigen Boden.

Als zu allem Überfluss das Licht heftig flackerte, griff David nach Zahars Hand, ließ sie jedoch schnell wieder los. Zahar rückte näher zu ihm und drückte eine Schwinge leicht gegen seinen Rücken. Sofort fühlte sich David besser, obwohl sein Herz raste und ihm kalter Schweiß über den Rücken lief. Neugier und Angst wechselten sich ab und brachten sein Gefühlsleben völlig durcheinander. Er zwinkerte, da er glaubte, im Rauch die Umrisse einer Gestalt zu erkennen. Langsam nahmen die verschwommenen Konturen Form an und es dauerte nicht lange, da stand ein durchsichtiger Mann vor dem Tisch.

Vater!

Es war seltsam, ihm nach all den Jahren zu begegnen. David wusste nicht, ob er sich vor ihm fürchten oder sich freuen sollte, ihn noch einmal zu erblicken. Er trug denselben Anzug wie in der Mordnacht und sah auch sonst genauso aus, wie David ihn in Erinnerung hatte.

Die anderen bemerkten ihn ebenfalls, denn ein leises Raunen erklang.

Granny ging auf die Geistererscheinung zu und blieb vor ihr stehen. »Deine ruhelose Zeit ist vorbei, Thomas. Dein Mörder ist gefunden und hat seine Strafe bekommen. Er ist tot.«

Vater redete, doch David hörte ihn nicht.

Granny drehte sich zu ihnen um. »Er möchte, dass du sein Werk vollendest, David. Wie er sieht, hast du Nuriel und Zuhra dabei. Das freut ihn sehr.«

David räusperte sich. Seine Stimme klang trotzdem belegt, als er sagte: »Alles wird jetzt in Ordnung kommen, Vater.«

Der Rauch sammelte sich an der gegenüberliegenden Wand und bildete einen Strudel. Gran deutete darauf. »Geh ins Licht, Thomas. Charlotte wartet dort auf dich. Sie vermisst dich. Wir kümmern uns hier um alles.«

Dort in dem Strudel wartete seine Mutter? David wünschte, er könnte sie sehen. Wärme erfüllte seine Brust und er glaubte, ihr Rosenparfüm zu riechen. Ja, sie war hier! Seine Sicht verschwamm. Er vermisste sie so sehr.

Lächelnd schaute Vater in den Wirbel, dann deutete er auf Zuhra.

Sie zuckte zusammen.

Granny wandte sich an das Weibchen, das immer noch von Nuriel gehalten wurde. »Thomas möchte wissen, ob du ein Junges bekommst.«
»Ja ... ja, ich bekomme ein Junges«, erwiderte Zuhra und nickte mehrmals. Ihre Augen glänzten, als sie mit zitternden Händen über ihren Bauch strich.
Nuriel blickte zu Boden und zog seine Partnerin fester zu sich.
»Lies meine Aufzeichnungen, mein Sohn. Darin steht alles«, übersetzte Granny.
David nickte. Ein Kloß im Hals hinderte ihn an einer Antwort. Er würde das Buch lesen. Nicht heute und nicht morgen, aber irgendwann, wenn er sich bereit dazu fühlte.
Vater lächelte und David war sich sicher, dasselbe irre Funkeln in seinen rauchigen Iriden zu erkennen wie damals im Badezimmer, als er sich im Spiegel erblickt hatte.
Die Rauchgestalt glitt auf den Wirbel zu, drehte sich, verschmolz mit ihm – bis sie verschwunden war. Die Spirale löste sich auf.
David starrte auf Granny. Sie stand am Tisch, die Finger um die Kante gekrallt, und ließ den Kopf hängen. Dann atmete sie auf und drehte sich traurig lächelnd zu ihnen. »Es ist vorbei.«
Zuhra schluchzte auf.
»Das war zu viel für dich«, bemerkte Nuriel mit einer Stimme, die ungewöhnlich weich für einen Gargoyle klang.
»Nein«, erwiderte sie hastig. »Es tut gut, damit abzuschließen. Endlich ist alles vorbei, nach so langer Zeit.« Sie schmiegte sich an Nuriels muskulöse Brust und schloss die Augen.
Das war es also? Granny redet ein wenig, zeigt Vater das Licht und er geht hinein? David begriff nicht, dass es so schnell gegangen war. Und so einfach. Vielleicht hatten sie das der Anwesenheit der Gargoyles zu verdanken. Vater musste tatsächlich geglaubt haben, sie wären hergekommen, um die Forschungen wieder aufzunehmen.
»Du hast hervorragend mitgespielt«, sagte Nuriel zu seiner Gefährtin. »Ich habe beinahe selbst geglaubt, du ...« Er räusperte sich und fuhr sich durch sein zotteliges Haar. »Wir müssen los. Der Morgen rückt näher.«
Zuhra fasste nach seiner Hand. »Das war nicht gespielt.«
»Du meinst ...« Nuriel stieß die Luft aus. »Wir ... bekommen ...«
Sie nickte, wobei ihre Mundwinkel zuckten.

»Das ist großartig!« Stürmisch küsste er sie und drehte sich mit ihr herum, sodass eine Menge Staub aufgewirbelt wurde und einige Reagenzgläser klirrend zu Boden fielen.

Zuzusehen, wie sich der harte, kämpferische Gargoyle, den David aus Zahars Erzählungen eher weniger sanftmütig in Erinnerung hatte, derart freute, zauberte nicht nur ihm ein Lächeln. Zahar grinste und gratulierte den beiden.

Daraufhin ließ Nuriel sein Weibchen los und setzte wieder eine ernste Miene auf, allerdings war sie weniger griesgrämig als sonst.

Zuhra lächelte unsicher. »Ich bin so glücklich, dass nun alles vorbei ist. Ich war schon froh, als die Dämonen mich nicht mehr belästigten, aber jetzt ...«

»Was hast du eben gesagt?« Nuriels Brauen zogen sich zusammen. »Du sprichst von der Sache in der Unterwelt, oder?«

»Nein.« Sie richtete sich zu voller Größe auf, schaute ihren Partner jedoch nicht an. »Ich wollte es dir zuvor im Park schon sagen, doch du hast mich unterbrochen. Endlich sollst du die Wahrheit erfahren, denn ich kann nicht länger mit meiner Lüge leben.«

»Sprich deutlich, Weib!« Von seiner Verliebtheit war nichts mehr zu erkennen.

Zuhra zupfte an ihrem Lederkleid und bohrte eine Kralle in ein kleines Loch am Saum. »Nicht nur der Kobold trägt Schuld an den tragischen Ereignissen. Ich habe die Dämonen all die Jahre mit Informationen versorgt.«

»Was?«, riefen Zahar und Nuriel unisono.

Auch David schluckte.

Zuhra trat vor Zahar, der sie mit offenem Mund anstarrte.

»Ich ... es ... tut mir so leid, Zahar!« Sie schüttelte den Kopf, Tränen schwammen in ihren Augen. »Ich habe den Dämonen gesagt, dass du London verlässt, in der Hoffnung, sie würden David nun in Ruhe lassen. Immer wieder habe ich beteuert, dass er nicht nach seinem Vater kommt. Ich wusste ja nicht, dass ihr beide nach Paris reist und sie euch dort auflauern!«

David traute seinen Ohren kaum. Ihretwegen hatten diese verdammten Unterweltler sie verfolgt?

»Du hast was?« Nuriel rüttelte sie an den Schultern. »Warum? Und wieso wusste ich nichts davon?«

»Denkst du, ich wollte das?« Sie zitterte heftig. »Ich konnte es dir nicht sagen und jetzt wirst du mich verstoßen. Aber ich werde es dir nicht verübeln. Du bist verpflichtet, das dem Klan zu melden.« Nachdem sie sich von ihm losgerissen hatte, rannte sie zur Tür, blieb jedoch davor stehen und drehte ihnen den Rücken zu.

»Warum konntest du es mir nicht sagen?« Nuriels Stimme war kaum mehr als ein Hauch.

»Wenn du dich eingemischt hättest, dann hätten sie dich getötet. Sie haben mich erpresst und dazu gezwungen.« Zuhra wirbelte herum. Ihr Gesicht war tränenüberströmt. »Nachdem der Kobold geredet hatte, entführten sie mich, als wir auf unserer nächtlichen Tour eine Weile getrennt waren. Sie müssen uns beobachtet und unsere Fährten auspioniert haben. Ich sprang direkt in eines ihrer Portale, als ich von einem Hausdach segelte.« Zuhra gab einen stockenden Seufzer von sich. »Fünf Tage war ich in der Unterwelt gefangen, eingepfercht in einem winzigen Käfig. Die Tage vergingen wie Monate. Ich konnte nicht schlafen, obwohl ich unendlich müde war. Der Steinschlaf wollte nicht kommen. Dadurch wurde ich immer schwächer.«

David wusste, was es für Auswirkungen hatte, wenn Zahar nicht schlief – aber fünf Tage! Es war ein Wunder, dass Zuhra das überlebt hatte.

»Als ich fast nicht mehr konnte, haben sie begonnen, mich zu foltern.« Zuhra schloss die Lider und atmete tief ein. »Sie haben mich in den Bauch getreten, weil sie wussten, dass ich ein Junges bekam.«

»Ich will das nicht hören!«, brüllte Nuriel. Der starke Krieger verkraftete es wohl nicht, sein Weibchen nicht hatte retten zu können. David konnte ihn verstehen. Er sah die Qual in seinem Gesicht.

Zuhras Augen blitzten. »Ich muss endlich erzählen, was mir widerfahren ist! Wenn du das nicht hören willst, geh!«

Nuriel starrte sie an, die Hände zu Fäusten geballt. Seine Klauen mussten sich in seine Handflächen gebohrt haben, denn Blut tropfte auf den Boden. Der große Gargoyle bewegte sich nicht, aber seine angelegten Schwingen bebten.

»Sie wollten alles über Thomas' Forschungen wissen und über den Steinfluch. Als ich ihnen sagte, dass Thomas den Fluch nicht brechen kann, erschien auf einmal dieser Kobold und forderte mich auf, über die Experimente zu erzählen. Ich wollte nichts sagen, wirklich …«

Zuhra ließ den Kopf hängen. Ihre Krallen hatten den Saum des Lederkleids zwischenzeitlich an einigen Stellen zerfetzt. »Ich fühle mich schuldig. Das hat Thomas nicht verdient. Er wollte uns nichts Böses, sondern uns von diesem verdammten Fluch heilen!«

»Und was ist mit dem Wesen, das er erschaffen wollte? Er brauchte unser Baby!«, rief Nuriel, blieb jedoch an seinem Platz.

»Nur wenige Tropfen Blut!«

»Weißt du das so genau?« Nuriel knurrte. »Thomas hat unser Vertrauen mit Füßen getreten, das Vertrauen des Klans. Er war ein Mittelsmann und hat das zu seinem Vorteil benutzt.«

»Er war ein Mittelsmann?«, fragte Granny zurückhaltend. Sie war bleich um die Nase. »Das wusste ich nicht.«

David war ebenfalls überrascht. Daher war anscheinend der Kontakt zustande gekommen.

Nuriel nickte. »Er musste einen Eid schwören und durfte es niemandem verraten. Unser Klanführer gab mir den Auftrag, Thomas zu fragen, ob er den Steinfluch brechen könnte. Wir wussten, welch großartiger Wissenschaftler und engagierter Magier er war und setzten all unsere Hoffnung in ihn. Die er leider missbraucht hat.«

»So schlimm war mein Sohn nicht«, sagte Granny. Auch sie weinte. David ging zu ihr und legte einen Arm um sie.

»Wir waren für ihn Versuchsobjekte. Er hat uns wie Tiere behandelt.« Nuriel knurrte erneut und warf einen raschen Blick auf Zuhra, die weiterhin an der Tür stand.

»Mein Sohn hatte eine Gabe, die ihn zuweilen unbeherrscht machte«, erklärte Granny. »Während er hier unten arbeitete, trug er sein Amulett nicht, das ihn vor schädlichen Einflüssen bewahrte. Er hatte Angst, es zu beschädigen, während er zauberte und experimentierte.«

»Eine Gabe?« Nuriel fletschte die Fänge. »Ich habe ihn als einen Mann mit zwei Gesichtern kennengelernt. Schnell bemerkte er, dass er den Fluch nicht von uns nehmen kann. Da kam er auf die Idee, ein neues Wesen zu erschaffen, einen Gargoyle, der nicht versteinerte, eine neue Rasse im Kampf gegen Dämonen und Dunkelelfen. Thomas sagte, ein Buch hätte ihn dazu inspiriert.«

Frankenstein! David schluckte und hielt sich krampfhaft an Granny fest. Das durfte nicht wahr sein. David hatte das Buch gelesen. Vater hatte es ihm ans Herz gelegt. Das war einen Monat bevor er gestorben war.

»Ich fand die Idee erst nicht schlecht und stimmte zu, dass er uns Blut abnahm und Gewebeproben untersuchte, aber nachdem er von Zuhras Schwangerschaft erfahren hatte, interessierte ihn nur noch unser Junges! Als Zuhra jedoch verschwand, brach er die Experimente sofort ab.« Nuriel schaute erneut zu ihr.

»Der verdammte Kobold hat gewusst, dass Thomas weitere Pläne verfolgte«, sagte sie. »Aber er hat nicht mehr alles mitbekommen. Also holten sie jede noch so kleine Information aus mir heraus, schlugen mich weiter, obwohl ich ihnen längst alles gestanden hatte. Da erzählte ich ihnen in meiner Verzweiflung von den Plänen des Kühlschrankes, über den Thomas uns vorgeschwärmt hat.«

Und so haben sie zwei Fliegen mit einer Klappe geschlagen. David dachte an Bannister, den sie damit geködert hatten, damit er die Drecksarbeit erledigte. Zusätzlich erleichterte ihn diese Information, denn das bedeutete, die Dämonen hatten Jules nicht belauscht. Er war in Sicherheit. David musste ihm erneut schreiben. Der Dämon auf der Brücke hatte nicht vom Fluch allein gesprochen, sondern von den anderen Experimenten. Daher war er so schnell verschwunden, weil er gewusst hatte, dass David tatsächlich keine Gefahr darstellte.

»Ich habe so viel Blut verloren und schließlich unser Junges.« Aufschluchzend sank Zuhra mit dem Rücken gegen die Tür.

Nuriel war sofort bei ihr, um sie in seine Arme zu ziehen. Sie weinte bittere Tränen und wirkte so verzweifelt, dass David sie am liebsten auch umarmt hätte. Zahar neben ihm ging es wohl ähnlich. Er schaute die beiden hilflos an.

»Ich flehte sie an, dir nichts zu tun, denn ich hörte sie reden, dass sie dich auch abfangen wollten. Sie sagten, sie würden mich am Leben lassen, wenn ich sie weiterhin mit Informationen versorge und falls nicht, würden sie dich töten.« Zuhra klammerte sich fest an Nuriel. »Also tat ich es, traf mich einmal in der Woche an einem geheimen Ort mit einem Dämon. Ich hatte so große Angst, dich auch zu verlieren.«

Kommentarlos streichelte Nuriel über ihre Schwingen, das Gesicht wie versteinert, die Lider zusammengepresst.

»Ich wurde nicht wieder schwanger, weil ich nicht bereit dazu war und zu große Angst hatte, das Kind noch einmal zu verlieren. Doch plötzlich klappte es doch, ein Junges kündigte sich an. Ich weiß nicht, wie sie es herausfanden, aber sie sagten, sie würden es erneut töten, wenn ich versage. Daher ging ich sofort zu ihnen, als Zahar die Stadt verließ. Es tut mir so leid!«

Eine Träne lief über Nuriels Wange. Hinter Zuhras Rücken ballte er die Hände zu Fäusten. »Ich werde sie alle umbringen!«, knurrte er.

David erkannte, dass er sein Weibchen niemals verstoßen könnte. Dazu war ihr geistiges und emotionales Band zu eng.

»Bitte halte dich von ihnen fern, Nuriel.«

»Diese Unterweltler haben uns belogen und so viel Leid zugefügt. Das lasse ich nicht auf sich beruhen! Ich hätte fühlen müssen, dass da etwas hakt, als sie dich zurückbrachten.« Er drehte den Kopf zu Zahar. »Unsere ganze Rasse würde ausgelöscht werden, falls Thomas es schafft, den Fluch zu brechen, haben sie gesagt. Wie dumm ich war, wieso sollten unsere Feinde uns warnen? Doch ich war so schockiert über Zuhras Verletzungen und glücklich, sie wieder bei mir zu haben, dass ich Thomas nie mehr besuchte.«

»Jetzt ist alles vorbei. Lass uns einen Schlussstrich ziehen.« Zuhra löste sich von ihm und zog an seiner Hand. »Wir müssen außerdem los. Es wird hell.«

Granny trat zu ihnen. »Vielen Dank für eure Hilfe. Wenn ich einmal etwas für euch tun kann, lasst es mich wissen.«

Zuhra und Nuriel neigten die Köpfe zum Abschied. »Alles, aber wirklich alles, was gerade passiert ist und gesprochen wurde, wird diesen Raum niemals verlassen«, sagte er.

David hatte geahnt, dass Nuriel seinem Klan die Wahrheit vorenthalten würde. Er liebte seine Partnerin wohl sehr.

»So soll es sein«, erwiderte Granny. »Alles Gute für euch und euer Junges.«

Zahar kam zu ihnen, um sich ebenfalls zu verabschieden.

»Du bist jederzeit in unserem Revier willkommen«, sagte Nuriel. Keinerlei Traurigkeit oder Verzweiflung lagen mehr in seinem Blick; er war äußerlich wieder der unerschütterliche Krieger.

Zuhra lächelte Zahar an. »Außerdem schuldest du uns noch ein Gespräch.«

»Ich werde euch bald aufsuchen«, versprach Zahar. Er wirkte erleichtert. Die alte Fehde zwischen ihm und Nuriel schien beendet.

Nachdem Zuhra und Nuriel das Haus verlassen hatten, brachte David Granny nach oben in die Küche, weil sie nach all den Strapazen einen extrastarken Tee brauchte.

»Kann ich dich kurz allein lassen?«, fragte er und schielte zu Zahar, der an der Tür stand. »Ich bin gleich wieder zurück.«

Sie nickte gedankenversunken, während sie am Ofen hantierte.

David eilte mit Zahar auf sein Zimmer. Dort umarmten sie sich, stahlen sich gegenseitig einen Kuss und hielten sich fest. Leider währte der innige Moment zu kurz, denn die Sonne stieg über den Horizont.

Zahar hockte sich in eine Ecke des Raumes und lächelte David an, bevor er versteinerte.

6 Jahre später

Zahar folgte der Fährte des kleinen Mädchens. Ihr Duft leuchtete ihm wie ein rosafarbenes Band den Weg durch die Nacht. Die Kleine war vor vier Stunden weggelaufen, als der Vater sie geschimpft hatte. Der Mensch, bei dem Zahar Unterschlupf gefunden hatte, erzählte ihm davon. Das Kind lebte ein Haus weiter. Seine Mutter hatte aufgeregt bei ihm vor der Tür gestanden, in der Hoffnung, er wüsste, wo sie steckt.

Eine Turmuhr in der Ferne schlug Mitternacht. Zahar gelangte in einen verwilderten Hinterhof. Dort endete die Spur zu seinen Füßen, zwischen Büschen, Bäumen und zerbrochenen Holzbrettern, die am Boden lagen. Hier roch es besonders stark nach dem Mädchen.

Der Duft modrigen Wassers beleidigte seine Nase. Ein alter Brunnenschacht! Hastig riss Zahar die morschen Balken zur Seite und starrte in das schwarze Loch. Dort hinein konnte er trotz seiner an die Dunkelheit angepassten Augen kaum sehen. Er machte lediglich einen hellen Fleck aus.

Rosa Nebel waberten ihm entgegen, aber auch der Duft der Furcht. Dieser zeigte sich Zahar als graue Schleier. Das Mädchen lebte; er hörte es zitternd einatmen und wimmern.

»Hab keine Angst«, sagte Zahar, wobei seine Stimme an den feuchten Wänden abprallte und ein schauriges Echo erzeugte. »Ich werde dich herausholen und nach Hause bringen.«

Behutsam kletterte er die bemoosten Wände des Steinschachtes nach unten. Er durfte nicht abrutschen; er könnte auf das Mädchen fallen. Der Brunnen war eng.

Unten angekommen schlug ihm Kälte entgegen. Bis zu den Knöcheln stand er im eisigen Wasser. In dieser Pfütze kauerte das Mädchen. Sie zitterte und schaute ihn aus großen Augen an.

»Bist du ein Engel?«, fragte sie leise.

Zahar hockte sich zu ihr. »So etwas Ähnliches.«

Im Dunkeln tastete sie nach ihm und schlang ihre eiskalten Ärmchen um seinen Nacken. Sie trug nur ein durchnässtes Nachthemd und musste dringend ins Warme.

»Halte dich gut fest.« Zahar schlug die Krallen in den Stein und kletterte geschwind nach oben, rannte mit dem Kind auf seinem Arm durch die Hinterhöfe und Gärten, bis er die Rückseite des Stadthauses erreichte, in dem die Kleine lebte. An der Küchentür setzte er sie ab und klopfte.

Jetzt konnte ihn das Mädchen zum ersten Mal sehen, da mattes Licht durch

das Fenster genau auf seine Gestalt fiel.
Ihre Kulleraugen weiteten sich.
Hinter der Tür hörte er eilende Schritte. Er musste gehen, bevor sie ihn entdeckten. *»Lauf nicht wieder weg, hörst du?«*
Sie nickte langsam.
Nachdem er sich umgedreht hatte, um in den Schatten zu verschwinden, hörte er die Kleine rufen: »Danke, Fledermausmann«, und ein warmes Gefühl breitete sich in seiner Brust aus. Das war es, wofür er lebte ...

Der Fledermausmann ... Ob David seinem neuesten Buch diesen Titel geben sollte? Es handelte von einem maskierten Helden in einem Cape und einer Kopfbedeckung mit spitzen Ohren. Nur für die Krallen brauchte er noch eine Erklärung.

Sein Fledermausmann hatte bereits Kätzchen von Bäumen geholt, nächtliche Spaziergänger vor Überfällen bewahrt und Einbrecher aufgespürt. Tatsächlich schrieb David Zahars Erlebnisse auf. Die Geschichte mit dem Mädchen hatte sich letzte Woche ereignet, bevor sie London verlassen hatten, um ein paar Tage auf dem Land zu verbringen. David hatte vor zwei Jahren, kurz nach Grannys Tod, ein gemütliches Cottage wenige Meilen außerhalb der Stadt gekauft. Granny war friedlich eingeschlafen und jetzt mit ihrem Sohn vereint.

Das Geld für das Cottage stammte aus dem Verkauf der Rechte der wirtschaftlichen Nutzung des Patentes von Vaters ammoniakfreiem Kühlschrank. Sollten andere Unternehmer Vaters Entwicklung weiterführen. Die Menschen hatten das Recht auf einen Kühlschrank, der keine giftigen Gase produzierte.

Die Polizei hatte Bannisters Leiche flussabwärts gefunden. Anscheinend hatte die Unterwelt ihn wieder ausgespuckt, nachdem die Dämonen seinen Tod feststellten und er ihnen nicht mehr von Nutzen war. Die Ordnungshüter hatten Bannisters Heim regelrecht auseinandergenommen und einen Abschiedsbrief entdeckt, in dem er alles gestand, selbst den Pakt mit dem Teufel. Die Behörden hielten ihn für geisteskrank und sämtliche Rechte fielen an David.

Er lehnte sich in seinem Stuhl zurück und schaute aus dem Fenster. Der Morgen graute, Nebel waberte über die Felder. Leise quietschte die Eingangstür. Zahar kam von seiner nächtlichen Tour zurück. Als Gargoyle konnte er eben nicht aus seiner Haut. Er musste jemanden beschützen, und da David im Moment relativ sicher war, suchte er sich andere Aufgaben.

Schon legten sich kräftige Hände auf Davids Schultern und massierten sie.

»Hmm, das tut gut.« Er hatte die halbe Nacht geschrieben und sich ein wenig im Zaubern versucht, wie er es stets tat, wenn Zahar unterwegs war. Seine magischen Fähigkeiten hatten sich immens verbessert, was er nie für möglich gehalten hätte. Im Cottage fand er die nötige Ruhe, tagsüber zu schlafen, ohne vom Lärm der Stadt gestört zu werden. Für jedes neue Buch zog er sich für ein paar Tage oder sogar Wochen hierher zurück. »Gibt es Neuigkeiten aus London?«

»Nichts.« Zahar drückte die Nase in Davids Haar und atmete tief ein.

»Hast du Nuriel getroffen?«

»Nur Zuhra. Sie macht sich wie immer Sorgen.«

Seitdem Nuriel im Labor erfahren hatte, was seinem Weibchen in der Unterwelt tatsächlich zugestoßen war und wozu die Dämonen sie getrieben hatten, war er erfüllt von Rache. Er erledigte jeden Unterweltler, der ihm zwischen die Klauen kam. Zuhra hatte Angst um ihn, konnte ihn aber nicht davon abhalten. Seit ihr Junges nicht mehr gesäugt wurde und die enge Bindung der Eltern verlassen hatte, um vom Klan aufgezogen zu werden, war Nuriel Nacht für Nacht unterwegs.

»Sie wünscht sich ein weiteres Kind, um ihn zu bändigen«, sagte Zahar und leckte über sein Ohr.

Grinsend legte David den Kopf in den Nacken, um einen Kuss einzufordern. Er konnte es kaum erwarten, bis Zahar sich in einen Menschen verwandelte. Gemeinsam würden sie gleich ein Bad nehmen und danach ... Er schmunzelte, während Zahar ihn scheu küsste, um ihn mit den Fängen nicht zu verletzen.

»Zum Glück weiß ich, wie ich dich bändigen kann.« David streckte die Arme nach oben und kraulte Zahars kurze Hörner, bis er wie ein Kätzchen schnurrte. »Ich liebe dich.«

»Und wie sehr ich dich liebe, werde ich dir zeigen, sobald ich mich verwandelt habe. Dann werde ich dir nicht wehrlos ergeben sein, sondern all die Dinge tun, die ich mir schon den ganzen Monat ausmale. Ich möchte dich ablecken, von oben bis unten, an deinen Zehen saugen und an deinem Geschlecht, wenn es hart ist und ich deine Lust schmecken kann.«

In Davids Hose zuckte es und Hitze schoss in seine Wangen. Er mochte es, wenn Zahar auf diese direkte Art mit ihm sprach, trotzdem trieb es ihm immer noch die Schamesröte ins Gesicht. Sie hatten einen Weg gefunden, wie sie sich nahe sein konnten, ohne einander zu schaden, und so gaben sie sich der Leidenschaft hin, wann immer sie wollten.

David hatte über Grannys Worte nachgedacht und das, was sie über das Amulett gesagt hatte. Davids Fähigkeit schadete Zahar, also bestand eine Chance, dass das Amulett Zahar schützte, wenn er es trug. Und es klappte. Zahar verwandelte sich nicht in einen Menschen und konnte seinen Steinschlaf halten. Wenn sie sich liebten, fesselte David Zahars Hände ans Bettgestell, damit er ihn im Lustrausch nicht mit den Klauen aufschlitzte. David ritt dann auf ihm. Oder falls er sich verwegen genug dazu fühlte, fesselte er Zahar stehend an einen Deckenbalken und stellte sich so vor ihn, dass sein wilder Geliebter ihn von hinten nehmen konnte.

Bevor Zahar letzte Nacht nach London aufgebrochen war, hatten sie es ohne das Amulett getan. Das gönnten sie sich ein Mal im Monat. Lieber nicht öfter, da sie nicht wussten, welche Auswirkungen das für sie beide haben könnte. Noch ging es ihnen allerdings bestens. Den hereinbrechenden Tag, an dem Zahar sich verwandelte, konnten sie meist kaum erwarten und ihre angestaute Lust entlud sich oft schlagartig.

Praktischerweise hatte ihm Granny gezeigt, wie das Amulett »gereinigt« werden konnte: Ähnlich einer Teezeremonie wurde es eine Stunde lang mit Wasser übergossen und anschließend in der Sonne aufgeladen, bis die kräftige Farbe des Steins zurückkehrte.

Des Weiteren leitete David regelmäßig die negative Energie, die sich in ihm aufstaute, in einen Rosenquarz ab, besonders, wenn er ungeschützt mit Zahar schlief. So konnte auch Zahar jederzeit zum Gargoyle werden, sobald er den schwarzen Stein berührte. Mittlerweile besaß David einen ganzen Sack dieser schwarzen Steine. Vielleicht waren sie einmal zu etwas nütze.

»Wann bist du fertig?« Zahar ließ seine Schultern los.

»Gleich. Du kannst schon mal das Bad einlassen, wenn du möchtest.«

»Und wie ich das möchte«, flüsterte er ihm ins Ohr und verschwand in den Nebenraum.

David fühlte sich zufrieden und glücklich. Bald würden sie eine neue Reise machen und die Weltausstellung in Wien besuchen. Überhaupt reisten sie viel, da es ihnen beiden Spaß machte, Neues zu entdecken.

Davids Herz verkrampfte sich, als er einen Blick auf seine Schreibtischschublade warf. Dort, versteckt in einem Geheimfach, lag Vaters Buch mit den verschlüsselten Aufzeichnungen. Am liebsten wollte er es verbrennen, um nicht mehr in Versuchung zu geraten, darin zu lesen. Er hatte vor zwei Jahren das letzte Mal hineingesehen und herausgefunden, dass Vater das Baby von Zuhra und Nuriel noch vor dem ersten Steinschlaf außerhalb des Mutterleibs mittels Magie verändern wollte, um eine neue Rasse zu züchten. Das Kleine hätte große Qualen erleben müssen, vielleicht sogar Operationen. Vater hätte mit seiner Gabe das Baby so lange am Schlaf gehindert, bis sich seine Blutzellen verändert hätten. Dieses Blut hätte er zu Testzwecken Nuriel spritzen wollen, um zu sehen, was geschieht. Für Vater waren die Gargoyles tatsächlich nur Versuchsobjekte gewesen.

Da David keine weiteren Schreckensnachrichten erfahren wollte, hatte er das Buch weggesperrt. Er wollte seinen Vater nicht als Unmensch in Erinnerung behalten.

Er glaubte allerdings, dass die Tatsachen ihn in seinen Träumen einholten. Dort experimentierte Vater mit Leichenteilen von Gargoyles und wollte eine ähnliche Kreatur erschaffen, wie es die Schriftstellerin Mary Shelley in ihrem Buch »Frankenstein« beschrieben hatte.

Vaters Gabe hatte ihn wohl wagemutiger und experimentierfreudiger gemacht. David hatte diese dunkle Kraft am eigenen Leib zu spüren bekommen. Obwohl er so vorsichtig war, hatte er Angst, ihr eines Tages zu erlegen. Doch er hatte Zahar an seiner Seite, mit dem er über alles reden konnte und der ihn davor bewahren würde, die Kontrolle zu verlieren, sollte es so weit kommen.

»Du willst ernsthaft einen Spaziergang machen?« Widerwillig stieg

David in seine Hose. Nach ihrem entspannenden Bad und dem reichlichen Frühstück hatte er nur noch Lust auf Zahar. Große Lust.

»Zieh dich an und komm!« Sein Liebster hatte sich Hemd und Hose bereits übergestreift. Mehr trug er nicht, wenn sie sich auf dem Land aufhielten und er ein Mensch war. An ihrem Haus kam selten jemand vorbei und das nächste Gebäude war zwei Meilen entfernt. Sie waren weitgehend ungestört.

Kaum hatte David sein Hemd zugeknöpft, stürzte Zahar aus der Haustür.

David folgte ihm eilig. Nicht einmal Zeit für Schuhe hatte Zahar ihm gelassen! Was hatte er vor?

Es war ein ungewöhnlich warmer Maimorgen. Die Sonne wärmte sein Gesicht und das taufeuchte Gras kitzelte seine Fußsohlen, während er seinem Freund hinterhereilte. Der winkte ihn zu einem Waldstück, das sich hinter dem Cottage erstreckte.

Als sie zwischen die Bäume traten, fasste Zahar nach seiner Hand und zog ihn minutenlang weiter. Seine Augen blitzten vergnügt und ein verwegenes Lächeln umspielte seine Lippen. Die oberen Knöpfe des Hemdes standen offen, sodass David die Wölbung seiner muskulösen Brust erkannte. Zahar wirkte auf ihn wie ein Räuberhauptmann, der ihn entführte.

Davids Herz pochte wild von ihrem Lauf und vor Neugier. »Was soll das werden?«

»Eine Überraschung.« Vor einem Laubbaum mit einem besonders dicken Stamm blieb Zahar stehen und zog an einem Seil, das David auf den ersten Blick für eine Liane gehalten hatte. Eine Strickleiter fiel herunter und baumelte vor seiner Nase.

Zahar hielt sie fest. »Rauf mit dir!«

»Du willst jetzt auf Bäume klettern?« David war nicht geübt darin. Als Junge hatte er andere Interessen verfolgt.

Erst als Zahar die Augen verdrehte, machte er sich an den wackligen Aufstieg. Nachdem er an einem dicken Ast vorbeigeklettert war und einen Zweig mit vielen Blättern auf die Seite geschoben hatte, erkannte er über sich den Ausschnitt einer hölzernen Plattform mit einer viereckigen Öffnung an der Seite, aus der die Leiter hing.

Überrascht schaute er nach unten und hätte beinahe das Gleichgewicht verloren. »Hast du das gebaut?«

Sein Liebster lächelte. »Nun schau es dir erst mal von oben an, bevor du mich mit Lob überhäufst.«

David schob sich über den Rand und stellte sich hin. Zahar tauchte sofort hinter ihm auf.

»Ein richtiges Räubernest!« David konnte es kaum glauben. Er befand sich in einem Baumhaus, und was für einem! Die mit einem hölzernen Geländer versehene Plattform war etwa vier Schritte breit und reichte kreisförmig um den ganzen Stamm.

Zahar hüstelte. »Ich würde es eher als Liebesnest bezeichnen.«

Tatsächlich gab es auf der hinteren Seite des Stammes ein Bett. Es war nicht ganz symmetrisch und aus dünneren Stämmen gezimmert. Sogar eine Matratze hatte es. David ließ die Finger über das Leinenlaken gleiten. »Was ist dort drunter?«

»Ein wenig Stroh, das ich mir von unserem Nachbarn geborgt habe, und Schaffelle.« Er grinste verschmitzt. »Die hab ich aber bezahlt.«

»Womit denn?« Nun war David neugierig.

»Löffel.«

David runzelte die Stirn. »Das ist kein offizielles Zahlungsmittel.«

Zahar lachte auf. »Nuriel hat mich gebeten, Silberbesteck gegen Geld einzutauschen, falls ich mal wieder als Mensch in London unterwegs bin. Die Hälfte darf ich behalten.«

»Dafür bist du also gut genug.« Sie hatten es dabei belassen, dem Klan nicht zu sagen, dass Zahar lebte. Er würde es bestimmt nicht gutheißen, dass er mit einem Menschen zusammen war. Zahars Verhältnis zu Nuriel war viel besser geworden. Respektvoller. Und dass Zahar die Hälfte des Bestecks behalten durfte, war sehr großzügig von Nuriel. Ob er ein schlechtes Gewissen hatte? »Und wozu braucht Nuriel das Geld?«

»Er möchte Zuhra irgendeine Freude bereiten und jetzt hör auf zu fragen, mehr weiß ich nicht.«

Schmunzelnd sah sich David weiter um und begutachtete einen Tisch mit drei Beinen, zwei Schemel aus abgesägten Stämmen und einige leicht schiefe Regale. Dieses wundersame Baumhaus war nicht perfekt, aber in seiner Gesamtheit war es das dennoch. Weil Zahar es gebaut hatte. Sogar an Kristalle hatte er gedacht, die er auf den Pfeilern des Geländers angebracht hatte. Und über der Plattform erstreckte sich ein Dach aus gespannten Planen. Die Baumkrone war dicht und umgab ihr Nest wie eine grüne Wand. Vögel zwitscherten und ein sanfter Wind brachte die Blätter zum Rascheln.

David war überwältigt. »Das ist wie ein kleiner Pavillon, nur mitten in der Natur!«

»Gefällt es dir?« Zahar umarmte ihn von hinten.

Er drehte sich um und schmiegte sich an ihn. »Es ist wundervoll! Wann hast du das gemacht?«

»Immer, wenn wir auf dem Land sind, habe ich ein paar Tage daran gearbeitet.«

»Wenn ich dachte, du beschützt die Menschen in der Gegend?«

Zahar nickte. »Hier gibt es ja nicht viel zu tun, außer vielleicht verirrte Schafe einzufangen, und ich verspürte auch nicht die Lust, jede Nacht die vielen Meilen nach London zu laufen.«

David packte ihn am Kragen des Hemdes und zog ihn zum Bett. »Das ist ein Liebesnest, sagtest du? Dann sollten wir es einweihen.«

»Eine vorzügliche Idee«, raunte Zahar und drückte ihn auf die Matratze.

Sein Liebster küsste ihn stürmisch und riss das Hemd auf, sodass Knöpfe absprangen, doch das war David egal. Er konnte es selbst kaum erwarten, Zahar überall zu spüren und zu berühren. Sie zogen sich aus, küssten sich innig und rieben ihre Körper aneinander.

»Ich muss dich schmecken.« Zahar leckte über seine Brustwarzen, bis sie sich zusammenzogen, knabberte an seinem Bauch und fuhr tiefer bis zu den Kniekehlen, die er ausleckte.

David hätte früher nie gedacht, dass ihn das erregte, aber seine Männlichkeit pochte im Rhythmus seines Herzens.

»Nicht meine Füße!« Er lachte auf, weil Zahar ihn an den Fußsohlen kitzelte. »Sie sind schmutzig! Du hast mir ja keine Zeit gelassen, Schuhe anzuziehen.«

»So, jetzt bin ich also schuld.« Zahar biss ihm spielerisch in den Unterschenkel.

»Na warte!« Er schaffte es, ihm sein Bein zu entziehen, aber Zahar war stärker. Der packte ihn, warf ihn auf die Matratze und senkte den Mund auf Davids Geschlecht.

Vor Lust sah er doppelt, krallte die Finger in Zahars Haar und stöhnte laut auf. Die leckende Zunge und der saugende Mund brachten seinen Schaft dazu, steinhart zu werden. Zahar überhäufte seine Eichel mit zarten Küssen, bevor er die Lippen erneut darum schloss und wild züngelte.

»Ich liebe deinen Geschmack.« Zahar drückte ihm die Beine an den Bauch und leckte über seine Hoden, den Damm und seinen After. »Und ich liebe deinen Duft.«

Glühende Lust schoss in seinen Unterleib, als die forschende Zunge über den Muskelring leckte. David wusste genau, was Zahar wollte. Sein ungestümer Räuberhauptmann bereitete ihn vor, machte ihn feucht und dehnte mit den Fingern seinen Eingang. Er schämte sich ein wenig, weil jede seiner intimsten Stellen sichtbar war.

»Apparet velamen«, murmelte er und stellte sich vor, wie sich die Zudecke auf ihrem Bett im Cottage auflöste und im Baumhaus materialisierte. Schon fiel sie auf Zahars Rücken.

»Wage es noch einmal zu zaubern, oder ich kneble dich«, raunte sein Liebster grinsend und riss die Decke weg. »Ich will dich ansehen!«

Von Zahar geknebelt zu werden, wäre eine Vorstellung, mit der David sich anfreunden könnte. Völlige Hingabe, absolutes Vertrauen … Sein Körper stand in Flammen.

»Ich will dich genau ansehen.« Zahar kniete sich über ihn und drang sanft in ihn ein.

Der zarte Dehnungsschmerz verwandelte sich schnell in pure Erregung. Davids Muskel zuckte, ebenso seine Männlichkeit. Tropfen perlten aus der Spitze, die Zahar mit dem Daumen aufnahm und ableckte.

»Du bist so süß und unschuldig, wenn ich in dir bin.« Er streichelte über seine erhitzten Wangen und David griff nach seiner Hand, um sie zu küssen. Jeden Finger nahm er sich einzeln vor und leckte und saugte daran, wie sein Liebster zuvor an seiner Härte. David wusste, wie gut ihm das gefiel. Er spürte seinen großen, attraktiven Liebhaber in sich zucken. Wie sehr er ihn begehrte!

Zahar fasste unter seinen Kopf, während sie sich küssten und in einem schneller werdenden Rhythmus liebten. Mit der anderen Hand massierte er Davids Geschlecht. Jedes Mal, wenn sie auf diese Art vereint waren, wurde David erneut von ihrer Vertrautheit und innigen Verbundenheit überwältigt. Er liebte Zahar so sehr, dass sein Herz manchmal schmerzte.

Als er kam und sein warmer Samen auf ihre Körper spritzte, küsste er Zahar mit verzweifelter Leidenschaft, um seinen Höhepunkt nicht in die Natur hinauszuschreien.

Zahar war weniger zurückhaltend, denn er stöhnte kehlig, wobei er David tief nahm und sich in ihn ergoss.

Schwer atmend schauten sie sich an, lächelten und fühlten ihrer abklingenden Lust nach. Zahar in ihm wurde weicher; schließlich zog er sich aus ihm zurück. Anstatt sich neben ihn zu legen, begann er, den Samen abzulecken. Von seiner Hand und Davids Bauch. Dabei schaute er zu ihm hoch. Zahars Augen funkelten und besaßen auch in ihrer menschlichen Form einen wilden Glanz. Sein animalischer Liebhaber hatte längst nicht genug von ihm und David hatte nichts gegen eine zweite Runde einzuwenden. Ob er einen Knebel herbeizaubern sollte?

Nachwort

Liebe Leserinnen und Leser,

ich habe mich zu ein paar nachfolgenden Worten entschlossen, weil ich während der Veröffentlichung der ersten beiden Drittel der Story (erschienen als E-Book) viele Nachfragen bekam, was denn der Wahrheit entspricht und was ich dazugedichtet habe.

Die Geschichte von Zahar und David stammt natürlich von mir, aber das ganze Drumherum ist so nah an der Realität gehalten wie möglich. Ich glaube, so viel recherchiert wie für dieses Buch habe ich noch nie.

Am aufwendigsten waren die Fakten zur Weltausstellung. Zum Glück sind mir Berichte in die Hände gefallen, in denen Augenzeugen sehr lebhaft von der damaligen Zeit und der Exposition erzählten. So konnte ich mir alles bildhaft vorstellen und erhielt jede Menge Informationen. Irgendwann kam ich mir vor, als hätte ich die Ausstellung in Paris selbst besucht.

Ich habe alte Stadt- und Parkpläne studiert, die Londoner U-Bahn-Linie »Metropolitan Line« (übrigens die erste und älteste U-Bahn der Welt), Fotografien, Lebensläufe ... Doch am schwierigsten war es herauszufinden, wie weit das Netz der Eisenbahn 1867 ausgebaut war. Ich habe tagelang gesucht und schließlich einen Streckenplan aus dieser Zeit gefunden.

Charles Dickens hat die von mir beschriebene Lesung in Dover tatsächlich in genau dieser Halle besucht und alles hat sich wohl genauso zugetragen (auch das schlechte Wetter, laut Dickens Brief).

Der italienische Soldat hat den Ärmelkanal durchschwommen und es existierten bereits Pläne zum Bau eines Tunnels.

Das Buch »Die Reisen des Kapitän Hatteras«, das Jules Verne aus dem Regal zog, besaß den von mir beschriebenen Einband. Der berühmte Schriftsteller war auch auf der Weltausstellung bei den Aquarien zu finden, in denen er das Unterwasserleben studierte. Seine Eindrücke verarbeitete er im Roman »20 000 Meilen unter dem Meer«.

Jules Verne beschrieb in seinen Büchern Ereignisse, die Jahrzehnte später tatsächlich eintrafen, zum Beispiel hat er zahlreiche Einzelheiten der ersten echten Mondfahrt vorausgesagt. Konnte er vielleicht wirklich in die Zukunft blicken?

Victor Hugo setzte sich auch im echten Leben für die Restaurierung von Notre Dame ein und die Wasserspeier sind den Figuren aus seinem Roman »Der Glöckner von Notre Dame« nachgebildet. Sie haben tatsächlich eine andere Farbe.

Ich fand so viel Hintergrundinformationen zu den berühmten Schriftstellern und anderen Dingen, die bestens zu meiner Geschichte passten, dass ich überwältigt war, wie perfekt sich alles fügte.

Am Round Pond gab es Wettbewerbe im Modellbootfahren (der Hyde Park sah damals jedoch ganz anders aus), auch über die ersten Sonnenbrillen habe ich mich informiert (Ich fand die Idee einfach cool und wollte wissen, ob es damals schon Sonnenbrillen gab. In einer Sherlock-Holmes-Verfilmung trug Robert Downey Jr. schließlich auch eine ;-).

Immer wieder schaute ich nach, ob diese oder jene Erfindung bereits existierte: wie das Mikroskop, das bei Thomas im Labor steht, elektrisches Licht, fließendes Wasser, ob es eine Fährverbindung zwischen Dover und Calais gab (über Dover Town habe ich sehr viel Material gefunden. Das Hotel, die Glasbrücke und den Admirality Pier gab es wirklich).

Der ammoniakfreie Kühlschrank wurde ebenfalls erfunden, allerdings etwas später, weil die Pläne dazu wurden Thomas gestohlen und Bannister ... na ihr wisst ja ;-)

Die Erfindungen, die erwähnt werden (zum Beispiel der Fahrstuhl der Gebrüder Otis), der Ausstellungspalast, wie ein Stadthaus aufgebaut war etc – alles so gewesen, auch die Eintrittspreise zur Weltausstellung (weiß nicht, ob ich die erwähnt hatte, aber bei der Recherche hab ich sie entdeckt). Beim Fahrstuhl hab ich zum Glück herausgefunden, dass der ursprüngliche Erfinder zu der Zeit, als David mit ihm kommunizierte, bereits gestorben war und seine Söhne das Geschäft weiterführten. Gut, dass ich mich immer in die Recherche vertiefe, aber das heiß nicht, dass ich nicht doch mal was übersehe. Das dürft ihr dann als dichterische Freiheit betrachten.

Meine Figuren bewegen sich also in einer Welt, wie sie damals wirklich gewesen sein könnte. Ich hab den krankhaften Zwang, mich so genau wie möglich an die Fakten zu halten, auch wenn es sich hier

»nur« um eine fiktive Liebesgeschichte handelt. Dafür hoffe ich, dass auch ihr Spaß beim Lesen hattet und in meine Geschichte so richtig eintauchen konntet.

Wichtig war für mich auch: Zu welcher Uhrzeit war zu genau dieser Jahreszeit in London und Paris Sonnenauf- und Untergang. So ein Gargoyle hält einen Autor ganz schön auf Trab, das kann ich euch sagen.

Zahar ist übrigens ein afghanischer Vorname. Er bedeutet Morgendämmerung, Sonnenaufgang oder, was ich sehr schön finde: »wenn der erste Strahl der Sonne auf die Erde fällt«. Der Name passte also perfekt zu meinem Gargoyle.

Zuhra bedeutet »Schönheit« und Nuriel »mein Licht«.

Dass ich die ersten drei Teile während des Schreibens als E-Book herausbrachte, stellte für mich eine besondere Herausforderung dar. Sobald ein Teil fertig war, ging er an meine Lektorin und wurde nach meiner Überarbeitung veröffentlicht. Jetzt konnte ich natürlich im Text nichts mehr ändern, wie ich es sonst gerne mache, wenn ich weiter hinten auf ein Problem stoße. So musste sich die Geschichte von selbst schreiben.

In Teil eins erwähnte ich den Kobold, der bei Thomas im Labor hauste. Ihm war ursprünglich keine besondere Rolle zugedacht, doch als ich dringend jemanden brauchte, der Thomas' Pläne an die Dämonen verraten hatte, kam mir nur Barnaby in den Sinn. Er war der perfekte Kandidat.

Immer wieder fragte ich mich: Wie geht es weiter? Was wissen wir bisher, was ist bereits passiert?

So fügte sich alles aus den Vorgaben, die ich hatte. Es war für mich eine neue Arbeitserfahrung, da ich sonst meine Romane erst genau plotte und falls mir oder meiner Lektorin etwas nicht gefällt, Dinge wieder verwerfe und sich dadurch natürlich im Text auch Änderungen ergeben – die ich hier nicht mehr machen konnte, sobald ein Teil veröffentlicht war. Aber es hat Spaß gemacht, es einmal auf anderem Weg zu probieren.

Besonders an dieser Gay Romance ist, dass ich ungewöhnlich wenige erotische Szenen eingebaut habe und diese auch sehr soft sind. Da seid ihr ja anderes von mir gewohnt. Aber ein wildes Sexleben hätte anfangs nicht zu David und Zahar gepasst, das gaben die

Figuren und ihre Charaktere nicht her. Wie formulierte es die Rezensentin Sara Salamander so schön: »David und Zahars Liebe ist eine sinnliche, süße, wärmende Tasse Kakao.«

Eure Inka Loreen Minden

PS: Das weggesperrte Buch von Davids Vater soll im dritten Teil der Wächterschwingen-Trilogie eine kleine Rolle bekommen (Teil 1: »Herzen aus Stein« ist eben erschienen).

PPS: Vielleicht habt ihr euch gefragt, wie die Dämonen noch vor Nuriel von Zuhras Schwangerschaft erfuhren: Ein Dämon mit einem außergewöhnlich guten Gehörsinn vernahm ein zweites Herz in ihr schlagen.

PPPS: Und falls ihr wissen wollt, welche Freude Nuriel seiner Partnerin machte: Zahar half ihm, ein großes Boot zu organisieren und spielte sogar Kapitän. Seine Scheu vor großen Gewässern hat er ja zum Glück überwunden. Nuriel überraschte Zuhra mit einem Candlelight-Dinner auf der Themse, bei dem es jede Menge rohes Fleisch zu essen gab. Damit konnte er ihr erhitztes Gemüt besänftigen, denn sie hatten sich immer wieder gestritten, weil er nur noch Dämonen jagte. Doch Nuriel hat schließlich erkannt, dass es Wichtigeres gibt und seine Partnerin ihn braucht.

Spannend, erotisch, romantisch, witzig und mit einem Schuss Gay Romance:

Der Freibeuter und die Piratenlady

Die junge Lady Patricia hat es satt, dass alle über ihr Leben bestimmen. Als sie mit einem alten Lord verheiratet werden soll, läuft sie von zu Hause weg und versteckt sich auf der Fregatte eines Freundes. Leider ist sie auf dem falschen Dreimaster gelandet und glaubt sich unter Piraten, doch die Realität ist schlimmer: Patricia befindet sich auf einem Schiff voller übernatürlicher Kreaturen, und ausgerechnet der Captain, das Alphatier des Rudels, hat sie zu seiner Gefährtin auserkoren …

Historischer Liebesroman mit Wolfswandlern, Vampiren und Dämonen.

Über die Autorin:

Inka Loreen Minden, die auch unter dem Pseudonym Lucy Palmer, Mona Hanke (Erotik), Loreen Ravenscroft (Romantasy) und Monica Davis (Jugendbuch) schreibt, ist eine bekannte deutsche Autorin erotischer Literatur. Von ihr sind bereits über 40 Bücher, 6 Hörbücher und zahlreiche E-Books erschienen.

Neben einer spannenden Rahmenhandlung legt sie viel Wert auf eine niveauvolle Sprache und lebendige Figuren. Explizite Erotik, gepaart mit Liebe, Leidenschaft und Romantik, ist in all ihren Storys zu finden, die an den unterschiedlichsten Schauplätzen spielen.

Ausnahme: Caprice und Doktorluder sind Lust pur ;-)

Sie schreibt u.a. für Bastei Lübbe, Blanvalet und Rowohlt.

Regelmäßig sind ihre Bücher unter den Online-Jahresbestsellern zu finden; im April 2013 erschien ihr erstes Jugendbuch »Plötzlich Dämon« bei Bastei Lübbe (bald erhältlich auf Englisch) und vor Kurzem die englische Übersetzung von »Herzen aus Stein« (Hearts of Stone).

Mehr über die Autorin auf ihrer Homepage:

www.inka-loreen-minden.de

www.monica-davis.de

Weitere Gay Romances von Inka Loreen Minden:

Secret Passions
von Inka Loreen Minden
ISBN: 978-3-934442-81-8

Ein Mörder geht um in London. Seine Opfer: Männer, die Männer begehren. Detektive Derek Brewer von Scotland Yard versucht dem Killer auf die Schliche zu kommen und merkt nicht, dass er sich längst in dessen Nähe befindet.
Zwei ungleiche Männer, verbotene Lust und spannende Kriminalfälle im London des 19. Jahrhunderts.

SECRET PASSIONS ist ein hervorragender historischer Krimi mit jeder Menge Erotik.
Sara Salamander

The Captain's Lover
von Inka Loreen Minden
ISBN: 978-3-934442-69-6

Auf der Karibikinsel Barbados kauft Captain Brayden Westbrook einem Sklavenhändler den jungen Offizier Richard ab. Brayden trägt den misshandelten Soldaten auf seine Fregatte, um mit ihm die Heimfahrt nach England anzutreten. Er ist fasziniert von dem jungen Mann, und auch Richard kann sich seiner Gefühle nicht erwehren. Doch in London angekommen, soll es für sie keine gemeinsame Zukunft geben ...

Sehr subtile, unter die Haut gehende Erotik.
SM-Magazin Schlagzeilen

Außerdem erschienen:

Trapped
Temptations
Sinful Kisses
verboten gut
Tödliches Begehren